Variedades

Paul Valéry

VARIEDADES

Organização e introdução
João Alexandre Barbosa

Tradução
Maiza Martins de Siqueira

Posfácio
Aguinaldo Gonçalves

ILUMINURAS

Títulos originais

Situation de Baudelaire/ Discours en honeur de Goethe/ Villon et Verlaine/ Existence du Symbolisme/ Tentation de St. Flaubert/ Souvenir de Nerval/ Études et fragments sur le rêve/ L'homme et la coquille/ Discours de l'Histoire/ Inspirations Méditerranéennes/ Introductios à la méthode de Léonard de Vinci/ Au sujet du *Cimitière Marin*/ Questions de poésie/ Première leçon du Cours de Poétique/ Poésie et pensée abstraite

Copyright © 1957
Éditions Gallimard

Copyright © desta edição e tradução,
Editora Iluminuras Ltda.

Capa:
Marcelo Girard

Revisão
Jéthero Cardoso/ Carmen Garcez/ Rose Zuanetti/ Jane Pessoa

As fotos utilizadas nesta edição foram extraídas do livro
Paul Valéry, Exposition du Centenaire, Paris, Bibliothèque Nationale, 1971.

DADOS INTERNACIONAIS DE CATALOGAÇÃO NA PUBLICAÇÃO (CIP)
(Câmara Brasileira do Livro, SP, Brasil)

Valéry, Paul, 1871-1945.
  Variedades / Paul Valéry ; organização e introdução João Alexandre Barbosa ; tradução Maiza Martins de Siqueira ; posfácio Aguinaldo Gonçalves. — 5. reimpressão — São Paulo : Iluminuras, 2018.

  Título original: Variété
  Bibliografia.
  ISBN 85-7321-234-9

  1. Baudelaire, Charles, 1821-1867 2. Ensaios franceses 3. Mallarmé, Stéphane, 1842-1898 4. Stendhal, 1783-1842 5. Verlaine, Paul, 1844-1896 I. Barbosa, João Alexandre. II. Gonçalves, Aguinaldo. III. Título

05-6680   CDD-844

  Índice para catálogo sistemático:
  1. Ensaios : Literatura francesa   844

2020
EDITORA ILUMINURAS LTDA.
Rua Rua Inácio Pereira da Rocha, 389 - 05432-011 - São Paulo - SP
Tel./Fax: 55 11 3031-6161
iluminuras@iluminuras.com.br
www.iluminuras.com.br

ÍNDICE

Permanência e continuidade de Paul Valéry, 7
    João Alexandre Barbosa

LITERATURA
    Situação de Baudelaire, 19
    Discurso em honra de Goethe, 31
    Villon e Verlaine, 49
    Existência do Simbolismo, 63
    A tentação de (São) Flaubert, 79
    Lembrança de Nerval, 85

FILOSOFIA
    Estudos e fragmentos sobre o sonho, 95
    O homem e a concha, 101

(QUASE) POLÍTICA
    Discurso sobre a História, 119
    Inspirações mediterrâneas, 127

POÉTICA E ESTÉTICA
    Introdução ao método de Leonardo da Vinci, 141
    Acerca do *Cemitério Marinho*, 173
    Questões de poesia, 183
    Primeira aula do Curso de Poética, 195
    Poesia e pensamento abstrato, 209

Paul Valéry, o alquimista do espírito, 229
    Aguinaldo Gonçalves

PERMANÊNCIA E CONTINUIDADE DE PAUL VALÉRY

João Alexandre Barbosa

Confesso que tenho certa dificuldade em começar a escrever estas páginas introdutórias. E por duas razões essenciais. Em primeiro lugar, porque sendo o organizador desta coletânea de textos de Paul Valéry (1871-1945) devo esclarecer, para o leitor eventual, as razões das escolhas; em segundo lugar, o que é ainda mais importante, porque é sempre muito difícil escrever, sem o tumulto da admiração, sobre uma obra com a qual se tem convivido por tantos anos, a ponto de não se saber exatamente por onde começar, sem que perdure a incômoda sensação da arbitrariedade. A tudo isso acrescente-se a enorme complexidade da obra de Valéry e se tem o quadro mais ou menos completo de dificuldades com que me defronto. Creio que o jeito é mesmo ir por partes. Para começar, uma observação de cunho editorial que, no entanto, dirigiu, em grande parte, a escolha dos textos: esta é a primeira coletânea de escritos em prosa de Valéry que se publica no Brasil e, por isso mesmo, optou-se por seguir de bem perto a "variedade" com que sempre buscou caracterizar as suas reflexões em prosa. (Variété foi o título escolhido por Valéry para nomear as várias reuniões que fez daquelas reflexões a partir de 1924.) Sendo assim, as quatro partes que compõem esta coletânea seguem a divisão proposta no primeiro volume das Oeuvres, *publicadas por Gallimard, em 1957, sob o título geral de* Variété: *"Études Littéraires", "Études Philosophiques", "Essais Quasi Politiques" e "Théorie Poétique et Esthétique". Na edição Gallimard existem ainda duas outras partes, "Enseignement" e "Mémoires du Poète", que não foram incluídas nesta coletânea, com a única exceção do texto "Acerca do* Cemitério Marinho*", pertencente à última parte. Finalmente, é preciso dizer que, no projeto inicial desta coletânea, havia ainda uma segunda parte, intitulada Vistas, que seria composta por apenas dois textos, "Como Trabalham os Escritores" e "Centenário da Fotografia". O título adotado era a tradução literal do volume* Vues, *da coleção "Le Choix", de La Table Ronde, publicado por J.B. Janin éditeur, em 1948, reunindo numerosos textos não incluídos na edição Gallimard, o último dos quais, "Ultima Verba", foi escrito meses antes da morte do poeta e no qual é possível detectar ecos do fim da Segunda Guerra Mundial. Razões editoriais não permitiram a inclusão desses textos nesta coletânea. Todavia, os quinze textos que a constituem podem servir como introdução ao rico universo de Paul Valéry, embora seja sempre possível apontar ausências, sobretudo para aquele leitor que já é familiarizado com a obra em prosa do poeta. Assim alguns dos famosos ensaios que compõem os* Regards sur le monde actuel, *as suas* Pièces sur l'art, *alguma coisa dos* Dialogues *ou de* Tel Quel, *sem esquecer trechos dos* Cahiers. *Não é, entretanto, o leitor* que vai sentir falta de alguns dos Mauvaises Pensées et autres *que visa, antes de tudo, esta antologia. Para este leitor, existe a obra original. Sem desprezar o prazer que o leitor habitual do poeta possa vir a encontrar na leitura destes ensaios traduzidos para o português, o leitor-alvo é, sobretudo, aquele que possa descobrir agora o pensamento de Valéry. E isto explica as outras razões de escolha. A abertura do livro se dá pelos ensaios propriamente literários, indo desde Villon até o Simbolismo (centrado, como não poderia deixar de ser, em Mallarmé), passando por Goethe, Nerval, Baudelaire e Flaubert. Entre esta primeira parte e a última — onde estão concentrados os textos de poética de Paul Valéry —, quatro textos revelam as singulares aproximações de Valéry a temas de Filosofia e Política. Acredito que, deste modo, fica assegurada a variedade dos escritos de Valéry, sem a perda daquilo que, na variedade, é recorrência reflexiva e procura do rigor de um pensamento que é, antes de mais nada, poético. Pode-se dizer, por outro lado, que este é um dos grandes temas da obra de Paul Valéry e que foi magistralmente sintetizado por Italo Calvino:* "Dentre os valores que eu gostaria de passar ao próximo milênio está, acima de todos, este: uma literatura que tenha absorvido o gosto pelo ordenamento mental e pela exatidão, a inteligência da poesia, mas, ao mesmo tempo, da ciência e da filosofia: uma inteligência como a de Valéry enquanto ensaísta e prosador". *Calvino aponta Jorge Luis Borges como aquele* "escritor de ficção que realizou perfeitamente o ideal estético de Valéry de exatidão na imaginação e na linguagem, criando obras que combinam a rigorosa geometria do cristal e a abstração do raciocínio dedutivo". *A intuição de Italo Calvino é certeira ao assinalar a continuidade Valéry/Borges, mas, sem dúvida, uma figura se desenha na base dessa tradição: a de Edgar Poe, e que T.S. Eliot soube apreender no ensaio* "From Poe to Valéry", *de 1948. Arrisco mesmo a dizer que esta figura central não estava longe das considerações de Italo Calvino: uma pista segura neste sentido, embora pareça uma ficção borgiana, é a sexta das* "Norton Lectures" *que ele não chegou a completar, e por isso não se inclui no livro de que citei o texto mencionado, mas cujo título, de traço quase ilegível na reprodução do manuscrito feita por sua mulher e editora das* "Lectures", *estabelece uma inesperada e fundamental relação entre Calvino, Valéry e Poe:* "Consistência". *Na verdade, sabe-se hoje que o primeiro ensaio crítico de Paul Valéry,* "Sur la technique littéraire", *de 1889, sendo uma reflexão sobre os efeitos a serem atingidos pela poesia e os meios de controle de que dispõe o poeta para tal fim, é, sobretudo, uma leitura da* Filosofia da Composição, *de Poe, iniciando-se do seguinte modo:* "A literatura é a arte de se representar a alma dos outros. É com esta brutalidade científica que nossa época viu se pôr o problema da estética do Verbo, isto é, o problema da Forma. Dados uma impressão, um sonho, um pensamento, é preciso expressá-los de tal modo que se produza na alma do ouvinte o máximo de efeito — e um efeito inteiramente calculado pelo Artista". *Trinta e dois anos mais tarde, em 1921, escrevendo a introdução para a tradução de* Eureka, *de Poe, por Baudelaire, fará referências àqueles encontros de juventude com a obra do poeta norte-americano:* "J'avais vingt ans, et je croyais à la puissance de la pensée". *E de como a obra de Poe vinha, para o jovem poeta, preencher uma lacuna que detectava na tradição francesa da Poesia:* "*Lucrèce, ni Dante, ne sont Français. Nous n'avons point chez nous de poètes de la connaissance*". *Estes seriam, para ele, aqueles poetas que realizariam "obras de grande estilo e de uma nobre severidade, que dominam o sensível e o inteligível". Este domínio, que era para Poe o domínio da poesia e da verdade, só se atinge pela consistência. Diz Valéry: "Para atingir o que ele chama de* Verdade, *Poe invoca o que ele chama de* Consistência*" e, em seguida, melhor explicitando o conceito: "No sistema de Poe, a Consistência é simultaneamente o meio da descoberta e a própria descoberta. Eis um admirável projeto; exemplo e prática da reciprocidade de apropriação. O universo é construído sobre um plano cuja simetria profunda está, de algum modo, presente na estrutura íntima de nosso espírito. O instinto poético deve conduzir-nos cegamente à verdade". Seria esta "tentativa muito precisa de definir o universo por propriedades intrínsecas", como diz outra passagem Valéry, que estaria sob o traço quase apagado do título da conferência não escrita por Italo Calvino? Aquela proposição de* Eureka, *citada e glosada por Valéry, em que se lê: "Cada lei da natureza depende em todos os pontos de outras leis"? Jamais saberemos: segundo sua mulher; e editora das "Lectures", a sexta conferência havia recebido o título de "Consistência", fora pensada, mas somente seria escrita em Harvard, onde Calvino não chegou, pois a morte o colheu antes. De qualquer modo, as conjecturas acerca de uma linha de relação fundamental Poe/Valéry/Calvino não apenas se justificam a partir daquilo que é dito sobre Valéry na última conferência publicada ("Multiplicidade"), já mencionado, como ainda se atentarmos para o fato de que a novela de Calvino,* Palomar, *de 1983, isto é, um ano antes de ter começado a pensar nas "Charles Eliot Norton Lectures", é uma óbvia alusão ao sistema do* Monsieur Teste, *de Paul Valéry. Entre as referências à cabeça, do Senhor Teste de Valéry, e o telescópio, do Senhor Palomar de Calvino, passa toda uma crítica à tradição dos sistemas que procuram explicar as relações entre o eu e o mundo pela construção de mecanismos de percepção em que o sensível e o inteligível estabeleçam domínios de interação mútua, tal como já se delineava nas reflexões de* Eureka, *que Edgar Poe queria que fossem lidas como um poema. Um poema a Lucrécio, de quem Valéry sentia falta na tradição francesa de poesia, e que se definisse como poesia do conhecimento. O próprio Paul Valéry vai preencher esta lacuna da tradição, ao publicar, em 1917, "La Jeune Parque" e, em 1920, "Le Cimetière Marin". Mas estes poemas, assim como outros que constituem o volume* Charmes, *de 1922, são por assim dizer, catalisações de uma reflexão incessante que tem o seu início com a composição de* La Soirée avec Monsieur Teste, *em 1894, mas só publicado em 1896, o primeiro dos dez textos que hoje compõem o "Ciclo Teste", e a de um outro ensaio essencial, "Introdução ao método de Leonardo da Vinci", de 1894. Este ano da década de 90 é ainda muito importante por um outro motivo: são de 1894 as primeiras páginas dos* Cahiers *que hão de ser a sua obra permanente até 1945, ano de sua morte. Basta ler estas páginas iniciais, as páginas do "Journal de Bord", a que Valéry chamou de "Pré-Teste" sob a data de 1894, para reconhecer, entre fragmentos, a linha de* *reflexão influenciada por Edgar Poe e que já se revelara no texto sobre a técnica literária de 1889. Trata-se, antes de mais nada, de, sob o controle da consciência, daquela consciência que fazia, pela mesma época, surgir a sombra de Descartes na epígrafe de Teste, buscar simetrias e reciprocidades entre as artes e as ciências, ou mais precisamente, entre as artes verbais e as ciências da exatidão, como a matemática e a física. E o início também da busca pelo rigor, sem a perda da sensibilidade, de que Senhor Teste é a impossibilidade caricatural e Leonardo o arquétipo da realização bem-sucedida. Sendo assim, é possível compreender que, logo na primeira página dos* Cahiers, *lado a lado, venham uma enumeração dos nomes de Faraday, Maxwell e Edison e um quase-poema, que aponta para as origens mediterrâneas do autor: "Portion de famille/ Son sang, le mien/ Passion". Não é, portanto, por acaso que tenha elegido Leonardo como modelo para aquele tipo de inteligência que buscava nos inícios de suas reflexões: "Nele eu via o personagem principal desta Comédia Intelectual que não encontrou até aqui o seu poeta, e que seria, para meu gosto, bem mais preciosa ainda do que* A Comédia Humana *ou mesmo* A Divina Comédia". *Qual a razão, entretanto, desta importância atribuída a Leonardo? Responde Valéry: "Eu sentia que este mestre de seus meios, este possuidor do desenho, das imagens, do cálculo, tinha encontrado a atitude central a partir da qual as empresas do conhecimento e as operações da arte são igualmente possíveis; as trocas felizes entre a análise e os atos singularmente prováveis: pensamento maravilhosamente excitante". Mas isto tudo é dito em texto de 1919 ("Note et Digression") e não na* Introdução, *de 1894. Nesta, o objetivo primordial era a revelação de um método que se traduz por aquela "atitude central" do ensaio de 1919: a perspectiva a partir da qual o domínio dos meios artísticos, das técnicas e das ciências se respondem mutuamente pela instauração daquilo que Valéry chama de "lógica imaginativa", ou analógica, e que se funda, segundo ele, no encontro de relações "entre coisas cuja lei de continuidade nos escapa". Leonardo, como Poe, a quem Valéry recorre quase ao fim da* Introdução *(quando, pela primeira vez, alude à imagem da máquina para falar da obra de arte: "uma máquina destinada a excitar e a combinar as formações individuais destes espíritos"), foi daqueles a quem esta "lei de continuidade" não escapou e, por isso, a unidade de seu método está baseada nas operações da analogia, "vertigens da analogia", como diz Valéry, vinculadas à consciência daquelas operações, somente excepcionalmente atingida. Daí a observação: "A consciência das operações de pensamento, que é a lógica desconhecida de que falei, não existe senão raramente, mesmo nas mais fortes cabeças". As anotações disseminadas pelos* Cahiers *apontam para a incessante busca daquela consciência e, durante muitos anos, ao menos até a publicação de "La Jeune Parque" em 1917, os poemas não serão senão momentos de intervalo e de experimentação com a linguagem da poesia, para tomar o pulso das operações capazes de articular o sensível e o inteligível. Neste sentido, como não podia deixar de ser, as reflexões sobre linguagem, e não somente a da poesia, são centrais para o desenvolvimento do pensamento de Valéry. Veja-se, por exemplo, o texto que, ainda nessa década dos 90, mais precisamente em 1898, publicou, no* Mercure de

France, *sobre a "ciência das significações", de Michel Bréal, contida no livro* La Sémantique. *Pode-se mesmo dizer que a maior parte das anotações que compreendem os seus primeiros* Cahiers, *de 1894 a 1914, corresponde a indagações sobre a significação das linguagens, sejam as verbais, sejam as das matemáticas e da filosofia. (Por isso mesmo, seja dito entre parênteses, não é de estranhar a comparação, que tem ocorrido a mais de um crítico de Valéry, entre ele e Wittgenstein.) Na verdade, quando, a partir de 1912, começar os primeiros esboços de "La Jeune Parque", as explorações da linguagem da poesia assumem para sempre, em sua obra, este viés: um modo de tornar inteligível, para usar a sua própria expressão, a "hesitação entre o som e o sentido". É precisamente nesta "hesitação", fazendo ecoar possibilidades significativas e, ao mesmo tempo, assegurando a tensão entre o sensível e o inteligível, que Valéry procurou descortinar a viabilidade de uma "poesia pura", isto é, uma poesia cujo significado é antes a percepção do espaço que se constrói entre som e sentido, sua "hesitação", do que a partilha entre um e outro. E, de certo modo, o que se pode ler no ensaio "Poesia e Pensamento Abstrato", na última parte desta coletânea: "Entre a Voz e o Pensamento, entre o Pensamento e a Voz, entre a Presença e a Ausência oscila o pêndulo poético. Resulta dessa análise que o valor de um poema reside na indissolubilidade do som e do sentido. Ora, eis uma condição que parece exigir o impossível. Não existe qualquer relação entre o som e o sentido de uma palavra. A mesma coisa se chama* HORSE *em inglês,* IPPOS *em grego,* EQVVS *em latim e* CHEVAL *em francês; mas nenhuma operação sobre qualquer um desses termos me dará a ideia do animal em questão; nenhuma operação sobre essa ideia me levará a qualquer dessas palavras — caso contrário saberíamos facilmente todas as línguas, a começar pela nossa. E, contudo, a tarefa do poeta é nos dar a sensação de união íntima entre a palavra e o espírito". Em "La Jeune Parque", como muito bem soube ver o seu admirável tradutor brasileiro, Augusto de Campos, Valéry cria a distinção entre Eu e Mim* (moi *e, sempre grafado,* MOI) *para acentuar a dependência entre poeta e poema, entre eu e linguagem, por onde passa a recorrente identidade: "Mystérieuse MOI, pourtant, tu vis encore!/ Tu vas te reconnaître au lever de l'aurore/ Amèrement la même..." (Tradução de Augusto de Campos: "Misteriosa MIM, teu ser ainda persiste!/ Quando volvera aurora vais rever-te: triste/ mente és a mesma...") No ensaio de 1939, a distinção entre a linguagem da prosa e a da poesia está precisamente em que a primeira se esgota na compreensão, por onde se transforma em outra coisa, enquanto, "ao contrário, o poema não morre por ter vivido: ele é feito expressamente para renascer de suas cinzas e vir a ser indefinidamente o que acabou de ser. A poesia reconhece-se por esta propriedade: ela tende a se fazer reproduzir em sua forma, ela nos excita a reconstituí-la identicamente". E finalmente, ainda do mesmo ensaio, estas palavras iluminadas com que se delineia mais fortemente a diferença entre poesia e prosa: "Assim, entre a forma e o conteúdo, entre o som e o sentido, entre o poema e o estado de poesia, se manifesta uma simetria, uma igualdade de importância, de valor e de poder, que não existe na prosa; que se opõe à lei da prosa — que decreta a desigualdade dos dois constituintes da linguagem. O princípio essencial da mecânica poética — isto é, das condições de produção de estado poético pela palavra — é a meus olhos esta troca harmoniosa entre a expressão e a impressão". Daí dois corolários fundamentais da poética de Valéry: o poema como "uma espécie de máquina de provocar o estado poético por meio de palavras" e o seu hábito confesso de estar "mais atento à formação ou à fabricação das obras do que às próprias obras (...), de não apreciar as obras senão como ações". O que, naturalmente, o levava a recusar o princípio generalizado da inspiração, transferindo-o do poeta para o leitor ou receptor da poesia: "Um poeta — não se choquem com a minha proposição — não tem por função fazer sentir novamente o estado poético: isto é assunto privado. Reconhece-se o poeta — ou, pelo menos, cada um reconhece o seu — pelo simples fato de que ele transforma o leitor em 'inspirado'. A inspiração é, falando positivamente, uma atribuição graciosa que o leitor faz a seu poeta: o leitor nos oferece os méritos transcendentes dos poderes e das graças que se desenvolvem nele. Ele procura e encontra em nós a causa maravilhosa de seu deslumbramento". Nas últimas frases do ensaio, todavia, é recuperado aquilo que um Roger Shattuck percebeu como elemento de vinculação essencial, em Valéry, entre obra e vida: a poesia como "ato de espírito" e que, de alguma maneira, faz ressoar aquela "atitude central" que o próprio Valéry apontava em Leonardo. Diz Valéry: "Talvez achem minha concepção do poeta e do poema muito singular? Mas tentem imaginar o que supõe o menor de nossos atos. Imaginem tudo o que deve se passar no homem que emite uma pequena frase inteligível, e avaliem tudo o que é preciso para que um poema de Keats ou de Baudelaire venha a se formar sobre uma página vazia, diante do poeta. Considerem também que, entre todas as artes, a nossa é talvez a que coordena o máximo de partes ou de fatores independentes: o som, o sentido, o real e o imaginário, a lógica, a sintaxe e a dupla invenção do conteúdo e da forma... e tudo isso por intermédio desse meio essencialmente prático, perpetuamente alterado, profanado, desempenhando todos os ofícios, a linguagem comum, da qual devemos tirar uma Voz pura, ideal, capaz de comunicar sem fraquezas, sem aparente esforço, sem atentado ao ouvido e sem romper a esfera instantânea do universo poético, uma ideia de algum Eu* (moi) *maravilhosamente superior a Mim* (Moi)*". Não passa por aqui alguma coisa daquela reciprocidade entre sistemas que o próprio Valéry fisgava como essencial no conceito de Consistência, de Edgar Poe? Ou aquela "lógica imaginativa" que ele detectava como central em Leonardo da Vinci? Não é de se estranhar: a prosa de Valéry, assim como a sua melhor poesia, tem, por certo, um timbre repetitivo e obcecado. Para ele, os textos jamais são definitivos porque as ideias são experimentos de ideias, ou ídolos, como preferiu dizer Cioran. Mas o "rigor obstinado" (do lema de Leonardo) com que as perseguia, criava os espaços de tensão por onde passavam algumas frases que, instigando o leitor a reconstituí-las identicamente, para utilizar os seus termos, faziam a passagem da prosa à poesia. Neste sentido, estão para além da compreensão e "se reproduzem em sua forma". Por isso, talvez, o melhor Valéry nunca esteja onde se está lendo: cada um dos textos reunidos nesta coletânea faz pensar noutro texto — quem já leu* Tel Quel *vai sempre reler os*

Cahiers, *e basta ter lido alguns fragmentos destes últimos para estar sempre relendo Valéry, mesmo se for a primeira vez que se está detendo o olho em qualquer texto desta coletânea. Desta maneira, teve razão Italo Calvino: Paul Valéry teria que estar nas páginas dedicadas à multiplicidade. Daí para o próximo milênio.*

LITERATURA

SITUAÇÃO DE BAUDELAIRE[1]

Baudelaire está no apogeu da glória.

Esse pequeno volume *As Flores do Mal*, que não chega a trezentas páginas, encontra-se, na opinião dos letrados, entre as obras mais ilustres e mais amplas. Foi traduzido para a maioria das línguas europeias: vou me deter um instante sobre esse ponto, pois não existe outro igual na história das Letras francesas.

Os poetas franceses geralmente são pouco conhecidos e pouco apreciados pelos estrangeiros. É mais fácil obtermos superioridade na prosa; mas nossa força poética é mesquinha e dificilmente reconhecida. A ordem e o gênero obrigatórios que reinam em nossa língua desde o século XVII, nossa entonação particular, nossa prosódia rigorosa, nosso gosto pela simplificação e pela clareza imediata, nosso medo do exagero e do ridículo, uma espécie de pudor na expressão e a tendência abstrata de nosso espírito fizeram uma poesia bem diferente da das outras nações, que lhes é frequentemente imperceptível. La Fontaine parece insípido para os estrangeiros. Racine é proibido. Suas harmonias são sutis demais, sua composição, pura demais, seu discurso, elegante demais e com nuanças demais para serem sensíveis aos que não têm um conhecimento íntimo e original de nossa língua.

O próprio Victor Hugo só ficou conhecido fora da França através de seus romances.

Mas com Baudelaire a poesia francesa ultrapassa finalmente as fronteiras da nação. Ela é lida no mundo inteiro; impõe-se como a poesia própria da modernidade; dá origem à imitação, fecunda muitos espíritos. Homens como Swinburne, Gabriele d'Annunzio, Stefan George, testemunham magnificamente a influência baudelairiana no exterior.

Posso então dizer que, se existem entre nossos poetas, poetas maiores e dotados de mais força que Baudelaire, absolutamente nenhum é mais *importante*.

De onde vem essa importância singular? Como um ser tão particular, tão distante da média como Baudelaire pôde criar um movimento tão amplo?

Esta grande aceitação póstuma, essa fecundidade espiritual, essa glória que está em seu período mais alto devem depender não apenas de seu próprio valor como poeta, mas também de circunstâncias excepcionais. E uma inteligência crítica associada à virtude da poesia é uma circunstância excepcional. Baudelaire deve a essa rara aliança uma descoberta essencial. Ele nasceu sensual e preciso; tinha uma sensibilidade cuja

---

[1] Conferência feita em 19 de fevereiro de 1924 na Sociedade de Conferência (instituída sob o alto patrocínio de S.A.S. o príncipe de Mônaco), publicada em folheto, em 1924, pela Imprensa de Mônaco.

exigência o levava aos requintes mais delicados da forma; mas esses dons sem dúvida só o teriam tornado um rival de Gautier ou um excelente artista do Parnaso se ele não tivesse, através da curiosidade de seu espírito, merecido a chance de descobrir nas obras de Edgar Poe um novo mundo intelectual. O demônio da lucidez, o gênio da análise e o inventor das combinações mais novas e mais sedutoras da lógica com a imaginação, do misticismo com o cálculo, o psicólogo da exceção, o engenheiro literário que aprofunda e utiliza todos os recursos da arte aparecem-lhe em Edgar Poe e fascinam-no. Tantos pontos de vista originais e tantas promessas extraordinárias o enfeitiçam. Seu trabalho foi transformado, seu destino, magnificamente mudado.

Voltarei em breve aos efeitos desse mágico contato entre dois espíritos.

Mas devo considerar agora uma segunda circunstância notável na formação de Baudelaire.

No momento em que atinge a idade adulta, o romantismo está no apogeu; uma deslumbrante geração tem a posse do império das Letras: Lamartine, Hugo, Musset, Vigny são os mestres do momento.

Coloquemo-nos na situação de um jovem que atinge, em 1840, a idade de escrever. Está alimentado com aqueles que seu instinto recomenda imperiosamente para abolir. Sua existência literária, que eles provocaram e alimentaram, que sua glória excitou, que suas obras determinaram, está, contudo, suspensa na negação, na derrubada, na substituição desses homens que lhe parecem preencher todo o espaço da celebridade proibindo-lhe, um, o mundo das formas; outro, o dos sentimentos; outro, o pitoresco; outro, a profundidade.

Trata-se de distinguir-se a todo custo de um conjunto de grandes poetas excepcionalmente reunidos por algum acaso na mesma época, todos em plena força.

O problema de Baudelaire podia então — devia então — ser colocado assim: "ser um grande poeta, mas não ser nem Lamartine, nem Hugo, nem Musset". Não digo que essa intenção fosse consciente, mas existia necessariamente em Baudelaire, e mesmo era essencialmente Baudelaire. Era sua razão de Estado. Nos campos da criação, que são também os do orgulho, a necessidade de se distinguir é inseparável da própria existência. Baudelaire escreve em seu projeto de prefácio de *Flores do Mal*: "*Poetas ilustres dividiram entre si, durante muito tempo, as províncias mais floridas do campo poético* etc. Farei portanto algo diferente...".

Em suma, ele foi levado, obrigado, pelo estado de sua alma e dos elementos, a opor-se cada vez mais nitidamente ao sistema, ou à ausência de sistema, denominado romantismo.

Não vou definir esse termo. Para tanto seria preciso ter perdido todo o senso de rigor. Estou me ocupando aqui apenas em restituir as reações e as intuições mais prováveis de nosso poeta "em estado nascente", quando se confronta com a literatura de sua época.

Baudelaire recebe dela uma certa impressão que podemos reconstituir até com muita facilidade. Possuímos, na verdade, graças à sequência do tempo e ao desenvolvimento posterior dos acontecimentos literários, graças mesmo a Baudelaire, à sua obra e ao destino dessa obra, um meio simples e seguro de tornar um pouco mais precisa nossa ideia necessariamente vaga e, ora recebida, ora totalmente arbitrária, do romantismo. *Esse meio consiste na observação do que se sucedeu ao romantismo*, vindo alterá-lo, trazendo-lhe correções e contradições e, finalmente, substituindo-o. Basta considerar os movimentos e as obras produzidas depois dele, contra ele, e que foram, inevitável e automaticamente, respostas *exatas* ao que ele era. O romantismo, sob esse prisma, foi aquilo a que o naturalismo ripostou e contra o que se reuniu o Parnaso; foi, da mesma maneira, o que determinou a atitude particular de Baudelaire. Foi o que suscitou quase simultaneamente contra si o desejo de perfeição — o misticismo da "arte pela arte" —, a exigência da observação e da fixação impessoal das coisas; o desejo, em uma palavra, *de uma substância mais sólida e de uma forma mais erudita e mais pura*. Nada nos informa mais claramente sobre os românticos que o conjunto dos programas e das tendências de seus sucessores.

Talvez os vícios do romantismo sejam apenas os excessos inseparáveis da confiança em si mesmo?... A adolescência das novidades é vaidosa. A sabedoria, o cálculo e, em suma, a perfeição só aparecem no momento da economia das forças.

De qualquer forma, a era dos escrúpulos começa aproximadamente na época da juventude de Baudelaire. Gautier já protesta e reage contra o abrandamento das condições da forma, contra a indigência ou a impropriedade da linguagem. Logo os diversos esforços de Sainte-Beuve, de Flaubert, de Leconte de Lisle se opõem à facilidade apaixonada, à inconstância do estilo, às profusões de tolices e de esquisitices... Parnasianos e realistas consentirão em perder em intensidade aparente, em abundância, em movimento oratório o que ganharão em profundidade, em verdade, em qualidade técnica e intelectual.

Resumindo, direi que a substituição do romantismo por essas diversas "escolas" pode ser considerada a substituição de uma ação espontânea por uma ação refletida.

A obra romântica, *em geral*, suporta muito mal uma leitura lenta e sobrecarregada com as resistências de um leitor difícil e refinado.

Baudelaire era esse leitor. Baudelaire tem o maior interesse — interesse vital — em perceber, em constatar, em exagerar todas as fraquezas e lacunas do romantismo, observadas muito de perto nas obras e nas pessoas de seus maiores nomes. *O romantismo está em seu apogeu*, pôde-se dizer, *portanto é mortal*; e pôde considerar os deuses e semideuses do momento com os mesmos olhos com que Talleyrand e Metternich, por volta de 1807, olhavam estranhamente o dono do mundo...

Baudelaire observava Victor Hugo; não é impossível conjeturar o que pensava. Hugo reinava; ele tinha a vantagem, sobre Lamartine, de um *material* infinitamente mais forte e mais preciso. O amplo registro de suas palavras, a diversidade de seus ritmos, a superabundância de suas imagens esmagavam qualquer poesia rival. Mas às vezes sua obra era sacrificada ao vulgar, perdia-se na eloquência profética e nas apóstrofes infinitas. Ele galanteava a multidão e dialogava com Deus. A simplicidade de sua filosofia, a desproporção e a incoerência dos desenvolvimentos, o contraste frequente entre as maravilhas do detalhe e a fragilidade do pretexto e a inconstância do conjunto, finalmente, tudo o que podia chocar e, portanto, instruir e orientar para sua arte pessoal futura um observador jovem e impiedoso, Baudelaire devia notar em si mesmo e distinguir na admiração imposta pelos dons prestigiosos de Hugo as impurezas, as imprudências, os pontos vulneráveis de sua obra — ou seja, as possibilidades de vida e as chances de glória que um artista tão grande deixava para serem colhidas.

Se fôssemos algo maliciosos e um pouco mais engenhosos do que convém, seria muito tentador aproximar a poesia de Victor Hugo da de Baudelaire, com o intuito de fazer com que esta última pareça exatamente *complementar* à primeira. Não insisto nisso. É bastante óbvio que Baudelaire buscou o que Victor Hugo não fez; que se absteve de todos os efeitos nos quais Victor Hugo era invencível; que voltou a uma prosódia menos livre e escrupulosamente distante da prosa; que perseguiu e encontrou quase sempre a produção do *encanto contínuo*, qualidade inapreciável e como que transcendente de certos poemas — mas qualidade pouco encontrada, e esse pouco raramente era puro, na imensa obra de Victor Hugo.

Baudelaire, aliás, não conheceu, ou conheceu muito pouco, o último Victor Hugo, aquele dos erros extremos e das belezas supremas. *A Lenda dos Séculos* é publicada dois anos depois de *As Flores do Mal*. Quanto às obras posteriores de Hugo, elas só foram publicadas muito tempo após a morte de Baudelaire. Atribuo-lhes uma importância técnica infinitamente superior àquela de todos os outros versos de Hugo. Não é o lugar adequado e não tenho tempo para desenvolver essa opinião. Apenas esboçarei uma digressão possível. O que me impressiona em Victor Hugo é uma força vital incomparável. Força vital, ou seja, longevidade e capacidade de trabalho *combinadas*; longevidade *multiplicada por* capacidade de trabalho. Durante mais de sessenta anos, esse homem extraordinário trabalha todos os dias das cinco horas até o meio-dia! Não para de provocar as combinações da linguagem, de desejá-las, de esperá-las e de ouvir suas respostas. Escreve cem ou duzentos mil versos, adquirindo, através desse exercício ininterrupto, uma maneira de pensar singular que alguns críticos superficiais julgaram de acordo com a capacidade que tinham. Mas, durante sua longa carreira, Hugo não se cansou de realizar e de fortificar-se em sua arte; e, sem dúvida, peca cada vez mais contra a escolha, perde cada vez mais o sentido das proporções, empasta seus versos com palavras indeterminadas, vagas e vertiginosas, usando o abismo, o infinito, o absoluto com tanta abundância e tanta facilidade que esses termos monstruosos perdem até a aparência de profundidade que lhes é atribuída pelo uso. Mas ainda, que versos prodigiosos, que versos incomparáveis na extensão, na organização interna, na ressonância, na plenitude, aqueles que escreveu no último período de sua vida! Em *A Corda de Bronze*, em *Deus*, em *O Fim de Satã*, na peça sobre a morte de Gautier, o artista septuagenário, que viu morrerem todos os seus rivais, que pôde ver nascer de si toda uma geração de poetas e até aproveitar os ensinamentos inapreciáveis que o discípulo daria ao mestre se o último durasse, o velho tão ilustre atingiu o ponto mais alto da força poética e da nobre ciência do versificador.

Hugo nunca deixou de aprender com a prática; Baudelaire, cujo tempo de vida mal excede a *metade* do de Hugo, desenvolve-se de maneira totalmente diferente. Diríamos que, nesse pouco tempo que tem para viver, ele deve compensar a brevidade provável e a insuficiência pressentida através do emprego dessa inteligência crítica de que falei há pouco. São lhe concedidos vinte anos para atingir o ponto de sua perfeição própria, reconhecer seu domínio pessoal e definir uma forma e uma atitude específicas que transportarão e preservarão seu nome[2]. Ele não tem tempo, não terá tempo de perseguir por prazer estes belos objetos da vontade literária, através do maior número de experiências e da multiplicação das obras. É preciso tomar o caminho mais curto, ter em vista a economia das tentativas, poupar as repetições e os trabalhos divergentes: é preciso portanto procurar o que se é, o que se pode, o que se quer através dos caminhos da análise e unir, em si mesmo, às virtudes espontâneas de um poeta a sagacidade, o ceticismo, a atenção e a faculdade argumentadora de um crítico.

É nisso que Baudelaire, embora de origem romântica, e até romântico em seus gostos, pode às vezes parecer um clássico. Existe uma infinidade de maneiras de definir o clássico. Adotaremos esta hoje: clássico é o escritor que traz um crítico em si mesmo, associando-o intimamente a seus trabalhos. Havia um Boileau em Racine, ou uma imagem de Boileau.

O que era afinal escolher no romantismo, e discernir nele um bem e um mal, um falso e um verdadeiro, fraquezas e virtudes, se não fazer a respeito dos autores da primeira metade do século XIX o que os homens da época de Luís XIV fizeram em relação aos autores do século XVI? Todo o classicismo supõe um romantismo anterior. Todas as vantagens atribuídas, todas as objeções feitas a uma arte "clássica" são relativas a esse axioma. A essência do classicismo é vir depois. A ordem supõe uma certa desordem a ser reduzida. A composição, que é artifício, sucede a algum caos primitivo de intuições e de desenvolvimentos naturais. A pureza é o resultado de operações infinitas sobre a linguagem, e o cuidado com a forma não passa da reorganização meditada dos meios

---

[2] *Je te donne ces vers afin que si mon nom/ Aborde heureusement aux époques lointaines...* (Dou-te esses versos para que se meu nome/ Abordar felizmente épocas distantes...).

de expressão. O clássico implica, portanto, atos voluntários e refletidos que modificam uma produção "natural", de acordo com uma concepção clara e racional do homem e da arte. Mas como se pode ver através das ciências, só podemos fazer uma obra racional e construir de acordo com a ordem através de um conjunto de convenções. A arte clássica é reconhecida na existência, na nitidez, no absolutismo dessas convenções; quer se trate das três unidades, dos preceitos prosódicos, das restrições do vocabulário, essas regras aparentemente arbitrárias fizeram sua força e sua fraqueza. Pouco compreendidas hoje e de difícil defesa, quase impossíveis de serem seguidas, elas procedem de uma antiga, sutil e profunda harmonia das condições do prazer intelectual sem mistura.

Baudelaire, no meio do romantismo, evoca-nos algum clássico, mas apenas evoca. Ele morreu jovem e, aliás, viveu sob a impressão detestável dada aos homens de sua época pela sobrevivência miserável do antigo classicismo do Império. Absolutamente não se tratava de reanimar o que estava morto, mas talvez de reencontrar através de outros caminhos o espírito que não estava mais nesse cadáver.

Os românticos tinham negligenciado tudo, ou quase tudo aquilo que solicita ao pensamento uma atenção ou uma sequência muito difíceis. Eles buscavam os efeitos de choque, de arrebatamento e de contraste. Nem a medida, nem o rigor, nem a profundidade atormentavam-nos excessivamente. Repudiavam a reflexão abstrata e o raciocínio, não apenas em suas obras mas também na preparação de suas obras — o que é infinitamente mais grave. Poderíamos dizer que os franceses esqueceram seus dons analíticos. Convém observar aqui que os românticos reagiram mais contra o século XVIII que contra o XVII e acusavam facilmente de superficialidade homens infinitamente mais instruídos, mais curiosos por fatos e ideias, mais inquietos por precisões e pensamentos em grande escala que jamais o foram eles mesmos.

Em uma época em que a ciência ia se desenvolver extraordinariamente, o romantismo manifestava um estado de espírito anticientífico. A paixão e a inspiração se persuadem de que só precisam de si mesmas.

Mas, sob um céu totalmente diferente, no meio de um povo muito ocupado com seu desenvolvimento material, ainda indiferente em relação ao passado, organizando seu futuro e deixando às experiências de qualquer natureza a mais completa liberdade, aproximadamente na mesma época, um homem encontrou-se por considerar as coisas do espírito e, entre elas, a produção literária, com uma nitidez, uma sagacidade e uma lucidez nunca encontradas em uma cabeça dotada com a invenção poética. Até Edgar Poe, o problema da literatura nunca havia sido examinado em suas premissas, reduzido a um problema de psicologia, abordado através de uma análise em que a lógica e a mecânica dos efeitos fossem deliberadamente empregadas. Pela primeira vez, as relações entre a obra e o leitor eram elucidadas e dadas como os fundamentos positivos da arte. Essa análise — e essa circunstância garante-nos seu valor — aplica-se e verifica-se nitidamente também em todos os campos da produção literária. As mesmas reflexões, as mesmas distinções, as mesmas observações quantitativas, as mesmas ideias diretrizes adaptam-se igualmente às obras destinadas a agir forte e brutalmente sobre a sensibilidade, a conquistar o público amante de emoções fortes ou de aventuras estranhas, da mesma forma como regem os gêneros mais refinados e a organização delicada das criações do poeta.

Dizer que essa análise é válida na ordem do conto, tanto quanto na ordem do poema, que é aplicável na construção do imaginário e do fantástico, bem como na restituição e na representação literária da verossimilhança, é dizer que ela é notável por sua generalidade. O próprio daquilo que é realmente geral é a fecundidade. Chegar ao ponto em que se domina todo o campo de uma atividade é perceber necessariamente uma grande quantidade de possíveis: domínios inexplorados, caminhos a serem traçados, terras a serem exploradas, cidades a serem edificadas, relações a serem estabelecidas, procedimentos a serem desenvolvidos. Não é, portanto, surpreendente que Poe, possuindo um método tão poderoso e seguro, tenha se transformado em um inventor de diversos gêneros, dando os primeiros e os mais impressionantes exemplos do conto científico, do poema cosmogônico moderno, do romance da instrução criminal, da introdução dos estudos psicológicos mórbidos na literatura, e que toda sua obra manifeste em cada página o ato de uma inteligência e de uma vontade de inteligência difíceis de serem encontradas nesse grau em qualquer outra carreira literária.

Esse grande homem estaria hoje completamente esquecido se Baudelaire não tivesse se dedicado a introduzi-lo na literatura europeia. Não podemos deixar de observar aqui que a glória universal de Edgar Poe só é fraca ou contestada em seu país de origem e na Inglaterra. Esse poeta anglo-saxão é estranhamente ignorado pelos seus.

Outra observação: *Baudelaire e Edgar Poe trocam valores*. Um dá ao outro o que tem; e recebe o que não tem. Este entrega àquele um sistema completo de pensamentos novos e profundos. Esclarece-o, fecunda-o, determina suas opiniões sobre muitos assuntos: filosofia da composição, teoria do artificial, compreensão e condenação do moderno, importância do excepcional e de uma certa estranheza, atitude aristocrática, misticismo, gosto pela elegância e pela precisão, até política... Baudelaire está completamente impregnado, inspirado, aprofundado.

Mas em troca desses bens Baudelaire dá ao pensamento de Poe uma extensão infinita. Ele o propõe para o futuro. Essa extensão, que transforma o poeta nele mesmo, no grande verso de Mallarmé[3], é o ato, é a tradução, são os prefácios de Baudelaire que a abrem e garantem-na ao fantasma do miserável Poe.

Não vou examinar tudo o que as Letras devem à influência desse inventor prodigioso. Quer se trate de Júlio Verne e de seus rivais, de Gaboriau e de seus semelhantes, quer evoquemos nesses gêneros bem mais importantes as obras de Villiers de l'Isle-Adam ou as

---

[3] *Tel qu'en Lui-même enfin l'éternité le change...* (Tal como nele mesmo enfim a eternidade o transforma...).

de Dostoiévski, é fácil notar que as *Aventuras de Gordon Pym*, o *Mistério da rua Morgue*, *Ligeia*, *O Coração Revelador* foram modelos abundantemente imitados, profundamente estudados, nunca superados.

Eu me perguntaria somente o que a poesia de Baudelaire e, de uma forma geral, a poesia francesa podem estar devendo à descoberta das obras de Edgar Poe.

Alguns poemas das *Flores do Mal* extraem dos poemas de Poe o sentimento e a substância. Alguns contêm versos que são a transposição exata; mas vou desprezar esses empréstimos particulares, cuja importância é, de alguma forma, apenas pontual.

Só vou reter o essencial, que é a própria ideia de Poe sobre a poesia. Sua concepção, exposta em diversos artigos, foi o principal agente da modificação das ideias e da arte de Baudelaire. O trabalho dessa teoria da composição no espírito de Baudelaire, os ensinamentos que ele deduziu a partir daí, os desenvolvimentos que ele recebeu da posteridade intelectual — e, principalmente, seu grande valor intrínseco — exigem que nos detenhamos um pouco para examiná-la.

Não vou esconder que o conteúdo dos pensamentos de Poe depende de uma certa metafísica que ele imaginou. Mas se essa metafísica dirige e domina e sugere as teorias em questão, entretanto não as penetra. Cria-as e explica sua produção; não as constitui.

As ideias de Edgar Poe sobre a poesia estão expressas em alguns ensaios, sendo que o mais importante (e o que menos diz respeito à técnica dos versos ingleses) tem o título *O Princípio Poético* (*The Poetic Principie*).

Baudelaire foi tocado tão profundamente por essa obra, ficou tão intensamente impressionado que considerou seu conteúdo, e não apenas o conteúdo mas a própria forma, *como um bem seu*.

O homem pode vir a se apropriar daquilo que parece ser *feito* tão exatamente *para ele* que, embora sabendo não ser assim, considera como feito *por ele*... Ele tende irresistivelmente a apoderar-se do que convém estreitamente à sua pessoa; e a própria linguagem confunde sob o nome de *bem* a noção do que está adaptado a alguém, satisfazendo-o inteiramente, com a da propriedade desse alguém...

Ora, Baudelaire, embora inspirado e possuído pelo estudo do *Princípio Poético* — ou, muito mais, por aquilo que inspirava e possuía esse princípio —, não inseriu a tradução desse ensaio nas próprias obras de Edgar Poe, mas introduziu a parte mais interessante, ligeiramente modificada e com frases invertidas, no prefácio do início de sua tradução das *Histórias Extraordinárias*. O plágio seria contestável se seu próprio autor não o tivesse acusado como veremos: em um artigo sobre Théophile Gautier[4], ele reproduziu a passagem completa da qual estou falando, precedendo-a com estas linhas muito claras e surpreendentes: *É permitido, algumas vezes, presumo, citar-se a si mesmo para evitar parafrasear-se. Vou repetir portanto...* Segue a passagem emprestada.

[4] Compilado em *A Arte Romântica*.

O que pensava então Edgar Poe sobre a poesia?

Vou resumir suas ideias em algumas palavras. Ele analisa as condições psicológicas de um poema. Entre essas condições, coloca em primeiro lugar as que dependem das *dimensões* das obras poéticas. Dá à consideração de sua extensão uma importância singular. Examina, por outro lado, a própria substância dessas obras. Estabelece facilmente que existem poemas ocupados por noções para as quais a prosa seria suficiente como veículo. A história, a ciência, a moral nada ganham por estarem expostas na linguagem da alma. A poesia didática, a poesia histórica ou a ética, embora ilustradas e consagradas pelos maiores poetas, combinam estranhamente os dados do conhecimento discursivo ou empírico com as criações do ser íntimo e as forças da emoção.

Poe compreendeu que a poesia moderna devia se adequar à tendência de uma época que viu separarem-se cada vez mais nitidamente os modos e os domínios da atividade, e que ela podia pretender realizar seu próprio objeto e produzir-se, de alguma forma, *no estado puro*.

Assim, analisando condições da volúpia poética, definindo através do *esgotamento* da *poesia absoluta*, Poe mostrava um caminho, ensinava uma doutrina muito sedutora e rigorosa, na qual se uniam uma espécie de matemática e de mística...

Se lermos atualmente o conjunto das *Flores do Mal*, e se tomarmos o cuidado de comparar essa antologia com as obras poéticas do mesmo período, não ficaremos surpreendidos ao constatar que a obra de Baudelaire está extraordinariamente de acordo com os preceitos de Poe sendo, por isso, extraordinariamente diferente das produções românticas. As *Flores do Mal* contêm poemas históricos ou lendas; nada que repouse sobre uma narração. Não se veem tiradas filosóficas. A política não aparece. As descrições são raras e sempre *significativas*. E tudo é encanto, música, sensualidade abstrata e poderosa... Luxo, forma e volúpia.

Nos melhores versos de Baudelaire há uma combinação de carne e de espírito, uma mistura de solenidade, de calor e de amargura, de eternidade e de intimidade, uma aliança raríssima da vontade com a harmonia que os distinguem nitidamente dos versos românticos, como distinguem nitidamente dos versos parnasianos. O Parnaso não foi muito terno com Baudelaire. Leconte de Lisle reprovava-lhe a esterilidade. Esquecia que a verdadeira fecundidade de um poeta não consiste no número de seus versos, mas muito mais na extensão de seus efeitos. Só se pode julgar com o passar do tempo. Vemos hoje que, depois de sessenta anos, a ressonância da obra única e bem pouco volumosa de Baudelaire preenche ainda toda a esfera poética, está presente nos espíritos, impossível de ser negligenciada, sendo reforçada por uma quantidade impressionante de obras que derivam dela, não se tratando absolutamente de imitações, mas sim de consequências, e que seria preciso então, para ser justo, juntar à magra antologia *As Flores do Mal* diversas obras de primeira grandeza e um conjunto das procuras mais profundas e mais delicadas jamais feitas pela poesia. A influência de *Poemas Antigos* e de *Poemas Bárbaros* foi menos diversificada e menos extensa.

Deve-se reconhecer, contudo, que essa mesma influência, se houvesse sido exercida sobre Baudelaire, talvez o tivesse dissuadido de escrever ou de conservar certos versos muito soltos encontrados em seu livro. Nos catorze versos do soneto Recolhimento, que é uma das melhores peças da obra, surpreendem-me sempre cinco ou seis que são de uma fraqueza incontestável. Mas os primeiros e os últimos versos dessa poesia têm tal magia que não se percebe a inépcia do meio, que passa facilmente por nulo ou inexistente. É preciso ser um poeta muito bom para esse gênero de milagres.

Há pouco eu falava da produção do *encanto*, e eis que acabo de pronunciar a palavra *milagre*; sem dúvida são termos que devem ser usados discretamente por causa da força do seu sentido e da facilidade de seu emprego; mas eu só saberia substituí-los por meio de uma análise tão longa, e talvez tão contestável, que acho que devo poupá-la àquele que deveria fazê-la, como aos que deveriam submeter-se a ela. Permanecerei no vago, limitando-me a sugerir o que ela poderia ser. Seria preciso mostrar que a linguagem contém recursos emotivos misturados às suas próprias práticas e diretamente significativos. O dever, o trabalho, a função do poeta são colocar em evidência essas forças de movimento e de encantamento, esses excitantes da vida afetiva e da sensibilidade intelectual em ação que, na linguagem usual, são confundidos como sinais e meios de comunicação da vida comum e superficial. O poeta consagra-se e consome-se, portanto, em definir e construir uma linguagem dentro da linguagem; e a sua operação longa, difícil, delicada, que exige as qualidades mais diversas do espírito e que nunca se acaba, da mesma forma como nunca é exatamente possível, tende a constituir o discurso de seu ser mais puro, mais poderoso e mais profundo em seus pensamentos, mais intenso em sua vida, mais elegante e mais feliz em suas palavras que qualquer pessoa real. Essas palavras extraordinárias são conhecidas e reconhecidas através do ritmo e das harmonias que as sustentam e que devem estar tão íntima e tão misteriosamente ligados à sua produção que o som e o sentido não possam mais separar-se, correspondendo-se infinitamente na memória.

A poesia de Baudelaire deve sua duração a esse domínio que ainda exerce a plenitude e a nitidez singular de seu timbre. Essa voz, por instantes, cede à eloquência, como acontecia com demasiada frequência aos poetas daquela época; mas conserva e desenvolve quase sempre uma linha melódica admiravelmente pura e uma sonoridade perfeitamente realizada que a distinguem de qualquer prosa.

Baudelaire, através disso, reagiu muito favoravelmente contra as tendências ao prosaísmo observadas na poesia francesa a partir dos meados do século XVII. E extraordinário que o mesmo homem, ao qual devemos o retorno de nossa poesia à sua essência, seja também um dos primeiros escritores franceses a se apaixonarem pela música propriamente dita. Menciono esse gosto, manifestado através de artigos célebres sobre *Tanhäuser* e sobre *Lohengrin*, por causa do desenvolvimento posterior da influência da música sobre a literatura... *"O que foi balizado de Simbolismo resume-se simplesmente na intenção comum a diversas famílias de poetas de resgatar da música seu bem..."*

Para tornar um pouco mais precisa e mais completa essa tentativa de explicação da importância atual de Baudelaire, eu deveria lembrar agora que ele foi quase um crítico de pintura. Conheceu Delacroix e Manet. Tentou pesar os méritos respectivos de Ingres e de seu rival, como pôde comparar em seus "realismos" bem diferentes as obras de Courbet com as de Manet. Teve pelo grande Daumier uma admiração que é partilhada pela posteridade. Talvez tenha exagerado o valor de Constantin Guys... Mas, no conjunto, seus julgamentos sempre motivados e acompanhados das considerações mais sutis e mais sólidas sobre a pintura permanecem modelos do gênero terrivelmente fácil, e portanto terrivelmente difícil, da crítica de arte.

Mas a maior glória de Baudelaire, como os fiz pressentir desde o início desta conferência, é sem dúvida ter dado origem a alguns grandes poetas. Nem Verlaine, nem Mallarmé, nem Rimbaud teriam sido o que foram sem a leitura de *As Flores do Mal* na idade decisiva. Seria fácil mostrar nessa antologia poemas cuja forma e inspiração prenunciam tais peças de Verlaine, de Mallarmé ou de Rimbaud. Mas essas correspondências estão tão claras, e o tempo da atenção que me têm prestado tão prestes a expirar, que não vou entrar em detalhes. Limitar-me-ei a indicar-lhes que o sentido do íntimo e a mistura poderosa e enevoada da emoção mística e do ardor sensual desenvolvidos em Verlaine; o frenesi da partida, o movimento da impaciência excitado pelo universo, a profunda consciência das sensações e de suas ressonâncias harmônicas que tornam tão enérgica e tão ativa a obra breve e violenta de Rimbaud estão nitidamente presentes e reconhecíveis em Baudelaire.

Quanto a Stéphane Mallarmé, cujos primeiros versos poderiam ser confundidos com os mais belos e mais densos de *Flores do Mal*, ele buscou em suas consequências mais sutis os requintes formais e técnicos pelos quais as análises de Edgar Poe e os ensaios e comentários de Baudelaire comunicaram-lhe a paixão, ensinando-lhe a importância. Enquanto Verlaine e Rimbaud continuaram Baudelaire na ordem do sentimento e da sensação, Mallarmé prolongou-o no campo da perfeição e da pureza poética.

Eu, 1894. Aquarela de Paul Valéry.

DISCURSO EM HONRA DE GOETHE[1]

Sua Excelência o Presidente da República,
Senhoras e Senhores,

Alguns homens dão a ideia — ou a ilusão — daquilo que o Mundo, e particularmente a Europa, poderia ter-se tornado se a força política e a força do espírito houvessem podido penetrar-se mutuamente ou, pelo menos, manter relações menos incertas. O real teria tornado sensatas as ideias; o espiritual teria, talvez, enobrecido os atos; e não se encontraria entre a cultura dos homens e a condução de seus negócios o estranho e detestável contraste que confunde todos aqueles que o veem. Mas talvez essas duas forças sejam grandezas incomensuráveis; e, sem dúvida, é preciso que seja assim.

Sobre aqueles poucos homens de que falava, alguns surgem nos séculos XII e XIII. Outros produziram o ardor e o esplendor do Renascimento. Os últimos, nascidos no século XVIII, extinguem-se com as últimas esperanças de uma certa civilização baseada principalmente no Mito da Beleza e do Conhecimento, sendo ambos criações ou invenções dos antigos gregos.

Goethe é um deles. Digo imediatamente que não vejo outro depois dele. Só encontramos, desde então, circunstâncias cada vez menos favoráveis à grandeza singular e universal dos indivíduos.

E por isso que este centenário tem, talvez, um significado particular, podendo marcar uma época do mundo, pois a inquietude e a atividade de transformação deste mundo, entre tantas coisas que abalam e tantos valores que colocam em discussão, experimentam ou ameaçam de muitas maneiras a vida própria da inteligência e os valores essencialmente pessoais.

*

Senhores,
Não se pode elogiar muito a Universidade de Paris por considerar que os grandes nomes das Letras ou das Ciências de todas as nações tenham seu lugar nela, ou por ter desejado fazer uma homenagem solene ao poeta maior da Alemanha, nesta Sorbonne que contou entre seus alunos com um Dante, um Villon e tantos outros de futuro ilustre. Entretanto, Senhores, a verdade impede-me de cumprimentá-los sobre a escolha

---

[1] Pronunciado em 30 de abril de 1932 na Sorbonne, por ocasião da comemoração do centenário da morte de Goethe, publicado no n. 225 de *La Nouvelle Revue Française*, 1º de junho de 1932, pp. 945-72.

que fizeram daquele que deve tomar a palavra aqui. É uma grande honra, mas tenho todas as razões do mundo para recear o que vou dizer. Um dos maiores gênios e dos mais completos que surgiram; uma obra imensa, e escrita em uma língua que não tenho a felicidade de saber; uma força poética de cujos movimentos e harmonia só pude entrever através do véu das traduções; fazer um discurso sobre este herói e sobre esta obra, diante de uma assistência em que só vejo pessoas mais capazes que eu da tarefa que me foi confiada, e em que não faltam profundos conhecedores daquilo que me é quase desconhecido — eis o que vejo pela frente desafiando-me.

E, ainda, a circunstância mais inquietante a meu ver, e aquela em que sinto talvez as dificuldades maiores, é essa abundância insuperável das obras que a ocasião fez produzir, a quantidade impressionante de documentos e de julgamentos, a quantidade de teses e ideias publicadas em toda parte e que vêm a todo instante enriquecer a imagem de Goethe, já formada há um século, e agitar o que repousava na água do espelho do Tempo.

Ele já era considerado a figura mais complexa do mundo e, contudo, as novas pesquisas não encontram qualquer limite para seus esforços. Todas as dificuldades foram compensadas. Cada novo olhar aumenta o interesse do objeto. Que maravilha, depois de cem anos de sua morte, estar se dando ainda aos homens, ocupando tantos pensamentos, avivando nos espíritos tantos problemas negligenciados, e que estejamos nos transformando no abrigo de tantas reflexões e de sutis dificuldades!

Mas, para mim, é um acontecimento estranho encontrar-me tão bruscamente na presença do ambíguo dever de imaginar, com nitidez suficiente para poder explicar, com incerteza bastante para não ser completamente falso, um personagem transfigurado pela fama e como que absorvido em sua glória. Deve-se temer sempre definir alguém. Suas obras, as próprias intenções ouvidas de sua boca não são os dados menos enganadores nem os que nos levarão seguramente ao segredo que provoca nosso desejo. Sei de fonte segura os erros que estão aí para seduzir-nos na pesquisa da produção das obras e como perdemo-nos na ingênua ambição de reconstruir o ser próprio de um autor. Será em suas produções, em seus documentos, nas relíquias de seus amores, nos acontecimentos importantes de sua vida que descobriremos o que é importante saber e o que o distingue inteiramente dos outros homens, ou seja: a verdadeira operação de seu espírito; e, em suma, o que ele é consigo mesmo quando está profunda e utilmente sozinho? Chego até a sonhar que o que existe de notável e de mais sensível em uma existência conta muito pouco para aquilo que constitui o valor de sua produção. O sabor dos frutos de uma árvore não depende do aspecto da paisagem que a cerca, mas da riqueza invisível do terreno.

Como distinguir nestes livros o que depende da essência do homem, o que vem do instinto, o que procede de uma intenção particular, o que nasce do acaso? A substância e o acidente se combinam. O espontâneo e o refletido, o necessário e o arbitrário, tudo isso está unido na expressão externa, como o cobre e o estanho, no bronze; e o criador que supomos para uma obra, como uma causa que só poderia dar origem a esse efeito, é, ao contrário, uma criação dela, da mesma forma como o conjunto de uma existência é uma ilusão que só é construída através de uma lei de cronologia perspectiva. É preciso dizer que as obras de alguém poderiam ser outras obras, como a memória de cada um de nós poderia ser formada por qualquer outra lembrança. Tentar reconstituir um autor é tentar reconstituir uma capacidade de obras completamente diferentes das suas, mas de tal forma, contudo, que SOMENTE ELE pudesse tê-las produzido.

Portanto, é preciso desesperar-se — e desespero-me —, ou seja, dedicar-me-ei apenas ao meu sentimento. Sinto que podemos considerar os grandes homens que nos dominam como seres que estão *apenas* bem mais familiarizados que nós com o que temos de mais profundo. Talvez nada possamos fazer de mais razoável, para imaginar conhecê-los, que descer a nós mesmos e observar o que nos causa mais desejo na ordem dos desejos mais relevantes. Trata-se de supor que o homem mais importante apenas preenche algumas lacunas cuja forma, no entanto, existe em nós. Existe em cada um (é uma hipótese minha) o lugar que espera algum gênio.

Assim seja Goethe: *nossa sede* de *plenitude da inteligência*, de *olhar universal* e de *produção muito feliz*. Ele representa, *Senhores humanos*, uma de nossas melhores tentativas de tornarmo-nos semelhantes aos deuses. Essa promessa antiquíssima, com a qual ele parece ter prestado Àquele que o fez a insigne homenagem de representá-lo, foi tomada como um conselho.

A ideia que dá de si é exatamente a de uma força de revestir uma impressionante quantidade de aspectos. O inesgotável está em sua natureza e é por isso que, no dia seguinte à sua morte, é colocado imediatamente entre as deidades e os heróis da fábula Intelectual, entre aqueles cujos nomes tornaram-se símbolos. Dizemos GOETHE como se diz ORFEU — e seu nome imediatamente impõe, produz no espírito uma Figura prodigiosa, um monstro de compreensão e de força criadora, monstro de vitalidade, monstro de mobilidade, monstro de serenidade, que, tendo apanhado, devorado, transformado em obras imortais tudo o que uma experiência humana pôde, em sua carreira, acolher ou estreitar e metamorfosear, está, ele mesmo, no final, metamorfoseado em *Mito*, pois obriga a posteridade a criar, a exaltar para sempre esse incomparável GOETHE, cujo retorno observamos, no final de um século, no lugar mais alto do Céu do Espírito.

Na verdade, sobre o tapete do mundo, esse grande homem é um dos golpes mais felizes já dados pelo destino do gênero humano.

Mas no jogo misterioso da Inteligência e do Acaso, como em qualquer partida, é preciso examinar um pouco as chances do jogador; e sem vangloriar-se de vencer e compreender o que foi, através da análise do que poderia ser, pode-se tentar, pelo menos, observar as circunstâncias mais evidentes.

O que me impressiona em Goethe, antes de mais nada, é essa vida tão longa. O homem do desenvolvimento, o teórico das ações lentas e dos crescimentos sucessivos (que se combina curiosamente nele com o criador de Fausto, que é a própria impaciência), viveu todo o tempo necessário para experimentar muitas vezes cada uma das possibilidades de seu ser; para que fizesse, de si mesmo, diversas ideias diferentes, e para que se resgatasse delas, conhecendo-se sempre mais vasto. Conseguiu encontrar-se, perder-se, recuperar-se e reconstruir-se, ser diversamente o Mesmo e o Outro; e observar em si mesmo seu ritmo de mudança e de crescimento. Uma mudança de amplitude quase secular, através da substituição insensível dos gostos, dos desejos, das opiniões, dos poderes do ser leva a imaginar que um homem, vivendo com muita obstinação, experimentaria sucessivamente todas as atrações, todas as repulsas, conheceria talvez todas as virtudes; com toda a certeza, todos os vícios; esgotaria finalmente, a respeito de tudo, o total das afeições contrárias e simétricas que podem ser excitadas. O EU responde, afinal, a qualquer chamado; e a Vida, no fundo, não passa de possibilidade.

Mas essa quantidade de duração que forma Goethe abunda em acontecimentos de primeira grandeza e, durante essa longa presença, o mundo lhe oferece para contemplar, meditar, suportar e, às vezes, para afastar de seu espírito, um grande número de fatos consideráveis, uma catástrofe geral, o fim de uma Época e o começo de uma Época.

Ele nasce de um período que, hoje sabemos, foi delicioso. Cresce nesse século de prazeres e de conhecimentos em que, pela última vez, as condições mais requintadas da vida civilizada encontram-se reunidas. A elegância, o sentimento, o cinismo estão meio confundidos. Vê-se desenvolver ao mesmo tempo o que há de mais seco e de mais terno na alma. Os salões misturam geômetras e místicos às damas. Nota-se em quase todos os lugares a curiosidade mais viva e já a mais livre, a irritação feliz das ideias, a delicadeza nas formas. Goethe certamente teve sua parte da alegria de viver.

Tudo isso brilha, arde e morre. Os *sans-culottes* prontamente vão visitar as capitais. Guerra durante vinte e três anos. Guerra inteiramente nova: não é mais a guerra de Luís XV e do sr. de Thorane, a guerra que ensina o francês ao pequeno Goethe e que lhe revela nossas tragédias. Mas uma guerra que vai mudar tudo no mundo; guerra não mais de príncipes, mas de princípios, ou seja, *desordem em profundidade*, em que as dinastias ameaçadas, as nações despertas e tomando consciência de suas forças totais; e, finalmente, um gênio extraordinário suscitado, desencadeado, que quer transformar a Europa na imagem de seu espírito, compõem a Abertura estrondosa dos Novos Tempos.

Essa tormenta não é, talvez, aquilo que Goethe emite mais intimamente, ele, que a viu irromper e amainar-se. É uma espécie de problema, para alguns, a atenção que os grandes espíritos devem prestar aos acontecimentos da história externa; se devem dedicar-se a eles, ou envolver-se, ou ignorá-los ao máximo. Quanto a Goethe, certamente ele não ignora a Revolução, nem as vicissitudes que se seguem. Ele acompanha na França um grupo invasor; revê os franceses na Alemanha. Mas parece que seu pensamento foi menos emocionado e agitado por tudo isso do que pelas revoluções e batalhas ideais a que assistia e das quais participava no campo da cultura.

Vê desaparecer o império clássico e analítico exercido na França de Luís XIV e Luís XV. A tirania dos tipos literários definidos e bem ponderados, a elegância inteiramente abstrata, a sedução erudita exercida através da pureza dos artifícios, o nobilíssimo rigor das exigências formais estão condenados. Shakespeare, que Voltaire transforma em autor europeu, extermina a tragédia, torna Racine fantasma, anula todo o teatro do próprio Voltaire. Herder tira do esquecimento as tradições germânicas, denuncia o esgotamento da arte francesa, detém Goethe na trajetória do Ocidente.

Ao mesmo tempo, uma espantosa produção filosófica e musical nasce no seio da Alemanha. Aqueles que serão os Pais profundos do pensamento do século XIX, Kant, Fichte, Hegel, e aqueles que serão os Pais sublimes da Música vivem e trabalham perto de Goethe. E, no campo das artes plásticas e da erudição, as publicações do Instituto do Egito, as descobertas de Herculano, renovam o conhecimento da antiguidade. Pompeia é descoberta no mesmo ano em que Goethe nasceu.

Finalmente, durante o período dessa mesma vida, e no campo das ciências, com Newton reinando sempre e não deixando de aumentar sua força prodigiosa que penetra, através dos trabalhos de Laplace, até nas menores desigualdades do sistema do Mundo, eis que a eletricidade, de Volta a Ampère, desvenda-se e mostra-se como o fenômeno substancial do Universo. E fundada a Química. Tudo pressagia que o poder do homem sobre a energia vai aumentar prodigiosamente.

Mas a ciência da natureza viva não está menos ansiosa para crescer. A metafísica, proscrita do céu e de todos os campos em que a experiência, a medida, o cálculo podem corresponder-se exatamente, adere e quer confundir-se de alguma maneira com os misteriosos fenômenos da vida. Começa uma grande controvérsia que, em muitos pontos, dura ainda e tem um longo futuro.

Esse é, em poucas palavras, o índice dos acontecimentos e das condições externas mais visíveis que puderam solicitar Goethe entre sua adolescência e seu fim.

Junte-se a isso o infinito dos incidentes e das circunstâncias privadas, os encontros, as ocasiões, a amizade do soberano, as mulheres, as rivalidades literárias; e tentemos considerar como esse herói, esse belo homem, essa vivência terrivelmente vivaz, esse voluptuoso tão desenfreado, mas esse espírito que se descobre cada dia mais amplo, vai arranjar complicações em sua existência, libertar seu destino e estabelecer-se finalmente na imortalidade.

Mas como não se perder na variedade desse fantástico Goethe?

Noto que ele parece precisamente dotado, no mais alto grau, das mesmas propriedades que reconheceu tão bem nos seres vivos, em suas belas e profundas pesquisas biológicas.

Nada o marcou tanto quanto a aptidão dos seres vivos para acomodarem-se e moldarem-se às formas convenientes às circunstâncias.

Ora, eu acho necessário reconhecer nele mesmo um tipo de gênio dessa espécie. É através desse dom que reage com tanta diversidade, oportunidade, graça e, às vezes, vigor contra tantas impressões, desejos, leituras que o solicitam; até mesmo contra as consequências de seus atos e, às vezes, contra as da própria sedução que exerce.

Esse gênio de transformação é, aliás, essencialmente poético, já que preside tanto a formação das metáforas e das figuras, através das quais o poeta brinca com a multiplicidade das expressões, quanto a criação dos personagens e das situações do teatro. Mas no poeta ou na planta age o mesmo princípio natural: todos os seres têm uma aptidão para acomodar-se, ou seja, para permanecer o que são possuindo diversas maneiras de ser o que são.

Goethe, Poeta e Proteu, vive diversas vidas através de uma só. Assimila tudo e transforma em substância. Muda até o meio onde se implanta e prospera. Weimar deve-lhe um culto e presta-o. Lá ele encontra e ilustra uma terra excelente onde se adapta bem. O que poderia ser mais propício do que esse pequeno terreno de cultura para crescerem e florescerem tantos ramos, que são vistos em todo o universo? Cortesão, confidente, ministro, funcionário pontual e poeta; colecionador e naturalista — lá encontra também o prazer tão agitado de dirigir com zelo e paixão o teatro, enquanto vigia as mudas ou os viveiros de plantas raras que estuda, e alguns casulos de bicho-da-seda, talvez, de cuja eclosão ele se ocupa. Mas aí também ele pode observar à vontade, como se fosse através do vidro de um relógio, uma miniatura da vida política e diplomática; e, curvando-se facilmente a todas as regras cerimoniais e à etiqueta, respira uma atmosfera de amável liberdade. Talvez seja o último homem a desfrutar a perfeição da Europa.

Não se trata apenas de reunir tantas vantagens. Quando somos muito favorecidos pelas coisas, acontece de esse favor acarretar alguns perigos. Uma vida invadida pela doçura é uma vida intimamente ameaçada. Se o coração é atingido, Proteu perde seu recurso. Ele precisa então tomar cuidado com o coração; precisa conservar o que há de exclusivo sob tantas formas que sabe revestir. E se Deus pôde, para seu prazer, transformar-se em touro, em cisne ou em chuva de ouro, nem por isso precisa permanecer acorrentado para sempre, preso na armadilha de uma de suas figuras de sedução — e, em suma, transformado para sempre em animal.

Mas Goethe nunca se deixa prender. Seu gênio de metamorfoses, através do qual entra em tantas composições oferecidas pelo instante ou pelo pensamento, é acompanhado necessariamente por um gênio de libertação e de fuga. Mal sente a duração de uma afeição exceder esse tempo divino, durante o qual ela é insensível, sente também todas as forças da impaciência invadirem-no, e não há ternura, hábito ou interesse que o mantenha cativo um pouco mais que o necessário. Não existe um homem mais possuído que ele pelo instinto da liberdade. Atravessa a vida, as paixões, as circunstâncias, *sem consentir jamais que alguma coisa valha tudo o que é...* E eu conheço bem o que o arrebata quando ele foge e oculta-se, como se o Demônio o carregasse. Ele arranca um tesouro sem preço nas horas mais calmas. Preserva, ao fugir, o cofrinho misterioso em que todo o possível está guardado, toda uma riqueza imperceptível de próxima aventura e segundas intenções. Reanima bruscamente nos outros o futuro, seu futuro zeloso. E o que existe em nós de mais vigoroso e de mais urgente? Nosso egoísmo, no fundo, não passa de uma injunção e de uma apropriação indefinida do futuro.

O sentimento todo-poderoso de ser de uma vez por todas possui Goethe. Ele precisa de tudo, precisa conhecer tudo, experimentar tudo, criar tudo. E é nisso que prodigaliza tudo o que é: suas aparências e seus produtos da variedade; mas conserva ciumentamente *o que poderia ser*: é avarento com seu futuro. A vida, afinal, não se resume nesta fórmula paradoxal: *a conservação do futuro*?

Através disso explica-se bem a liberdade de Goethe com o amor. Sabe-se que ele mostrava facilmente uma curiosa magnificência na independência do coração. Esse grande lírico é o menos louco dos homens; esse grande amante é o menos desvairado. Seu Demônio tão lúcido ordena que *ame*. Mas amar é, para ele, tirar do amor tudo o que o amor pode oferecer ao espírito, tudo o que a volúpia pessoal, as emoções e as energias íntimas que ele excita podem finalmente entregar à faculdade de compreender, ao desejo superior de se edificar, à força de produzir, de agir e de eternizar. *Ele sacrifica então qualquer mulher ao Eterno feminino.*

O amor médio. O amor de todas as mulheres imolado ao ideal do amor. O amor, serpente da qual se deve desconfiar ao escrever ou pintar. Que Don Juan é esse, pobre espírito que nada deixa atrás de si, à custa desse gênio bem mais profundamente voluptuoso e supremamente livre, que parece seduzir e abandonar apenas para extrair da diversidade das experiências a ternura, *a essência única que inebria o intelecto*?

Goethe precisa, portanto, de tudo. *Tudo* e, além disso, *ser salvo*. Pois Fausto DEVE ser salvo. E, na verdade, ele não deve sê-lo? Só não são salvos, e não podem sê-lo, aqueles que, nada tendo a perder, nem mesmo podem estar perdidos.

Mas Àquele que oferece o contraste dos dons mais raros, nada testemunha mais o destino imortal de seu ser que a *quantidade de suas naturezas*, a pluralidade de suas atenções e de seus dons independentes. A ideia que deve fazer necessariamente de si mesmo é, então, das mais isoladas de tudo. Ele é como que obrigado a colocar seu ponto de existência absoluta, seu centro de isolamento e de identidade profunda tão alto que sua razão, sempre senhora e rainha, sua razão que deve admitir e quer circunscrever o

Demonismo observado nesse Goethe cintilante e inatingível, explica-se consigo mesma e encontra um sentido novo e universal para essa existência excepcional. O orgulho de ser um sucesso tão brilhante, de ser um mestre em todas as coisas maravilhosas, o orgulho crescente se aperfeiçoa e eleva-se a esse grau metafísico que o iguala a uma modéstia infinita. Não há o menor orgulho em um cedro quando se reconhece como a maior das árvores; e esse misterioso *Demonismo*, através do qual Goethe transfere para um princípio da Natureza o mérito ou o aparente demérito de suas atitudes, significa-lhe sem dúvida que cada tendência toda poderosa, *boa ou má*, existente em nós, que vem de nós e que nos surpreende, deve fazer-nos suspeitar de algum desígnio de origem universal, visto nada encontrarmos em nosso coração que nos leve a prever e esclareça-nos os movimentos pretensamente espontâneos. E é através disso que o ser de Goethe, desde que reconheceu como fonte de suas paixões, de suas reações de independência e de liberação, uma lei produzida pela natureza, confia-se inteiramente a ela. Ele é totalmente complacente, e essa é uma das perfeições de sua glória, com a total submissão às coisas que *existem como existem*, ou seja, *como parecem*. Professa uma obediência total e como que um abandono aos ensinamentos do mundo sensível. "*Sempre pensei*", disse ele, "*que o mundo fosse mais genial que meu gênio.*" Não quer admitir que exista no sujeito o que quer que seja de mais significativo e de mais importante do que o que se observa no menor *objeto*. A menor folha tem, para ele, mais sentido que qualquer palavra; e quase em seu último dia disse ainda a Eckermann não existir um discurso que valha um desenho, mesmo que traçado ao acaso pela mão. Esse poeta despreza as palavras.

Mas a salvação, a redenção final, não seriam, no pensamento de Goethe, compradas por esse consentimento singular da aparência, por essa mística estranha da objetividade? Uma cena imaginária que componho, ou melhor, que se impõe por si mesma a meu espírito, representa-me muito bem essa atitude, através de um contraste fácil.

Estou pensando em Shakespeare, que transborda de vida e, contudo, de desespero. Hamlet (lembrem-se) sopesa um crânio: respira horrorizado o vazio e sente náuseas... Joga-o com repugnância. Mas Fausto pega friamente esse objeto funesto, capaz de confundir qualquer pensamento. Ele sabe que uma meditação não leva a lugar algum; e que não é nas vias diretas da natureza que nos perdemos, por meio do espírito, nesse passado futuro: a morte. Ele examina, então, decifra com o maior cuidado esse crânio; ele mesmo compara esse esforço de atenção ao que fazia antigamente para decifrar manuscritos antiquíssimos...

Terminando seu exame, absolutamente não é um monólogo inteiramente inspirado pelo nada que sai dos seus lábios. Mas ele diz: "*A cabeça dos mamíferos compõe-se de seis vértebras: três na parte posterior, contendo o tesouro cerebral e as terminações da vida, divididas em redes tênues que ele envia ao interior e à superfície do conjunto; três compõem a parte anterior, que se abre na presença do mundo externo que ela apreende, abraça e COMPREENDE*". E ele se fortalece, confirma-se em seu ser através da atitude perfeitamente límpida e singular que forma a respeito do conhecimento.

Transporta toda a sua vontade de observação, todo o controle de sua vasta faculdade imaginativa para o estudo e a representação do mundo sensível. Vive, como esse Lince que canta tão graciosamente no seu segundo Fausto, as volúpias visuais, vive através dos olhos, e seus grandes olhos nunca se cansam de impregnar-se com figuras e cores. Inebria-se com qualquer objeto que lhe reflita a luz; vive de ver.

O que se vê opõe-se tão fortemente nele ao que permanece no mundo instável e indecifrável da vida interior que declara formalmente nunca se ter inquietado em explorar essa dimensão de nossa consciência: *"Nunca pensei no pensamento"*, diz ele, e acrescenta: *"O que o homem observa e sente em seu interior parece constituir a menor parte de sua existência. Percebe muito mais então o que lhe falta que o que possui"*.

Goethe é o grande apologista da Aparência. Presta ao que acontece na superfície das coisas um interesse e um valor nos quais encontro uma franqueza e uma determinação das mais importantes.

Compreendeu que, se percebemos uma infinidade de sensações, inúteis em si, é delas, entretanto, por mais indiferentes que sejam, que retiramos, através de uma curiosidade inteiramente gratuita e uma atenção de puro luxo, todas as nossas ciências e artes. Penso algumas vezes que existe para alguns, como para ele, uma *vida exterior* de intensidade e de profundidade no mínimo iguais às que emprestamos às trevas íntimas e aos segredos descobertos dos ascetas e dos sufis. Que revelação devem ser, para um cego nato, as primeiras, as dolorosas e maravilhosas tonalidades do dia na retina! E que progressos firmes e definitivos sente estar fazendo aos poucos em direção ao conhecimento limite — a nitidez das formas e dos corpos!

E, ao contrário, o mundo interior está sempre ameaçado por uma confusão de sensações obscuras, de lembranças, de tensões, de palavras virtuais onde o que queremos observar e apreender altera, corrompe de alguma forma a própria observação. Quase não podemos conceber e esboçar o que significa pensar o pensamento e, a partir desse segundo grau, desde que tentemos elevar nossa consciência a essa *segunda potência*, imediatamente tudo se perturba...

Goethe observa, contempla e, ora nas obras de arte plástica, ora na Natureza, persegue a forma, tenta ler a intenção de quem traçou ou modelou a obra ou o objeto que examina. O mesmo homem, capaz de tanta paixão, de tanta liberdade, dos caprichos do sentimento e das criações imprevistas do espírito poético, transforma-se deliciosamente em um observador com uma paciência inesgotável; dedica-se a estudos minuciosos de botânica e de anatomia, cujos resultados relata na linguagem mais simples e mais precisa.

Essa é mais uma prova de que a diversidade, e quase que a incompatibilidade comum dos dons, é essencial aos espíritos mais nobres.

Mas o amor pela forma não se limita, para Goethe, ao deleite contemplativo. Qualquer forma viva é um elemento de uma transformação, e qualquer parte de alguma forma é, talvez, uma modificação de alguma outra. Goethe interessa-se apaixonadamente pela ideia de metamorfose que entrevê na planta e no esqueleto dos vertebrados. Procura as *forças* sob as *formas*, revela as modulações morfológicas; a continuidade das causas aparece-lhe sob a descontinuidade dos efeitos. Descobre que a folha transforma-se em pétala, estame, pistilo; que há uma identidade profunda entre a semente e o botão. Descreve com a maior precisão os efeitos da adaptação e alguns tropismos que regem o crescimento das plantas; o equilíbrio das forças se estabelece e se restabelece, hora a hora, entre uma lei íntima de desenvolvimento e o lugar e as circunstâncias acidentais. Ele é um dos fundadores do transformismo.

Disse sobre a planta: "*Que ela une a uma fixidez original, genérica e específica, uma flexibilidade e uma feliz mobilidade que lhe permite dobrar-se, adaptando-se a todas as condições variadas apresentadas pela superfície do globo*". Tenta abranger todas as espécies vegetais em uma noção comum; persuade-se, diz ele, de que "*é possível tornar essa concepção mais sensível* — e essa ideia apresenta-se a seus olhos *sob a forma de uma planta única, tipo ideal de todas as outras*". É preciso que ele veja.

Essa é uma combinação bem extraordinária de um arquétipo botânico e de uma concepção de evolução.

Talvez não seja temerário ver aqui um dos nódulos profundos desse grande espírito. Tudo se mantém em uma inteligência; quanto mais vasta ela for, mais está atada: ou melhor, sua amplitude é somente o alto grau de sua conexão. Talvez então esse pressentimento, esse desejo de descobrir e de acompanhar nos seres vivos uma vontade de metamorfose, derive do comércio que manteve outrora com certas doutrinas meio poéticas, meio esotéricas, que foram apreciadas pelos antigos e que os iniciados do final do século XVIII recomeçaram a cultivar. A idéia bastante sedutora e muito imprecisa do Orfismo, a ideia mágica de supor em todas as coisas, vivas ou inanimadas, não sei que princípio ou culto da vida e que tendência para uma vida mais elevada; a ideia de que fermenta um espírito em todo elemento da realidade e de que, portanto, não é impossível agir através dos caminhos do espírito em todas as coisas e em todos os seres, enquanto contêm espíritos, e através daqueles que testemunham, ao mesmo tempo, persistência de um tipo de raciocínio primitivo e de um instinto essencialmente produtor de poesia ou de personificação.

Goethe parece profundamente penetrado pelo sentimento dessa força que satisfaz o poeta e excita o naturalista que existem nele. Vê, em suma, na planta, uma espécie de fenômeno inspirado, uma vontade de metamorfose que "*cresce*", diz ele, "*agindo gradativamente, fazendo desabrochar uma forma de uma outra, COMO EM UMA ESCALA IDEAL, até o ponto mais elevado da natureza viva, a propagação pelos dois sexos*".

A descoberta dessa metamorfose é um grande título de glória para ele. E um dos exemplos mais nítidos da passagem do pensamento poético para a teoria científica, de manifestação de um fato, em consequência de uma harmonia exigida pela intuição. A observação verifica o que o artista interior adivinhou. A árvore carrega frutos da ciência.

E do mesmo modo, se Goethe descobre o osso intermaxilar, é por já tê-lo descoberto...

Mas esse grande dom de analogia opõe-se à sua faculdade lógica. Chega até a inspirar-lhe o distanciamento para esse modo fechado de metamorfose abstrata. Ele tem demais o gênio da Aparência para acompanhar o raciocínio dedutivo, cujo efeito precioso e perigoso é levar-nos frequentemente para longe das aparências, em um mundo às vezes denominado *imaginário*, por ser impossível de se imaginar. Talvez falte matemática a essa cabeça tão bem-feita. Goethe não é geômetra. Ele diz ser *"absolutamente incapaz de operar através de sinais e de números, de qualquer maneira que seja"*. Não sente que a Álgebra é também uma *Morfologia* e uma produção, de alguma forma, orgânica do número, cujas espécies, transformações, estrutura, ele define.

E, contudo, apanhei-o em flagrante delito de intenção geométrica: encontro um apelo singular a algum auxílio matemático, sendo mesmo de ordem bastante elevada, em sua própria Memória que trata da metamorfose das Plantas: ele acha que as transformações observadas nas Plantas poderiam ser explicadas combinando-se as forças elementares e as ligações que agem na produção vegetal, e diz em termos próprios: *"Estou convencido de que, seguindo esse curso, conseguiremos explicar as formas tão variadas das flores e dos frutos. Apenas seria preciso que as noções de extensão, de contração, de compressão e de anastomose estivessem bem fixadas e que pudéssemos manipulá-las como fórmulas algébricas, para empregá-las como elas podem sê-lo"*.

É impossível desejar e definir mais nitidamente uma variedade de Cálculo simbólica, análoga a alguma daquelas que a dinâmica e a física modernas instituem e utilizam tão comumente.

Se insisti no aspecto científico do espírito de Goethe é porque acho muito importante deter-me nos assuntos favoritos de reflexão de um homem sob consideração. Goethe talvez colocasse mais de si mesmo e de seu orgulho nas pesquisas desse tipo que em seus trabalhos puramente literários. Ele desfrutou a surpresa que se produzia quando um poeta (são palavras dele) *"ocupado normalmente com fenômenos intelectuais, que são competência do sentimento e da imaginação, desviando-se, por um momento, da sua rota, fez ACIDENTALMENTE uma descoberta dessa importância"*.

Trata-se aqui, por outro lado, de um notável traço de ambiguidade característica e das ambições tão altas desse grande homem.

Ele reage com Rousseau, cujo exemplo o incita a dedicar-se ao estudo da vida, contra a moda analítica do tempo de sua juventude. A álgebra domina, bem como a tragédia. As deduções da Lei de Newton ocupam e deslumbram o mundo científico. Newton, nas mãos hábeis de Clairaut, de D'Alembert, de Lagrange e de Laplace, explica tudo. Voltaire vulgariza-o e canta-o. A mecânica analítica é a rainha das ciências.

Mas as ciências da vida começam a chamar atenção. A matemática, arte da consequência e da conexão em um sistema de propriedades rigorosamente fechado, uma espécie de poesia da repetição pura, não satisfaz a todos. Naquela época existe o romantismo em excesso.

Em suma, Goethe oferece-nos um sistema quase completo de contrastes, uma combinação rara e fecunda. É um *clássico* e um *romântico* alternadamente. É um filósofo que repugna o meio principal da filosofia — a análise do tema: é um *cientista* que não pode ou não quer usar o instrumento mais forte da ciência positiva; é também um *místico*, mas um místico de um tipo singular, inteiramente devotado à contemplação da exterioridade. Tenta imaginar uma concepção da natureza que não dependa nem de Newton, nem de Deus — pelo menos não do Deus proposto pelas religiões. Recusa a criação, que vê invencivelmente refutada na evolução dos organismos. Rejeita, por outro lado, a explicação da vida através apenas das forças físico-químicas.

Suas ideias a esse respeito não estão infinitamente longe das nossas. Nós temos a vantagem de uma enorme quantidade de fatos descobertos a partir de sua época. Mas a ideia que podemos formar da vida só pôde, com isso, se exprimir em contradições mais precisas e em enigmas mais numerosos e mais complexos.

É nisso que as propriedades da vida e as características do ser de Goethe convêm-se tão bem entre si.

É porque Goethe é inteiramente esperança: ele rejeita, afasta de si tudo o que pode enfraquecer a vontade de viver e de entender. Não recua diante de qualquer contradição aparente, se esta puder enriquecê-lo. Rompe vivamente todos os vínculos, mesmo os mais ternos; quer ignorar todos os males, mesmo os mais próximos, se esses laços, esses males fazem-no temer dar mais vida do que recebe dessas impressões. Volta-se constantemente, como uma dessas plantas que ama, em direção ao instante mais brilhante e mais quente...

Os antigos talvez o tivessem classificado como pertencente às espécies ambíguas desse deus monstruoso com que Roma sonharia; deus da passagem, deus da transição, que contemplava todas as coisas possíveis através de dois rostos opostos, JANO. De Goethe, IANVS BIFRONS, um rosto se opõe ao século que termina; o outro olha para nós. E, do mesmo modo, poderia oferecer um rosto de beleza clássica voltado para a Alemanha, e um outro de expressão totalmente romântica, oferecido à França.

Mas a mesma estátua estranha pode também considerar cem outros dualismos; e fixar, ao mesmo tempo, uma surpreendente quantidade de perspectivas simétricas, de profundidades conjugadas, de visões e de atenções complementares. Pois todos os Ianus de Roma não seriam suficientes para representar todas as oposições, todos os contrastes — ou, se quisermos, todas as sínteses existentes em Goethe. É quase um jogo encontrá-los nele, e esse jogo faz-nos suspeitar se ele não criou um sistema para cultivar exatamente os contrários.

Nele a alma lírica alterna com a alma tranquila e paciente de um botânico. É um amante; é um criador; é cientista e namorador, combina a nobreza e a candura a um cinismo que Mefistófeles adquire talvez de Rameau-le-Neveu; sabe unir uma liberdade suprema à pontualidade e ao zelo em suas funções públicas. Enfim, compõe, à sua maneira, Apolo e Dionísio, o gótico e o antigo, o Inferno e os Infernos, Deus e o Diabo; como compõe, de acordo com seu ponto de vista, o Orfismo e a Ciência experimental, Kant e o Demônico, e qualquer coisa em geral com outra que a refute.

Todas essas contradições destacam-no. Seguro de sua força vital; seguro de sua força poética; senhor de seus meios; livre, como um estrategista, de suas manobras internas — livre contra o amor, livre contra as doutrinas, livre contra as tragédias, livre contra o pensamento puro e contra o pensamento do pensamento; livre contra Hegel, livre contra Fichte, livre contra Newton —, Goethe, sem esforço, assume sua posição única e soberana no mundo do espírito; e ocupa-a tão evidentemente, ou melhor, cria-a, define suas condições através de seu próprio ser tão evidentemente que foi preciso que se produzisse, em 1808, como por uma necessidade astrológica, este apelo e este encontro quase desejável demais, preparado demais para ser um prodígio, e como que imposto favoravelmente demais pela fatalidade poética, o apelo e o encontro com Napoleão.

É preciso, sonham, talvez, em sua misteriosa ausência, as *Mães*, essas "Deusas desconhecidas aos mortais que só nomeamos a muito custo" — *é preciso que essas grandes linhas encontrem-se e que, de seu encontro, seja criado um grande acontecimento para o Espírito. É preciso que esses dois seres únicos atraiam-se e consigam ver-se. É importante que os olhos admiráveis e amplos do Poeta tenham recebido o olhar imperial, que o homem que dispõe de tantas vidas e o homem que dispõe de tantos espíritos conheçam-se — ou reconheçam-se.*

Goethe nunca esqueceu esse encontro; certamente sua maior lembrança e o diamante de que se orgulhar...

A cena, contudo, foi muito simples; observamos com interesse a presença do príncipe de Talleyrand, e o grande cuidado tomado por esse personagem, tão considerado por Balzac, em observar e controlar os menores detalhes.

A facilidade de fazer valer literariamente tal assunto leva-me a hesitar e a deter-me nele. O próprio Napoleão aconselha a não transformar quadros, como ele diz, ou seja, essas *composições* imaginárias de circunstâncias que parecem construir-se sozinhas, em ilusões e em situações significativas demais.

E, no entanto, como não sonhar aqui, e como não associá-lo ao romantismo e à retórica de antigamente? A Sorbonne, aliás, e mesmo a Academia não se opõem a isso. Pode ser, afinal, que a antítese e o paralelo correspondam a alguma necessidade do espírito.

Como não sonhar?, eu dizia.

O império que se fundou sobre a inteligência em ação e o império da inteligência no estado livre contemplam-se e entretêm-se por UM MOMENTO... Que momento!... Que momento aquele em que o Herói da Revolução organizada, o Demônio do Oeste, o Forte armado, o Sedutor da Vitória, aquele que Joseph de Maistre dizia ser anunciado pelo Apocalipse, convoca Goethe a Erfurt — convoca-o e trata-o como *homem*, ou seja, como *igual*!

Que momento... É a hora exata, em 1808, o instante sem preço em que a Estrela culmina.

E um momento que fala de si mesmo ao Imperador as palavras decisivas do pacto: DETENHA-ME... SOU TÃO BELO. É tão lindo que todos os monarcas da Europa estão em Erfurt, aos pés desse Fausto coroado. Mas Ele não ignora que seu verdadeiro destino não é, para a posteridade, o destino das batalhas. Certamente a sorte do mundo está em suas belas mãos; mas o futuro de seu Nome está nas mãos daqueles que seguram a pena; e toda sua grandeza, que sonha somente com a posteridade; ele, que teme acima de todas as coisas o libelo e a ironia, sabe que depende finalmente do humor de alguns homens talentosos. Quer garantir os poetas para si; e, em um pensamento político, reúne em torno de si, ao lado dos príncipes da terra, os mais ilustres escritores da Alemanha.

Fala-se de literatura. Werther e a tragédia francesa são utilizados para preencher o tempo conveniente. Mas trata-se de algo totalmente diferente. Embora nada faça sentir nas intenções todo o peso da coincidência, da conjunção de acontecimentos que reúne o Imperador corso e o Homem que liga o pensamento alemão à fonte solar do classicismo, e que descobriu o segredo voluptuoso da pureza formal, um mundo inteiro de fatos, de ideias, de possibilidades sobrecarrega essa conjuntura... Mas o galanteio é essencial em uma entrevista dessa. Os dois querem parecer à vontade e escolhem o sorriso. São dois sedutores que tentam fascinar-se reciprocamente. Napoleão transforma-se em imperador do Espírito, e até das Letras. Goethe transforma-se no próprio Espírito. Teria o Imperador uma consciência mais exata do que supunha Goethe a respeito da verdadeira substância de seu poder?

Napoleão sabia, melhor que ninguém, que seu poder, mais ainda que todos os poderes do mundo, era um poder rigorosamente *mágico* — um poder do espírito sobre espíritos —, um prestígio.

Ele diz a Goethe: Você é um *Homem*. (Ou então ele diz sobre Goethe: Eis um Homem.) Goethe se rende. Está lisonjeado até o fundo de sua alma. Foi seduzido. Esse gênio cativo de outro gênio nunca se desprenderá. Em 1813, ficará indiferente no momento em que toda a Alemanha se inflama e o império retrocede.

— Você é um Homem. Um HOMEM?... Isso significa: *uma medida de todas as coisas*, e isso significa: um ser perto do qual os outros não passam de esboços, de fragmentos de homens — homens apenas, pois absolutamente não medem todas as coisas como fazemos, VOCÊ E EU. Há em nós, sr. Goethe, um estranho valor de plenitude e um furor, ou uma fatalidade de fazer, de tornar-se, de transformar, de não deixar, depois de nós, o mundo parecido com o que era...

E Goethe (isso não é mais que uma fantasia minha), Goethe sonha e refere-se à sua estranha concepção do Demônio.

E, realmente, que personagem seria Bonaparte para um terceiro Fausto!

Na verdade, existe entre esses dois Augúrios, esses dois Profetas dos Novos Tempos, uma curiosa analogia, que só se percebe a distância, e uma simetria que me aparece sem que eu tenha a menor intenção de solicitá-la. Deduzirei disso uma concepção talvez completamente imaginária: mas julguem como ela se propõe por si mesma. Basta olhar para perceber.

Os dois são espíritos de uma força e uma liberdade extraordinárias: Bonaparte, solto no real que ele conduz e trata viva e violentamente, regendo a orquestra dos fatos com um movimento furioso e comunicando ao andamento da realidade das coisas humanas a velocidade e o interesse ansioso de uma ficção fantasmagórica... Ele está em todo lugar; ganha sempre; até o infortúnio alimenta sua glória; ele decreta em todos os pontos para todos os pontos. Aliás, o tipo ideal da Ação completa, ou seja, do ato imaginado, *construído* no espírito até o menor detalhe, com uma precisão incrível — *executado* com a presteza e a energia total do repouso da fera —, habita-o e define-o exatamente. É essa característica, é a organização desse Homem para a ação completa que lhe dá, sem dúvida, essa fisionomia antiga que sempre foi observada.

Ele nos parece antigo como César nos parece moderno, pois ambos podem entrar e agir em todas as épocas. A imaginação poderosa e precisa não conhece uma tradição que a embarace; e quanto às novidades, ela as transforma em uma função sua. A ação completa encontra sempre e em todo lugar matéria a ser dominada. Napoleão é capaz de compreender e de manobrar todas as raças. Teria comandado os árabes, hindus, mongóis, da mesma forma como levou napolitanos a Moscou e saxões até Cádis. E Goethe, em sua esfera, exorta, convoca, manobra — Eurípedes ou Shakespeare, Voltaire e Trismegistro, Jó e Diderot, o próprio Deus e o Diabo. Ele é capaz de ser Lineu e Don Juan, de admirar Jean-Jacques e de regularizar no Tribunal do Grande Duque as dificuldades da etiqueta. E Goethe e Napoleão, os dois cedem às vezes, cada um de acordo com sua natureza, à sedução oriental. Bonaparte aprecia no Islã uma religião simples e guerreira. Goethe entusiasma-se com Hafiz: ambos admiram Maomé. Mas o que há de mais europeu do que ser seduzido pelo Oriente?

Os dois apresentam vestígios das maiores épocas; evocam ao mesmo tempo a Antiguidade fabulosa e a Antiguidade clássica. Mas eis um outro ponto de semelhança extraordinário: *ambos professam o desprezo pela ideologia*. A pura especulação não agrada a nenhum deles. Goethe não quer pensar no pensamento. Bonaparte desdenha o que o espírito constrói sem exigir sanção, verificação, execução — efeito positivo e sensível.

Ambos, finalmente, mantêm em relação às religiões uma atitude bem parecida, em que entram consideração e desprezo; eles consentem em usá-las como meios políticos ou dramáticos, sem distinção entre elas, e veem aí apenas os mecanismos de seus respectivos teatros.

Um, o mais erudito, sem dúvida; o outro, talvez o mais louco dos mortais; mas, por isso mesmo, são ambos os personagens mais apaixonantes do mundo.

Napoleão, a alma dos golpes inesperados, das concentrações de homens e de incêndios preparados secretamente, executados furiosamente, agindo mais através da surpresa que da força — à maneira das catástrofes naturais —, em suma, o *vulcanismo* aplicado na *arte militar* e até mesmo praticado na política, pois, com ele, trata-se de refazer o mundo em dez anos.

Mas essa é a grande diferença! Goethe não gosta dos vulcões. Tanto sua geologia como seu destino os condenam. Ele adotou o sistema profundo das transformações insensíveis. Está convencido e como que apaixonado pela lentidão maternal da natureza. Viverá muito tempo. Vida longa, vida plena, elevada, voluptuosa. Nem os homens, nem os deuses foram cruéis com ele. Nenhum mortal conseguiu reunir, com tanta felicidade, as volúpias que *criam* às volúpias que *ultrapassam e consomem*. Soube dar aos detalhes de sua existência, a seus divertimentos e até aos seus menores aborrecimentos um interesse universal. É um grande segredo saber transformar tudo em néctar para os espíritos.

Um Sábio — dizem-nos. Um sábio? — SIM. Com o que é preciso de diabo para ficar completo — e o que é preciso, finalmente, de absoluto e de inalienável na liberdade do espírito para servir-se do diabo, e finalmente enganá-lo.

Perto da velhice, no coração da Europa, ele próprio centro da atenção e da admiração de todo o povo dos espíritos, ele próprio Centro da maior curiosidade, Mestre mais erudito e mais nobre da Arte de viver e de aprofundar o gosto pela vida. Polífilo de Gênio, *Pontifex Maximus*, ou seja, grande construtor de Pontes entre os séculos e as formas de cultura, envelhece luminosamente entre suas antiguidades, seus canteiros, suas gravuras, seus livros, entre seus pensamentos e seus confidentes. Com idade avançada, qualquer palavra que diga torna-se um oráculo. Exerce uma espécie de função suprema, uma magistratura do Espírito europeu, mais venerada e mais pomposa ainda que a de Voltaire, pois soube aproveitar-se das muitas destruições realizadas pelo outro, sem assumir os rancores, sem excitar as cóleras que aquele havia provocado.

Sente estar transformado em um supremo e lúcido Júpiter de marfim e ouro, um deus de luz que, sob tantas formas, visitou tantas belezas e criou tantos prestígios; e vê-se cercado por um cortejo de deidades, sendo algumas suas criações de poeta; as outras, suas tão caras e tão fiéis *Ideias*, sua Metamorfose, suas Cores Anti newtonianas e seus espíritos tão familiares, seus demônios, seus gênios...

Alguns iguais aparecem-lhe também nas lonjuras púrpuras dessa apoteose. Napoleão, sua maior lembrança talvez, cujo olhar permanece ainda nos olhos dele?

Wolfgang Goethe vai extinguir-se, pouco mais de dez anos depois da morte do Imperador, nessa pequena Weimar, que para ele é uma espécie de Santa Helena deliciosa, já que o olhar do mundo está fixado em seu abrigo, como estava também em Longwood, que tem também os Las Cases e Montholon chamados Müller ou Eckermann.

Que velhice augusta! Que olhar para a vida plena e dourada, quando, na idade extrema, contempla — o que estou dizendo —, *compõe* ainda seu próprio crepúsculo, com o esplendor das imensas riquezas espirituais acumuladas pelo trabalho e das imensas riquezas espirituais difundidas por seu gênio.

Fausto então pode dizer: "Momento, *Você é tão belo... Consinto em morrer...*

Mas, chamado por Helena, aparece SALVO, colocado pelo consentimento universal no primeiro lugar, entre todos os Pais do Pensamento e Doutores da Poesia: *PATER AESTHETICVS IN AETERNVM.*

Samedi X octobre 91

D. à 9 h. chez Mallarmé — Il ouvre lui-même petit — l'impression d'un bourgeois tranquille et fatigué de 49 ans — sous la lampe très faible la mère et la fille brodent. roses sur le ton brun d'une minuscule salle à manger. Des blancs Monets sur le mur — à l'angle un haut poêle en faïence. La pipe. Lui, un fauteuil à bascule. C'est d'abord calme — (la fille est antique — charmante — un peu étrange — tête grecque — empire) puis la mise en train se perçoit. D'abord — province, félibre —
— Yeux mi-clos — parole molle — voix basse puis soudain grands yeux — et haute phrase — avec des aspirations —

Cet homme devient savant sans une hésitation. (J'aime à voir que j'ai pesé déjà — hier. Tout ce qu'il dit) — puis épique — puis tragique — Il parle beaucoup de Villiers mourant. qui avait envie d'intituler son œuvre <u>Devoir Français</u>.

Je fais tourner la conversation sur les sujets de ghlit on passe sur les couleurs de mots. Il voit <u>a</u> vermillon, <u>u</u> bleu-vert (moi aussi), <u>o</u> noir etc.

Relato do primeiro encontro de Valéry com Mallarmé.

VILLON E VERLAINE[1]

Nada mais fácil, e que recentemente parecia mais natural, que aproximar os nomes de François Villon e Paul Verlaine. Não passa de uma brincadeira para o amante de simetrias históricas, ou seja, imaginárias, demonstrar que essas duas figuras literárias são parecidas. Um e outro, poetas admiráveis; um e outro, maus rapazes; um e outro, misturando em suas obras a expressão dos sentimentos mais piedosos às descrições e propósitos mais liberais, passando de um tom ao outro com um desembaraço extraordinário; um e outro, realmente mestres em sua arte e na língua de sua época, que usam como homens que juntam à cultura o sentido imediato da língua viva, da própria voz do povo que os rodeia e que cria, altera, combina à vontade as palavras e as formas. Um e outro conhecem bem o latim e muita gíria, frequentam, conforme o humor, as igrejas ou as tabernas; e ambos, por razões muito diferentes, veem-se obrigados a passar amargos períodos confinados, cujo efeito foi muito menor em termos de emenda do que em termos de destilação da essência poética de seus remorsos, lamentos e temores. Os dois caem, arrependem-se, caem novamente e reabilitam-se como grandes poetas! O paralelo se propõe e desenvolve-se muito bem.

Mas o que se aproxima e superpõe-se tão fácil e ilusoriamente dividir-se-á e dissociar-se-á sem grande esforço. Não devemos dar muita importância a esses fatos. Sem dúvida, Villon e Verlaine se correspondem de forma bastante agradável em um edifício de fantasia das Letras francesas, onde a diversão seria colocar simetricamente nossos grandes homens, bem escolhidos e agrupados, ora por seus pretensos contrastes: Corneille e Racine, Bossuet e Fénelon, Hugo e Lamartine; ora por suas semelhanças, como estes de quem estamos falando. Isso agrada aos olhos, esperando o momento de reflexão que denuncia a pouca consistência e a pouca consequência desses belos arranjos. Aliás, só faço essa observação para preveni-los contra a tentação e o perigo de confundir um processo de retórica... decorativa com um método verdadeiramente crítico que possa levar a algum resultado positivo.

Acrescento que o sistema Villon e Verlaine, essa relação aparente e sedutora de dois seres excepcionais com que vou entretê-los, embora capaz de sustentar-se e fortificar-se bastante por certos traços biográficos, enfraquece-se ou desloca-se em sentido contrário se quisermos aproximar as obras como se faz com os homens. Vou mostrar-lhes isso daqui a pouco.

[1] Conferência feita na Université des Annales em 12 de janeiro de 1937, publicada em *Conferência*, 15 de abril de 1937.

Resumindo, a ideia de conjugá-los nasceu das semelhanças parciais de suas vidas e levou-me a fazer aqui o que geralmente critico muito. Acho — este é um de meus paradoxos — que o conhecimento da biografia dos poetas é um conhecimento inútil, se não prejudicial, ao uso que se faz de suas obras e que consiste no prazer ou nos ensinamentos e problemas da arte que delas retiramos. O que significam os amores de Racine? E Fedra que me importa. O que importa a matéria-prima, que se encontra em toda parte? E o talento, é a força de transformação que me toca, causando-me desejo. Toda a paixão do mundo, todos os incidentes, mesmo os mais emocionantes, de uma existência são incapazes de um belo verso, por menor que seja. Mesmo nos casos mais favoráveis, não é aquilo em que os autores são homens que lhes dá valor e duração, *é aquilo em que são um pouco mais que homens*. E se digo que a curiosidade biográfica pode ser prejudicial é porque ela fornece com muita frequência a ocasião, o pretexto, o meio de não se atacar de frente o estudo preciso e orgânico de uma poesia. Acreditamos estar quites a seu respeito quando a única coisa que fizemos, ao contrário, foi fugir dela, recusar o contato e, com o pretexto da pesquisa dos ancestrais, dos amigos, dos aborrecimentos ou da profissão de um autor, apenas enganar, escapar do principal para seguir o acessório. Nada sabemos sobre Homero. A *Odisseia* nada perde de sua beleza marítima com isso... O que sabemos sobre os poetas da *Bíblia*, sobre o autor do *Eclesiastes*, sobre o do *Cântico dos Cânticos*? Esses textos veneráveis nada perdem de sua beleza por isso. E o que sabemos sobre Shakespeare? Nem mesmo se fez *Hamlet*.

Mas dessa vez o problema biográfico é inevitável. Ele se impõe, e devo fazer o que acabo de recriminar.

*

Ocorre que o duplo caso Verlaine-Villon é um caso singular. Ele nos oferece uma característica rara e extraordinária. Uma parte muito importante de suas respectivas obras refere-se à sua biografia e, sem dúvida, elas são autobiográficas em muitos pontos. Ambos fazem confissões precisas. Não temos certeza de que essas confissões sejam sempre exatas. Se enunciam a verdade, não dizem toda a verdade, e não dizem nada além da verdade. Um artista escolhe mesmo quando se confessa. E, talvez, principalmente quando se confessa. Ele abranda, agrava aqui e ali...

*

Eu disse que o caso era raro. A maior parte dos poetas, por certo, fala abundantemente de si mesmo. E até os líricos, entre eles, só falam de si mesmos. E de quem, e do quê, poderiam falar bem? O lirismo é a voz do *eu* transportada para o tom mais puro, se não o mais elevado. Mas esses poetas falam de si mesmos como fazem os músicos, ou seja, fundindo as emoções de todos os acontecimentos precisos de sua vida em uma substância íntima de experiência universal. Para ouvi-los, basta ter desfrutado a luz do dia, ter sido feliz e, sobretudo, infeliz, ter desejado, possuído, perdido e lamentado — ter experimentado as poucas sensações muito simples da existência, comuns a todos os homens, a cada uma das quais corresponde uma das cordas da lira...

Em geral, isso é suficiente, mas não é suficiente para Villon. Percebeu-se esse fato há muito tempo, há mais de quatrocentos anos, pois Clément Marot já dizia que para *"cognoistre et entendre"* uma grande parte dessa obra *"il fauldrait avoir été de sons temps à Paris, et avoir congneu les lieux, les choses et les hommes dont il parle; la mémoire desquels tant plus se passera, tant moins se congnoistra icelle industrie de ses lays dicts. Pour cette cause, qui vouldra faire une oeuvre de longue durée, ne preigne son subject sur telles choses basses et particulières"*[2].

É preciso, portanto, preocupar-se com a vida e as aventuras de François Villon e tentar reconstituí-las através das precisões que ele nos dá, ou decifrar as alusões que faz a todo instante. Cita nomes próprios de pessoas que feliz ou lamentavelmente juntaram-se à sua carreira acidentada; agradece a uns, ridiculariza ou amaldiçoa outros; designa as tabernas que frequentou e descreve em algumas palavras, sempre maravilhosamente escolhidas, os lugares e os aspectos da cidade. Tudo isso está intimamente incorporado à sua poesia, indivisível dela, e frequentemente torna-a pouco inteligível àqueles que não conhecem a Paris da época, com o que tinha de pitoresco e de sinistro. Acho que uma leitura de alguns capítulos de *Notre-Dame de Paris* é uma boa introdução à leitura de Villon. Parece-me que Hugo viu bem, ou inventou bem, à sua maneira forte e precisa dentro do fantástico, a Paris do fim do século XV. Mas recomendo, principalmente, a obra admirável de Pierre Champion, onde encontrarão tudo o que se sabe sobre Villon e sobre a Paris de sua época.

*

As dificuldades apresentadas pelos textos de Villon não são apenas as dificuldades devidas à diferença de épocas e ao desaparecimento das coisas, mas resultam também da espécie particular do autor. Esse parisiense espiritual é um indivíduo terrível. Absolutamente não se trata de um colegial ou de um burguês fazendo versos e algumas extravagâncias, limitando aí seus riscos, como limita suas impressões àquelas que podem ser conhecidas por um homem de sua época e de sua condição. Mestre Villon

---

[2] [...] para "conhecer e entender" uma grande parte dessa obra, "seria preciso ter vivido em Paris naquela época, e ter conhecido os lugares, as coisas e os homens dos quais ele fala; sua memória se esvanecerá tanto mais rápido, quanto menos se conhecer a origem de suas afirmações. Por isso, quem quiser fazer uma obra de longa duração, não tome como temas tais coisas baixas e particulares".

é um ser excepcional, pois em nossa corporação (*embora muito aventureira nas ideias*) é excepcional que um poeta seja um bandido, um criminoso rematado, muito suspeito de lenocínio, filiado a companhias assustadoras, vivendo de pilhagens, arrombador de cofres, eventualmente assassino, sempre à espreita, sentindo-se com a corda no pescoço, sempre escrevendo versos magníficos. O resultado é que esse poeta acossado, esse malfeitor (que ainda não sabemos como acabou, e podemos temer sabê-lo) introduz em seus versos diversas expressões e uma quantidade de termos que pertenciam à linguagem evasiva e confidencial do país de má fama. Usa-a para compor às vezes peças inteiras, que nos são quase impenetráveis. O povo do país onde se fala essa língua é um povo que prefere a noite ao dia até em sua linguagem, que ele organiza à sua maneira, *no lusco-fusco*, quero dizer, entre a linguagem usual, da qual conserva a sintaxe e um vocabulário misterioso, que se transmite por iniciação e renova-se muito rapidamente. Esse vocabulário, às vezes hediondo e soando ignobilmente, às vezes é terrivelmente expressivo. Mesmo quando seu significado nos escapa, adivinhamos sob a fisionomia brutal ou caricatural dos termos, criações, imagens fortemente sugeridas pela própria forma das palavras.

Essa é uma verdadeira criação poética do tipo primitivo, pois a primeira e mais extraordinária criação poética é a linguagem. Embora enxertada no falar das pessoas honestas, a gíria, o jargão ou a asneira é uma formação original incessantemente elaborada e remanejada nas espeluncas, nos calabouços, nas sombras mais espessas da cidade grande, por todo um mundo inimigo do mundo, aterrorizante e medroso, violento e miserável, cujas preocupações se dividem entre a preparação de perversidades, a necessidade de libertinagens ou a sede de vingança e a visão da tortura e dos suplícios inevitáveis (geralmente atrozes naquela época) que nunca deixa de estar presente ou próxima, em um pensamento sempre inquieto, que se movimenta, como uma fera enjaulada, entre o crime e a punição.

*

A vida de François Villon é, como sua obra, bastante tenebrosa em todos os sentidos dessa palavra. Existe muita obscuridade em ambas e no próprio personagem.

Tudo o que sabemos sobre ele só nos esclarece muito pouco sobre sua verdadeira natureza, pois tudo, ou quase tudo, provém-nos de seus versos ou da Justiça — duas fontes que concordam bastante sobre os fatos e cuja combinação nos faz conceber um homem muito mau, vingativo, capaz das piores façanhas, mas que nos surpreende, de repente, com um tom piedoso ou terno, como o que aparece na célebre e admirável peça em que ele enuncia a oração de sua mãe, aquela pobre mulher que, no ano de 1435 aproximadamente, confiou um dia essa criança destinada ao mal, à glória, às correntes e à poesia, esse François de Montcorbier, às mãos de Mestre Guillaume de Villon, capelão da igreja de Saint-Benoît-le-Bétourné, na capela de São João.

Ele lembra essa balada, uma das joias da poesia francesa:

> *Femme je suis povrette et ancienne*
> *Ne rien ne sçay; oncques lettre ne leuz,*
> *Au moustier voy dont je suis paroissienne*
> *Paradis painct où sont harpes et luz...*[3]

Apesar de alguns termos ligeiramente alterados, essa língua ainda é a nossa; e logo ter-se-ão passado quinhentos anos desde que foram escritos esses versos: nós ainda podemos desfrutar e emocionar-nos com eles. Podemos também maravilhar-nos com a arte que produziu essa obra-prima de forma perfeita, essa construção da estrofe ao mesmo tempo límpida e musicalmente perfeita, onde uma sintaxe notavelmente variada, uma plenitude totalmente natural na sucessão das figuras combina facilmente a sua morada de dez versos com dez sílabas em quatro rimas. Admiro a duração desse valor criado sob o reinado de Luís XI. Vejo aí um testemunho vivo da continuidade de nossa literatura e do essencial de nossa língua através dos tempos. Na Europa, só a França e a Inglaterra podem se orgulhar de tal continuidade; desde o século XV, essas duas nações não pararam de produzir obras e escritores de primeira grandeza, de geração em geração.

Em suma, enforcado ou não, Villon vive; vive tanto quanto os escritores que podemos ver; vive, já que ouvimos sua poesia, já que ela age em nós — e, além disso, já que ela suporta qualquer comparação com o que quatro séculos de grandes poetas surgidos desde sua época trouxeram de mais forte e de mais perfeito. É porque a forma vale ouro.

Mas volto da carreira da obra para a do homem. Disse que a conhecíamos por fragmentos. É um Rembrandt, em grande parte inundado de sombras, das quais algumas porções emergem com uma precisão extraordinária e com detalhes de uma transparência aterrorizante.

Esses detalhes, como verão, são-nos revelados por documentos de processo criminal, e devemos o conhecimento desses documentos que contêm a totalidade de nossa informação segura sobre Villon ao magnífico trabalho de três ou quatro homens eruditos de primeira ordem. Esse é o momento de prestar homenagens a Longnon, a Marcel Schwob, a Pierre Champion, antes de quem só se conheciam incertezas sobre nosso poeta. Eles exploraram sucessivamente os arquivos nacionais, encontraram nos maços de papéis e nas pastas do Parlamento de Paris os documentos essenciais.

---

[3] Mulher, sou velha e pobrezinha/ Nada sei; não posso ler uma letra/ No mosteiro em que sou paroquiana/ O paraíso pinta onde estão harpas e luz...

Não conheci Auguste Longnon, mas conheci bem Marcel Schwob, e ele me lembra, com emoção, nossas longas conversas ao crepúsculo, quando esse espírito estranhamente inteligente e apaixonadamente perspicaz me instruía sobre suas pesquisas, seus pressentimentos, suas descobertas na pista dessa presa que a verdade sobre o caso Villon significava para ele. Dedicava-lhe a imaginação indutiva de um Edgar Poe e a sagacidade minuciosa de um filólogo habituado à análise dos textos, ao mesmo tempo que o gosto singular dos seres excepcionais pelas vidas irredutíveis à vida comum, que o fez descobrir muitos livros e criar diversos valores literários.

A exemplo de Longnon, e da mesma forma como age na prática a polícia, ele empregava, para capturar e apreender Villon, o método da redada. Lançava a rede no ambiente provável do delinquente, pensando capturá-lo ao prender, ou melhor, ao identificar o bando inteiro. Fazia-me admirar como os processos criminais eram bem conduzidos naquela época. Uma noite, contava-me as aventuras funestas de um bando de malfeitores que foram sócios de nosso Villon. Schwob reencontrava-os em Dijon, onde cometiam mil delitos. Quando estavam prestes a ser presos, fugiram e dispersaram-se. Mas o procurador do Parlamento de Dijon não os perde de vista. Envia a um de seus colegas um relatório que informa com a maior precisão sobre o destino dos fugitivos. Três deles, levando o saque, somem em não sei que floresta. Lá, dois deles combinam, despacham o companheiro com golpes de bacamarte nas costas, dividem o que ele estava levando e separam-se. Um será enforcado em Orléans, acho; o outro será queimado vivo em Montargis, por emitir dinheiro falso. Vê-se que a justiça da época, sem telégrafo, nem telefone, nem fotografia, nem sinais e marcas antropométricas, sabia trabalhar muito bem!

Villon é veementemente suspeito de ter pertencido a esse bando conhecido como "Compagnons de la Coquille" ou "Coquillards". Sua vida deplorável e fecunda foi, sem dúvida, muito curta, e duvida-se que tenha atingido a idade de quarenta anos. Vou resumi-la em algumas palavras, ou melhor, resumirei o que pôde ser estabelecido pelos homens eruditos que citei e que devem ser lidos, tanto para se ler melhor os poemas desse grande poeta quanto para admirar a obra perfeita de ressurreição histórica precisa, compreendendo-se que há um gênio no *procurar* como há um gênio no *encontrar*, e um gênio no *ler* como há um gênio no *escrever*.

*

Villon, que se chamou primeiro François de Montcorbier, nasceu em Paris, em 1431. Para que pudesse ser criado, sua mãe, miserável demais, confiou-o às mãos de um douto padre, Guillaume de Villon, que pertencia à comunidade de Saint-Benoît-le-Bétourné, onde morava. Lá François Villon cresceu e recebeu a instrução elementar. Seu pai adotivo parece ter sido sempre benevolente e até mesmo terno com ele. Com a idade de dezoito anos, o jovem foi recebido na faculdade. Com vinte e um anos, no verão de 1452, foi-lhe conferido o grau de licenciado. O que ele sabia? Sem dúvida o que se sabia por se ter acompanhado, mais ou menos de perto, os cursos da Faculdade de artes: a gramática (a latina), a lógica formal, a retórica (ambas segundo Aristóteles, conforme conhecido e interpretado naquela época); mais tarde, vieram um pouco de metafísica e um apanhado das ciências morais, físicas e naturais daquele tempo.

Mas a palavra licença tem duplo sentido. Mal colou grau, Villon começa a levar uma vida cada vez mais livre e logo perigosa. O meio clerical era estranhamente heterogêneo. A condição de clérigo era muito procurada por todos aqueles que se sentiam expostos a prestar contas à justiça um dia ou outro. Ser clérigo significava poder ser julgado pelo juiz eclesiástico e escapar assim à jurisdição comum, cuja mão era muito mais rude. Muitos clérigos eram pessoas de hábitos deploráveis. Muitos pobres-diabos se misturavam aos clérigos, dedicando-se a sê-lo também; e às vezes, nas prisões, davam-se lições singulares de latim, destinadas a permitir que algum culpado fingisse ser clérigo para trocar de juiz.

Villon fez, nesse mundo mal composto, o pior tipo de amizades. As mulheres não poupavam seus encantos, sem dúvida. Como é natural, elas tiveram um grande papel nos pensamentos e nas aventuras do poeta. Mas nenhuma sonhou que esse rapaz lhe daria uma certa parte de imortalidade. Nem Blanche, a Sapateira, nem a Gorda Margot, nem a bela Heaulmière, nem Jehanneton, a Chapeleira, nem Katherine, a Bolseira. Observem todos esses nomes corporativos... Poderíamos dizer que todas as profissões tiveram que sacrificar suas mulheres à deusa, e que o artesanato da Idade Média provocou infalivelmente infelicidades conjugais.

*

Mas eis que a libertinagem e a devassidão transformaram-se em violência. No dia 5 de junho de 1455, Villon mata. O caso é bem conhecido, pois será relatado no ato de perdão concedido por Carlos VII a "*maistre François dos Loges, autrement de Villon, âgé de vingt six ans, ou environ, qui étant, le jour de la feste Notre Seigneur, assis sur une pierre située sous le cadran de l'oreloge Saint-Benoît-le-Bien-Tourné, en la grant rue Saint Jacques en notre ville de Paris, et étaient avec lui un nommé Gilles, prêtre, et un nommé Ysabeau, et était environ l'eure de neuf heures ou environ*"[4].

Chegaram então um certo Philippe Sermoise, ou Chermoye, padre, e mestre Jehan le Mardi. De acordo com o auto que acompanha o relato de Villon, sem acusá-lo, esse

---

[4] "mestre François des Loges, aliás de Villon, de vinte e seis anos, ou perto, que, no dia da festa de Nosso Senhor, estava sentado em uma pedra situada sob o mostrador do relógio de Saint-Benoît-le-Bien-Tourné, na grande rua Saint Jacques, em nossa cidade de Paris, e estavam com ele um chamado Gilles, padre, e um chamado Ysabeau, e eram cerca de nove horas aproximadamente".

padre Sermoise tenta brigar com o poeta, que primeiro responde calmamente, levanta-se para ceder o lugar... Mas Sermoise puxa de dentro de sua roupa uma grande adaga e atinge Villon no rosto *"jusques à grant effusion de sang; Villon, lequel, pour le serain, était vêtu d'un mantel et à sa ceinture avait pendant une dague sous ice-lui"*, puxa-a e atinge Sermoise na virilha, *"ne cuidant pas l'avoir frappé"*[5]. (Essa desculpa é muito suspeita.) Como o outro estava embriagado, parece, e ainda o perseguiu, ele o abateu com uma pedra em pleno rosto. Todas as testemunhas fugiram.

Villon correu para fazer um curativo no barbeiro. O barbeiro, que deve fazer seu relatório, pergunta o nome de seu cliente. Villon dá o nome falso de Michel Mouton. Quanto a Sermoise, transportado primeiro para um convento e depois para o hospital, morre no dia seguinte por *"manque de bon gouvernement"*[6]. O assassino acha prudente fugir.

Alguns meses depois a carta de perdão, da qual já transcrevi alguns termos, é concedida. É notável que essa medida expressa de clemência baseie-se apenas nas declarações e argumentos de Mestre Villon. Nenhuma investigação. A desculpa da legítima defesa é admitida sem contestação. A afirmação do interessado de que, desde o deplorável incidente, sua conduta foi irrepreensível é aceita sem maiores informações. Mas não é possível deixar de achar o relato bastante suspeito; a agressão inexplicada do padre Sermoise, o nome falso dado por Villon ao barbeiro Fouquet, sua fuga, o desaparecimento das testemunhas — tantos elementos inquietantes no caso. Muitos outros foram enviados à forca por indícios muito menores. Mas, enfim, não sejamos mais severos que o rei, que, *"voulant miséricorde préférer à rigeur"*[7], cede e perdoa o feito e o caso — e, *"sur ce"*, diz o texto, *"imposons silence perpétuel à notre procureur"*[8]. Esse silêncio logo teve que ser rompido.

*

Sobre o segundo crime conhecido de Villon, nenhuma dúvida subsiste e todas as qualificações possíveis definidas pelo Código penal estão inscritas nele. Nada está faltando: trata-se de um roubo cometido à noite, em lugar habitado, com escalada, arrombamento, uso de chaves falsas, um material completo de assalto.

Villon, o guia, acompanhado de arrombadores profissionais e outros cúmplices, apropria-se assim de quinhentos escudos de ouro pertencentes ao colégio de Navarre e mantidos em um cofre guardado na sacristia da capela do colégio. O roubo só foi

---

[5] "até grande efusão de sangue; Villon, o qual, para o serão, estava vestido com uma capa e na cintura tinha pendurada uma adaga por baixo desta", puxa-a e atinge Sermoise na virilha, "não cuidando tê-lo ferido".
[6] "falta de boa administração".
[7] "preferindo a misericórdia ao rigor".
[8] "isto posto", diz o texto, "imponhamos silêncio perpétuo a nosso procurador".

descoberto dois meses depois. Nada mais curioso que os detalhes da investigação realizada pelos examinadores do rei no Palacete. Citarei apenas um deles.

Os investigadores convocaram, na qualidade de peritos, *nove* jurados serralheiros que prestaram juramento especial e cujos nomes e endereços foram conservados na pasta do processo. Eles reconstituíram com grande exatidão os métodos dos ladrões. Mas estes haviam fugido. Infelizmente para eles, foram descobertos pelo falatório imprudente de um cúmplice indiscreto, ouvido por um cura em alguma taberna, ao falar sobre o caso do colégio de Navarre. Esse padre, que parece ter sido feito menos para o sacerdócio que para o serviço de informações gerais da prefeitura, inicia uma investigação extraordinariamente bem realizada que levava direto a François Villon. Villon apressa-se em fugir para o interior.

Deus sabe que vida foi a sua durante esse período!... É encontrado ora na prisão, ora convivendo com o príncipe poeta Charles d'Orléans, e, sem dúvida, deve ter participado, aqui e ali, das operações dos Coquillards. Parece, em todo caso, que andou experimentando a duríssima prisão episcopal de Meung-sur-Loire, talvez depois de um roubo de cálice em uma sacristia. O bispo de Orléans, Thibaud d'Auxigny, tratou-o com um rigor que deixou uma amarga lembrança em Villon, submetido à tortura da água e mantido prisioneiro em uma masmorra. Luís XI liberta-o, e ele volta para Paris, não para viver bem lá, o infeliz! Encontra antigos amigos, faz novos, não muito bons, cuja frequência o joga no caso mais lamentável de sua vida. Em consequência de uma rixa, durante a qual se feriu um tabelião pontifical, Villon é condenado pelo Palacete a ser enforcado e estrangulado no cadafalso de Paris. A julgar pela alegria que manifestou quando o Parlamento, em resposta à apelação que fez dessa sentença, comutou para dez anos de exílio de Paris a pena que sempre temera, com a qual sonhava horrivelmente e que cantou tão cruamente, ele deve ter vivido dias de grande angústia, entre a tortura e a terrível imagem de seu corpo flutuando na forca. O alívio que sentiu ao saber que estava com a vida salva levou-o a escrever dois poemas de uma vez: um, dedicado ao carcereiro, felicitando-se por ter feito a apelação, e o outro, ao tribunal, à guisa de agradecimento. Ele exorta todos os seus sentimentos, todos os seus membros e órgãos:

> *Foie, poumon, et rate qui respire*
> (fígado, pulmão e baço que respira)

a celebrar os louvores do tribunal!

Deixa, portanto, Paris, feliz por ter escapado a um custo tão baixo.

Depois... Mas depois não se sabe mais de qualquer coisa.

Quando, como acabou Villon?

Dite-moi où, n'en quel pays?
(Diga-me onde, em que país?)

Absolutamente não se sabe o que aconteceu.

Essa vida, em que não faltam sombras, dissipou-se nas trevas. Mas desde o século XVI imprime-se a obra do criminoso; o vagabundo, o ladrão, o condenado à morte toma lugar em uma posição que ninguém lhe arrebatou entre os poetas franceses. Nossa poesia, a partir dele, recorre ao antigo, estabelece-se dentro de um estilo nobre imperiosamente elegante. Os salões lhe são mais agradáveis que os antros e encruzilhadas. Villon, contudo, sempre é lido, mesmo por Boileau. Sua glória, hoje, é maior do que nunca; e se sua infâmia, demonstrada ou corroborada pelas peças autênticas, aparece mais nitidamente que antes, é preciso confessar que ela aumenta o interesse pela obra mais do que seria conveniente. A observação da literatura e dos espetáculos em todas as épocas mostra que o crime tem grandes atrativos, e que o vício não deixa de interessar às pessoas virtuosas, ou quase. No caso de Villon, é um culpado que fala, e fala como poeta de primeira grandeza. E eis-nos diante de um problema que eu diria psicológico, se soubesse exatamente o que significa essa palavra.

Como podem coexistir em uma cabeça a concepção de perversidades, sua meditação, a vontade deliberada de cometê-las, com a sensibilidade demonstrada por certas peças, exigida pela própria arte, com a forte consciência de si que não apenas se manifesta, mas que se declara e exprime-se com tanta precisão no celebre Débat du Coeur et du Corps? Como esse malandro, que treme diante da forca, tem a coragem de fazer cantar em versos admiráveis os infelizes fantoches que o vento embala e desloca na extremidade da corda? O terror não o impede de procurar suas rimas, sua visão terrível é utilizada para fins de poesia: *ela serve para alguma coisa* que absolutamente não é o que espera a justiça, quando a justiça se justifica, a si mesma e a seus rigores, através do que denomina a exemplaridade das penas. Mas por mais que ela prenda uns, esquarteje outros ou queime-os, ocorre que um criminoso bastante grande, mas um poeta maior ainda do que criminoso, compõe suas más ações, seus vícios, seus temores, seus remorsos e seus arrependimentos, e dessa mistura detestável e miserável extrai as obras-primas que conhecemos.

O estado de poeta — se esse for um estado — pode-se conciliar, sem dúvida, com uma existência social bastante normal. A maioria, a imensa maioria, garanto, foram ou são os homens mais dignos do mundo, e algumas vezes os mais honrados. E contudo...

Uma reflexão que se detenha um pouco sobre o poeta e que se aplique a encontrar-lhe um lugar legítimo no mundo logo atrapalha-se com essa espécie indefinível. Imaginem uma sociedade bem organizada — ou seja, uma sociedade em que cada membro receba dela o equivalente àquilo que ele lhe traz. Essa justiça perfeita elimina todos os seres cuja contribuição não é calculável. A contribuição do poeta ou do artista não o é. Ela é nula para uns e enorme para outros. Nenhuma equivalência possível. Esses seres só podem, portanto, subsistir em um sistema social muito malfeito para que as mais belas coisas que o homem fez e que, em compensação, fazem dele realmente um homem, possam ser produzidas. Uma sociedade assim admite a inexatidão das trocas, os expedientes, a esmola e tudo aquilo através do que Verlaine pôde viver sem recorrer, como nosso Villon, aos dividendos distribuídos pelas associações de malfeitores, após terem sido levantados durante a noite, por meio das escaladas e arrombamentos, nos cofres dos ricos e nas sacristias.

*

Não vou me estender sobre a vida de Verlaine: ela está muito próxima de nós, e não abrirei a pasta que, do arquivo do tribunal de Mons, foi dormir (não sem acordar algumas vezes) na Biblioteca real de Bruxelas, como a de Villon passou dos armários do Parlamento aos dos arquivos nacionais. Villon está muito longe de nós: podemos falar dele como de um personagem lendário. Verlaine!... Quantas vezes eu o vi passar diante de minha porta, furioso, rindo, blasfemando, batendo no chão com uma grande muleta de inválido ou de vagabundo, ameaçando. Como imaginar que esse mendigo, às vezes tão brutal no aspecto e na palavra, sórdido, inquietando e inspirando compaixão ao mesmo tempo, fosse, entretanto, o autor das músicas poéticas mais delicadas, das melodias verbais mais novas e mais tocantes de nossa língua? Todo o vício existente tinha respeitado, e talvez semeado ou desenvolvido nele, essa força de invenção suave, essa expressão de doçura, de fervor, de recolhimento terno, que ninguém deu como ele, pois ninguém soube, como ele, dissimular ou fundir os recursos de uma arte perfeita, habituada a todas as sutilezas dos poetas mais hábeis, em obras de aparência fácil, tom ingênuo quase infantil. Lembrem-se:

Calmes dans le demi-jour
Que les branches hautes font...

(Calmos ao amanhecer
Que os ramos altos fazem...)

Às vezes seus versos nos fazem sonhar com uma recitação de preces murmuradas e ritmadas no catecismo; às vezes são de uma espantosa negligência e escritos na linguagem mais familiar. Ele faz, às vezes, experiências prosódicas, como nesta estranha peça Crimen Amoris, em versos de onze sílabas. Aliás, ele usou quase todas as métricas possíveis: desde aquela de cinco sílabas até o verso de treze. Empregou combinações insólitas ou abandonadas desde o século XVI, peças em rimas totalmente masculinas ou totalmente femininas.

Se quisermos forçosamente compará-lo a Villon, não como personagem delituoso e munido de registro criminal, mas como poeta, acharemos — ou pelo menos acharei, pois trata-se apenas de uma impressão minha —, acharei, surpreso, que Villon (vocabulário à parte) é, em certos momentos, um poeta mais *moderno* que Verlaine. Ele é mais preciso e mais pitoresco. Sua linguagem é sensivelmente mais firme: Le Débat du Coeur et du Corps é feito em réplicas mais limpas e rigorosas como as de Corneille. E são abundantes as fórmulas que não se esquecem mais, sendo cada uma uma criação do tipo das criações *clássicas*... Mas, acima de tudo, Villon tem a glória dessa obra realmente grande, o famoso *Testamento*, concepção singular, completa, e o *Último Julgamento*, pronunciado sobre os homens e as coisas por um ser que, com a idade de trinta anos, já viveu demais. Esse conjunto de peças em forma de disposições testamentárias lembra *A Dança Macabra* e *A Comédia Humana*, onde bispos, príncipes, carrascos, bandidos, prostitutas, companheiros de orgias, todos recebem seu legado. Todos aqueles que ajudaram o poeta, todos os que foram duros com ele estão lá, fixados com um traço, com um verso sempre definitivo. E nessa composição curiosa, entre os retratos precisos, em que os nomes próprios, os apelidos e até os endereços das pessoas são enunciados, encontram-se, como aspectos mais gerais, as mais lindas baladas já escritas. O monólogo familiar se interrompe diante delas. A confissão se transforma em ode e alça voo. A apóstrofe, familiar a Villon, torna-se meio lírico, e a forma interrogativa, tão frequente nele:

> *Mais où sont les neiges d'antan?*
> (Mas onde estão as neves de antanho?)

....

> *Le lesserez la, le povre Villon?*
> (Deixá-la-á lá, o pobre Villon?)

....

> *Dicte-moy où, n'en quel pays?*
> (Diga-me onde, em que país?)

....

> *Qu'est devenu ce front poly;*
> *Ces cheveulx blonds, sourcilz voultyz?...*
> (Que aconteceu com esse rosto culto,
> esses cabelos louros, sobrancelhas arqueadas?...)

etc., é feita pela repetição e, principalmente, pelo timbre, um elemento de força patética. É o único poeta francês que soube tirar do *refrão* efeitos fortes e de força crescente.

Quanto a Verlaine, ao dizer (contra todos os riscos) que ele me parece menos literário que Villon, não estou dizendo *mais ingênuo*; um não é mais ingênuo que o outro, nem mais ingênuo que La Fontaine; os poetas só são ingênuos quando não existem. Quero dizer que essa poesia particular de Verlaine, a de *La Bonne Chanson*, de *Sagesse* e as outras, supõe, à primeira vista, menos literatura acumulada que a de Villon, o que aliás é somente aparência: pode-se explicar essa impressão pelo comentário: que um se encontra no começo de uma nova era de nossa poesia e no final da arte poética da Idade Média, a das alegorias, das moralidades, dos romances ou das narrativas piedosas. Villon está, de alguma maneira, dirigido para a época muito próxima em que a produção se desenvolverá com plena consciência de si mesma e por si mesma. O Renascimento é o nascimento da arte pela arte. Verlaine é exatamente o contrário: ele vem, sai, foge do Parnaso, está, ou acredita estar, no fim de um paganismo estético. Reage contra Hugo, contra Leconte de Lisle, contra Banville; está em boas relações com Mallarmé. Mas Mallarmé e ele são dois extremos que só se aproximam pelo único fato de terem quase os mesmos fiéis e quase os mesmos adversários.

Pois bem, essa reação em Verlaine leva-o a criar uma forma completamente oposta àquela cujas perfeições se lhe tornaram fastidiosas... Às vezes pensaríamos que ele hesita entre as sílabas e as rimas e que procura a expressão musical do instante. Mas ele sabe muito bem o que está fazendo, chegando até a proclamar: decreta uma arte poética "a música antes de mais nada" e, para tanto, prefere a liberdade... Esse decreto é significativo.

Esse *ingênuo* é um primitivo organizado, um primitivo como nunca houve antes e que procede de um artista muito hábil e muito consciente. Nenhum, entre os primitivos autênticos, se parece com Verlaine. Talvez ele fosse classificado com maior exatidão quando tratado, em 1885 aproximadamente, de "poeta decadente". Nunca houve arte mais sutil do que essa arte que supõe que fugimos da outra, e não que a precedemos.

Verlaine, como Villon, obriga-nos finalmente a confessar que os desvios da conduta, a luta contra a vida dura e incerta, o estado precário, as estadas na prisão e hospitais, a embriaguez habitual, a frequência à escória e até o crime não são absolutamente incompatíveis com as mais requintadas delicadezas da produção poética. Se eu fosse filosofar sobre esse ponto, precisaria deixar bem claro aqui que o poeta não é um ser particularmente social. Na medida em que é poeta, não entra em qualquer organização utilitária. O respeito às leis civis expira no limiar do antro em que se formam seus versos. Os maiores, como Shakespeare e Hugo, imaginaram e animaram, de preferência, seres irregulares, rebeldes a qualquer autoridade, amantes adúlteros, com os quais fazem heróis e *personagens simpáticos*. Ficam muito menos à vontade quando pretendem exaltar a virtude: os virtuosos, meu Deus, são maus sujeitos. O desprezo pelo burguês, instituído pelos românticos e que não deixou de produzir certas consequências políticas, reduz-se, no fundo, ao desprezo pela vida normal.

O poeta usa, portanto, uma certa *má consciência*. Mas o instinto de moralidade vai se acomodar sempre em algum lugar. Constata-se nos piores tratantes, nos meios mais medonhos, o reaparecimento da regra e a decretação da lei da selva. Nos poetas, o código contém apenas um artigo, que será minha última palavra:

"*Sob pena de morte poética*", diz nossa lei, "*tenha talento, e até... um pouco mais*".

EXISTÊNCIA DO SIMBOLISMO[1]

Apenas o nome *Simbolismo* já é um enigma para muitas pessoas. Ele parece ter sido feito para levar os mortais a atormentarem seu espírito. Conheço alguns que não paravam de meditar sobre essa pequena palavra *símbolo*, à qual atribuíam uma profundidade imaginária, tentando precisar sua misteriosa ressonância. Mas uma palavra é um abismo sem fim.

Não eram, de forma alguma, apenas pessoas sem preparação literária que se atrapalhavam assim diante dessas três sílabas inocentes. Ocorria tratar-se de letrados, artistas, filósofos. Mas quanto aos próprios homens que receberam e recebem ainda o belo título de "Simbolistas", esses homens, nos quais pensamos necessariamente quando falamos do Simbolismo, bastando citar seus nomes para fornecer, desse simbolismo, a noção mais precisa possível, eles mesmos jamais tomaram esse nome para si, nem fizeram dele o uso ou abuso que foi feito no período que se seguiu à sua época.

Aconteceu a mim mesmo, confesso, definir esse termo (e talvez o tenha feito muitas vezes e de diversas maneiras). Talvez eu volte a esses ensaios em breve. É que não existe nada mais tentador do que o esforço para resolver essa nebulosa apresentada ao espírito pelo sentido de cada palavra abstrata. A palavra *Simbolismo* evoca em alguns a obscuridade, a singularidade, o esmero excessivo nas artes; outros descobrem nela não sei que espiritualismo estético, ou que correspondência entre as coisas visíveis e as que não o são; e outros pensam em liberdades, em excessos que ameaçam a linguagem, a prosódia, a forma e o bom-senso. O que posso saber? O poder excitante de uma palavra é ilimitado. Todo o arbítrio do espírito fica aqui à vontade: não se pode confinar nem confirmar esses diversos valores da palavra Simbolismo.

Ela é, afinal de contas, apenas uma convenção.

Os nomes de convenções às vezes dão lugar a desdéns e a questões bastante divertidas, entre as quais encontro um exemplo delicioso em uma anedota contada não sei onde pelo ilustre astrônomo Arago.

Por volta de 1840, Arago era diretor do Observatório de Paris. Viu, um dia, apresentar-se um mensageiro das Tulherias — camarista ou ajudante de ordens — que o informou do desejo de um augusto personagem (Arago não o designa de outra forma) em visitar o Observatório e contemplar um pouco o céu de perto. Na hora combinada, chegaram. Arago recebe o visitante real, leva-o até a grande luneta e convida-o a colocar

---

[1] Publicado por A. A. M. Stols, A L'Enseigne de L'Acyon, Maestricht, 1939.

os olhos na ocular para admirar a estrela mais linda do céu; ele anuncia: "Aí está Sirius, Monsenhor". Depois de olhar por algum tempo, o príncipe endireita-se e, com a fisionomia confidencial e o sorriso cúmplice de um homem que não se deixa enganar e que conhece sempre o lado secreto das coisas, diz a meia-voz ao astrônomo: *"Aqui entre nós, Senhor Diretor, o senhor tem certeza absoluta de que esta magnífica estrela chama-se realmente Sirius?"*.

E nós, ao explorarmos o céu da literatura, em uma certa região desse universo literário, ou seja, na França, entre 1860 e 1900 (se quiserem), encontraremos sem dúvida alguma coisa, algum sistema bem separado, alguma nebulosa (que não ouso chamar de luminosa para não surpreender diversas pessoas), uma nebulosa de obras e autores que se distingue das outras e forma um grupo. Parece que essa nebulosa se chama "Simbolismo"; mas, como o príncipe de Arago, não tenho certeza de que este seja realmente seu nome.

Os homens que viveram na Idade Média absolutamente não suspeitavam viver nessa época; e aqueles do século XV ou XVI não colocavam em seus cartões de visita: Senhor Fulano de Tal, do Renascimento. Isso se aplica aos simbolistas. Eles o são agora: eles não o foram.

Essas observações permitem-nos entender com muita clareza o que fazemos neste momento mesmo: estamos construindo o Simbolismo como se construiu uma multidão de existências intelectuais, às quais, se a presença real sempre faltou, as definições nunca falharam, cada um oferecendo a sua e sentindo-se bastante livre para fazê-lo. Nós construímos o Simbolismo; fazemo-lo nascer hoje com a feliz idade de cinquenta anos; nós lhe poupamos os tateios da infância, as perturbações e as dúvidas da adolescência, as dificuldades e as confusões da idade madura. Ele nasce depois de fazer fortuna. Talvez, infelizmente, depois de sua morte. Sim, celebrar em 1936 esse quinquagésimo aniversário é criar, em 1936, um fato que será para sempre o Simbolismo de 1886; e este fato não depende absolutamente da existência, em 86, de alguma coisa que tenha sido denominada Simbolismo. Nada escrito, nada na memória dos sobreviventes existe com esse nome na data assinalada. É maravilhoso pensar que celebramos como existente, há cinquenta anos, um fato ausente do universo há cinquenta anos. Fico feliz e honrado em participar da produção de um mito em plena luz.

*

Vamos então em frente. Edifiquemos o Simbolismo e, para fazê-lo com todo o rigor, consultemos os documentos e as lembranças. Sabemos que, entre 1860 e 1900, aconteceu, certamente, alguma coisa no universo literário. Por onde começar para conseguir isolá-la? Suponho que temos três ideias claras, ou supostamente claras: uma que nos permitirá distinguir um tipo de obras que denominaremos clássicas; uma outra que, bem ou mal, definirá um tipo que classificaremos romântico; uma terceira que declararemos ser realista. Fazendo agora a exploração e a verificação nas bibliotecas, examinando os livros um por um e atribuindo-os, cada um, ao monte de seus semelhantes — ou clássico, ou romântico, ou realista —, ocorre que algumas obras não poderão ser classificadas em nenhuma das categorias. Nenhum dos nossos três montes as admite. Ou elas apresentam características completamente diferentes daquelas previstas em nossas definições, ou misturam características que havíamos separado muito bem. Por exemplo, onde classificar a pequena antologia *Illuminations* de Arthur Rimbaud? E onde colocar L'Après-Midi d'un Faune de Mallarmé? Um não se parece com nada; o outro compõe e ultrapassa, em termos de técnica e de combinações, tudo o que se havia feito até então.

Somos tentados, então, a formar um quarto monte para essas obras rebeldes. Mas como fazê-lo? Descobrimos facilmente que não existe qualquer coisa em comum entre essas duas obras. Ou melhor, a única coisa em comum entre elas é o próprio gesto que as separa identicamente das três pilhas. Se continuarmos nossas operações, surge o problema. Verlaine também nos traz uma diferença específica; e o que há de comum entre Verlaine e Villiers de l'Isle-Adam, entre Maeterlinck, Moréas e Laforgue? Talvez encontrássemos mais afinidades entre Verhaeren, Vielé-Griffin, Henri de Régnier, Albert Mockel. Mas e Gustave Kahn, e Saint-Pol-Roux, e Dujardin?

Devo voltar à Astronomia para buscar, com algum aumento, uma nebulosa estelar que se distingue muito bem dos outros corpos celestes: e nós a localizamos e até batizamos. Mas, tomando em seguida um aumento que aproxima um pouco mais de nós esse sistema longínquo, constatamos que ele se dissolve em estrelas bem distintas de cores, tamanho e brilho muito diferentes. É assim que, quanto mais de perto olharmos, mais veremos aparecerem, entre nossos futuros simbolistas, diferenças totais, incompatibilidade de estilo, meios, opinião, ideal estético, e seremos obrigados a chegar à dupla conclusão de que não há qualquer unidade de teorias, de convicções, de técnicas entre todos esses artistas; mas, a seguir, de que eles não estão menos unidos entre si, ligados por algo que não se vê ainda, pois esse algo absolutamente não resulta apenas do exame de suas obras, o qual, pelo contrário, nos mostra que elas são incomparáveis.

O que é então que os une, já que todos os traços possíveis e positivos — doutrinas, meios, maneiras de sentir e de fazer — mais parecem afastá-los uns dos outros? Não seria muito satisfatório atribuir essa condensação de espíritos somente à perspectiva, a uma simplificação devida ao tempo escoado e que seria de tal forma que tudo aquilo que separava essas individualidades deveria desvanecer-se após cinquenta anos, e que aquilo que as identificava, ao contrário, reforçar-se-ia. Mas não: existe mesmo algo. E sabemos (agora que comparamos suas obras e reconhecemos as diferenças irredutíveis), sabemos que esse algo não está nas naturezas sensíveis de sua arte. Não existe estética simbolista. Esse é o resultado de nossa primeira operação.

Chegamos a este paradoxo: um acontecimento da história estética que não pode ser definido através de considerações estéticas. É preciso procurar em outro lugar o segredo de seu agrupamento. Tenho uma hipótese. Digo que nossos simbolistas, tão diferentes, estavam unidos por alguma negação, e essa negação era independente de seus temperamentos e de sua função de criadores. Só existe a negação de comum entre eles, estando essencialmente marcada em cada um deles. Por mais diferentes que fossem, reconheciam-se identicamente separados do resto dos escritores e dos artistas de sua época. Por mais que se diferenciassem, que se opusessem entre si, e às vezes tão violentamente que se excomungavam, injuriando-se e injuriando até mesmo as testemunhas, concordavam, contudo, em um ponto — e esse ponto, como já disse, alheio à estética. *Eles concordavam em uma resolução comum de renúncia ao sufrágio do número*: desdenham a conquista do grande público. E não só se recusam deliberadamente a atrair o grosso dos leitores (no que se distinguem dos realistas, grandes amantes das tiragens numerosas, bastante ávidos pela glória estatística e que acabaram medindo o valor pela tonelagem vendida), mas, além disso, recusam também, nitidamente, o julgamento das pessoas ou dos grupos que estão em condições de influenciar as classes mais em evidência. Desprezam ou ridicularizam as sentenças e as chacotas dos críticos mais bem estabelecidos nos folhetins mais imponentes; invectivam contra Sarcey, Fouquier, Brunetière, Lemaître e Anatole France... E, ao mesmo tempo, rejeitam as vantagens do favor público, depreciam as honras e, ao contrário, exaltam seus santos e heróis, que são também seus mártires e modelos de virtudes. Todos aqueles que admiram, sofreram: Edgar Poe, morto na extrema miséria; Baudelaire, perseguido; Wagner, vaiado no Opéra; Verlaine e Rimbaud, vagabundos e suspeitos; Mallarmé, ridicularizado pelo mais ínfimo cronista; Villiers, que se deita no chão de uma água-furtada, perto da pequena valise que contém seus manuscritos e seus títulos do Reino de Chipre e de Jerusalém.

E quanto a eles mesmos, nossos Simbolistas de 86, sem apoio na imprensa, sem editores, sem saída para uma carreira literária normal, com seu avanço e seus direitos de antiguidade, acomodam-se a essa vida fora do contexto; fazem suas revistas, suas edições, sua crítica interna; e formam, aos poucos, esse pequeno público eleito, sobre o qual se falou tão mal quanto deles mesmos.

Operam, assim, uma espécie de revolução na ordem dos valores, já que substituem progressivamente a noção das obras que criam seu público pela das que solicitam o público, que o tomam por seus hábitos ou por seus pontos fracos. Longe de escrever para satisfazer um desejo ou uma necessidade preexistentes, escrevem com a esperança de criar esse desejo e essa necessidade; e nada recusam que possa repugnar ou chocar cem leitores se calcularem que, desse modo, conquistarão um único de qualidade superior.

Isso significa que exigem uma espécie de colaboração ativa dos espíritos, novidade muito importante e traço essencial de nosso Simbolismo. Talvez não fosse impossível ou falso deduzir da atitude de renúncia e de negação, que esclareci há pouco, primeiro essa mudança sobre a qual estou falando e que consistiu em tomar como parceiro do escritor, como leitor, o indivíduo escolhido pelo esforço intelectual de que é capaz; e, em seguida, esta outra consequência: de hoje em diante, podem ser oferecidos a esse leitor laborioso e refinado textos em que não faltam nem dificuldades, nem os efeitos insólitos, nem os ensaios prosódicos, e até gráficos, que uma cabeça ousada e inventiva pode se propor a produzir. O novo caminho está aberto aos inventores. Neste, o Simbolismo descobre-se como uma época de invenções; e o raciocínio bem simples que acabo de esboçar diante de vocês nos leva, a partir de uma consideração alheia à estética, mas verdadeiramente ética, até o próprio princípio de sua atividade técnica, que é a livre procura, a aventura absoluta na ordem da criação artística dos riscos e perigos daqueles que a ela se entregam.

*

Assim, liberado do grande público, liberado da crítica tradicional que é, ao mesmo tempo, guia e escrava, livre da preocupação com a venda e sem qualquer consideração com a preguiça dos espíritos e os limites do leitor médio, o artista pode se entregar sem restrições às suas experiências. Cada um designa seus deuses e seus ideais; cada um pode levar ao extremo suas teorias ou suas fantasias, e Deus sabe que nenhum deles se priva disso. Deus sabe que as inovações desse período são numerosas, variadas, surpreendentes, às vezes extravagantes. Os prospectores recorrem a tudo em sua busca de tesouros literários desconhecidos: às ciências, à filosofia, à música, à filologia, ao ocultismo, às literaturas estrangeiras.

Aliás, o comércio das diversas artes entre eles, comércio que o Romantismo havia criado, mas praticado irregularmente, torna-se um verdadeiro sistema que se fixa, às vezes excessivamente. Alguns escrevem com a preocupação de tomar emprestado da música o que puderem corromper por meio de analogias; de vez em quando tentam dar às suas obras o dispositivo de uma partitura de orquestra. Outros, críticos de arte sutis, querem introduzir em seu estilo alguma imitação dos contrastes e das correspondências do sistema de cores. Outros não temem criar palavras, perverter um pouco a sintaxe, vivamente renovada por muitos, enquanto alguns, ao contrário, restituem-lhe alguns adornos de seu passado cerimonioso.

Nunca houve movimento literário mais erudito, com tantas ideias inquietas, do que esse movimento, em todos os sentidos dos espíritos, cuja renúncia já mencionada era o princípio comum. Tudo o que vi se produzirem literatura, a partir dessa fase agitada em termos de audácia, de introduções no futuro incerto, ou de retornos imprevistos no passado, está ou indicado, ou já realizado, ou preconcebido, ou tornado possível, se não provável, pelo trabalho intenso e desordenado realizado nessa época.

Ao redor desses autores constituiu-se, insensivelmente, uma pequena multidão de fiéis, análoga àquela que se formou em torno de Wagner, no momento da célebre queda do *Tanhäuser* no Opéra. Solicita-se, sem dúvida, a esse pequeno número feliz, a esses *happy few*, uma atenção, um zelo, um sacrifício de seus hábitos, um desdém pelo que lhes foi ensinado bastante meritórios; e, sem dúvida, seus favores serão pagos apenas com as zombarias das pessoas e da imprensa, e serão honrados com o belo título de "snob" por trocistas que não conhecem muito bem o inglês; mas, compreendendo ou imitando, descobrindo e precedendo, ou mesmo seguindo, eles preenchem uma função bastante real e útil: o que aconteceria, sem eles, com tantos artistas de primeira grandeza e com tantas obras cuja glória está inscrita, hoje, entre as mais firmes?

*

Vamos prosseguir em nossa análise. Pretendo agora fazê-los entender que a resolução comum a tantos homens geralmente divididos em quase todas as questões de arte, de sacrificarem-se apenas às verdades deliberadamente escolhidas ou edificadas por eles mesmos, de repelirem os ídolos de sua época e os servidores desses ídolos, em detrimento de todas as vantagens que o consentimento às preferências comuns pode oferecer, acarretava a criação de um *estado de espírito totalmente novo e singular*, que não pôde se desenvolver com toda sua força possível ou imaginável, e cujo desaparecimento, que lamento, pode se localizar nas proximidades do primeiro ano deste século.

A renúncia, vocês sabem, está muito próxima da mortificação. Mortificar-se é procurar, de uma maneira dura, e mesmo dolorosa, edificar-se, construir-se, elevar-se até um estado que suspeitamos ser superior. O desejo dessa elevação, dessa "ascese", pronunciando-se no campo da arte, tornando-se uma condição de vida do verdadeiro artista e da produção das obras, esse é o fato totalmente novo e a característica profunda que se observa em todos os participantes autênticos desse Simbolismo ainda sem nome.

Acabo de mostrar-lhes que a unidade que se pode denominar Simbolismo não se encontra em uma concordância estética: o Simbolismo não é uma Escola. Ao contrário, ele admite grande quantidade de Escolas, e das mais divergentes, e eu disse a vocês: *a Estética os dividia; a Ética os unia*. Prossigo agora desse ponto para levá-los até a ideia que gostaria de explicar-lhes. É possível exprimi-la assim: nunca os poderes da arte, a beleza, a força da forma, a virtude da poesia estiveram tão perto de se tornar, em alguns espíritos, a substância de uma vida anterior que pode ser denominada "mística", visto acontecer de ela se bastar a si mesma, de satisfazer e sustentar mais de um coração, *da mesma forma que mais de uma crença definida*. É indiscutível que essa espécie de fé se produziu em alguns, e o alimento constante de seu pensamento, e a regra de sua conduta, e a constância de resistir à tentação, e que ela os animava a continuar, nas condições mais adversas, trabalhos em que as chances de um dia se realizarem eram tão pequenas quanto as chances de serem compreendidos, se é que um dia isso acontecerá.

Eu falo com conhecimento de causa: tivemos, naquela época, a sensação de que uma forma de religião poderia ter nascido, sendo a emoção poética sua essência.

Existe algo mais compreensível se nos referirmos à época, ao estado das coisas do espírito no período que estamos considerando?

Mas aquela história é uma história particularmente viva, já que a restituição de uma história do espírito é aquela de indivíduos isolados, tomados um por um, e não aos montes; ela tenta restituir singularidades, e não unidades humanas dentro do número e nas formas estatísticas, como são os homens na opinião da história comum. Ela é particularmente expressiva no sentido em que considera como acontecimentos, acontecimentos internos, reações pessoais: nela, uma ideia tem a importância de uma batalha na outra história; um homem da condição mais modesta, quase desconhecido, adquire a grandeza de um herói, o poder de um déspota, a autoridade de um legislador. Tudo se passa, portanto, no domínio do sensível e do inteligível, sendo analisado em impressões, em pensamentos, nessas reações individuais sobre as quais eu falava. Mas esses efeitos são mais intensos, e essas reações, mais fortes e criadoras, quando observados no ser jovem e novo, no momento em que atinge a puberdade de seu espírito. Um dia, ele acorda com um novo julgamento, um julgamento rigoroso que condena seus gostos e ideias da véspera, de repente considerados pueris: repara que apenas aceitou o que lhe ensinaram; que reflete as opiniões e afirmações dos que o rodeiam, ou seja: *ele sente que acreditava amar o que não ama, e que se esforçava para não amar o que o seduz*. Aqui está ele separando-se do que foi até então o sistema aceito por suas admirações, por suas avaliações, por seus ideais emprestados — e tentando ser ele mesmo, por si mesmo.

Mas é nessa mesma idade que entra no mundo da experiência real. Sabemos muito bem o que ele encontra aí. É muito difícil não encontrar as decepções, as mágoas, as imperfeições do real, todas as indignidades em todos os gêneros, que são os elementos da realidade mais frequentemente observável — e que foram os temas preferidos pela escola naturalista...

*

Acredito ser esse o fato essencial que permite reconstituir, por uma espécie de síntese, o espírito desse momento e desse grupo que terá o nome *Simbolismo*. Como explicar melhor essa devoção à arte pura que se afirmou e se desenvolveu durante dez anos, em todos os países, em algumas pessoas, a não ser projetando em vocês o estado de espírito de um jovem, há cinquenta anos, ao qual atribuo uma cultura, uma sensibilidade e um caráter bastante elevados para que sinta, a todo instante, a necessidade de uma segunda vida e o desejo de todas as formas de beleza?

O que encontra quando sai do colégio? É preciso dizer que ele abandona sem remorsos todos esses livros cujo uso utilitário, o estudo para os controles administrativos do ensino, há muito o enfadavam. É natural que sejam tomados por cadáveres, por autores infelizes que conhecemos para a dissecação, ou através de fragmentos previamente levantados, ressequidos, injetados de comentários, reduzidos ao estado de peças anatômicas. Rejeita esses restos, resíduos da admiração secular de outros. Mas o que encontra então, que lhe sirva agora de alimento especial?

Ele experimenta necessariamente o que está em voga. Em 1886 (já que escolhemos essa data), a vitrine do livreiro lhe oferece (negligenciando muitos desses livros insignificantes cuja produção e consumo são eternos), de um lado, uma pilha de volumes de venda muito ativa: lê-se na capa: centésima, ducentésima milésima. São romances naturalistas, espessos, geralmente amarelo-ouro.

Do outro lado, menos frequentados, bem menos visíveis (pois são poetas), ele descobre os Românticos, de Lamartine a Hugo. Não muito longe, em pequenos tomos brancos, os rimadores da moda: Parnasianos de todas as grandezas. Procurando bem, talvez coloquemos a mão em um exemplar de *Flores do Mal*.

Mas nosso jovem explorador dessa loja de leitura não encontra toda sua satisfação. Os realistas representam-lhe muito bem, com uma força e uma obstinação cruéis, esse mesmo mundo que, tendo apenas entreolhado, já lhe causa náuseas. E também esse quadro, embora laboriosamente exato e, às vezes, extraordinariamente pintado, parece-lhe, contudo, incompleto, visto que *ele mesmo está faltando*; e que não pode nem quer reconhecer-se nessa humanidade sobrecarregada de taras, oprimida por heranças mórbidas e presa bestial desses cruéis observadores. Ele não quer que existam no homem e na mulher mais reflexos que pensamentos, mais instinto que profundidade. Por outro lado, os Poetas no Parnaso são admirados por ele durante algum tempo, o tempo necessário para que um espírito desprendido assimile os procedimentos e as convenções, cuja observância leva a fazer facilmente versos de aparência bastante difícil. Mas seu sistema, que teve o mérito de se opor à negligência da forma e da linguagem, tão sensível em tantos românticos, levava-os a um rigor artificial, a uma busca do efeito e do verso bonito, a um emprego de termos raros, de nomes estrangeiros, de esplendores totalmente aparentes que ofuscavam a poesia sob ornamentos arbitrários e inanimados.

A riqueza da rima não deve ser criticada se não contrastar com a miséria do verso; ela se torna insuportável a partir do momento em que fica rebuscada em detrimento de todas as outras qualidades e, sobretudo, da unidade geral do poema. Isso é uma lei absoluta. O verso bonito frequentemente é o inimigo do poema: é preciso muito espírito e muita arte para se formar um corpo de poesia, do qual não somos tentados a destacar, aqui e ali — algum alexandrino que faz esquecer o resto do grupo —, como fazem as vedetes do teatro.

Nosso jovem herói, que nos serve de alma de prova, e cuja sensibilidade nos serve para experimentarmos a época em que o pusemos, não encontra, portanto, na produção dessa época, com o que satisfazer seu desejo. Não fica absolutamente fascinado pelas obras da moda. Aliás, todas as atividades do espírito cessariam se os jovens ficassem, um dia, contentes com *o que existe*, no momento em que olham ao seu redor, quando se libertam da idade ingrata e vêm tomar lugar entre os homens.

Mas as obras derivam das ideias, e as ideias em vigor não lhe oferecem mais atrativos ou alimento para o pensamento ardente que os livros. Nem o criticismo puro, que está então muito em voga, nem a metafísica evolucionista adotada pela escola naturalista e colocada na forma de romance; nem a filosofia dogmática, nem as crenças definidas, que acabam de sofrer tantos ataques e contra as quais o positivismo, o determinismo, a filosofia dirigiram tantos assaltos, o detêm. Ele tende a rejeitar indistintamente tudo o que se funde em uma tradição ou em textos, como repele o que se baseia em uma argumentação e em uma dialética mais ou menos rigorosa; como considera eternamente provisória e sempre prematura qualquer afirmação que se apoie no conhecimento científico, física, ou geologia, ou biologia, e que explore os resultados além de qualquer verificação. Confronta todas essas doutrinas; vê em cada uma apenas a força dos argumentos que ela opõe a todos os outros. A soma lhe parece igual a zero.

O que lhe sobra? Por onde fugir desse nada intelectual e da impotência que dele resulta? Resta-lhe ser ele mesmo, ser jovem e, principalmente, estar resolvido a só admitir aquilo do qual sinta uma necessidade interior real, a existência esperada por seu ser mais profundo; a não admitir o que se transforma em palavras cujo significado não seja uma experiência imediata e um valor representado no tesouro de suas *afeições*. Ídolos por ídolos, prefere aqueles feitos apenas de sua substância aos que são propostos por outros. Interroga-se. Encontra. Constata que só lhe resta uma certeza: *a emoção imposta por certos aspectos da natureza e da vida, e por certas obras do homem.* Ele as reconhece pela alegria singular que retira delas, pela estranha necessidade que encontra em si desses momentos ou desses objetos que, perfeitamente inúteis à conservação da existência física, oferecem-lhe ao mesmo tempo sensações preciosas, ideias indefinidamente variadas, uma aliança às vezes miraculosa de pensamento, de sentimento, de rigor e de fantasia, uma volúpia e uma energia misteriosamente ligadas. Mas não é esta aquela substância de "vida interior" que eu designava há pouco, e os alimentos daquela devoção à arte pura da qual lhes falava? A simples exposição desse estado obriga-me a empregar, para a descrição, termos que não se encontram no vocabulário mais religioso.

*

Uma circunstância da época com que nos ocupamos levava ao extremo a intensidade da emoção estética, quase mística, cuja existência é inseparável do Simbolismo. Entre todos os modos de expressão e de excitação, existe um que se impõe com um poder desmedido: ele domina, deprecia todos os outros, age sobre todo o nosso universo nervoso, superexcita-o, penetra-o, submete-o às flutuações mais caprichosas, acalma-o, destrói-o, prodigaliza-lhe as surpresas, as carícias, as inspirações e as tempestades; é dono de nossas existências, de nossos estremecimentos, de nossos pensamentos: esse poder é a *Música*, e ocorre que a música mais poderosa é soberana no exato momento em que nosso jovem simbolista em estado nascente se compromete com seu destino: ele se deixa arrebatar pela música de Wagner.

Como Baudelaire já fazia em sua época, procura todas as ocasiões para ouvir essa música que, para ele, é ao mesmo tempo diabólica e sagrada. É seu culto e seu vício; seu ensino e seu tóxico; ela realiza, como o faz uma função litúrgica aliás, a fusão de todo um auditório onde cada membro recebe a totalidade do sortilégio, pois um milhar de seres reunidos que, pelas mesmas causas, fecham os olhos, sofrem os mesmos arrebatamentos, sentem-se sós consigo mesmos e, no entanto, identificados através de sua emoção íntima com tantos próximos que se tornaram realmente seus *semelhantes*, formam a condição religiosa por excelência, a unidade sentimental de uma pluralidade viva.

Eis o que se observava e se experimentava por volta de 1886, aos domingos, nos concertos do Circo de Verão. Eram verdadeiros ofícios para os quais se apressava tudo o que havia em Paris de mais elegante, de mais profundo, de mais entusiasta, de mais original e também de mais imitador. O maestro subia à estante. Poderíamos dizer que subia ao altar, que tomava o poder supremo; e, na realidade, ele o tomava, ele ia promulgar as leis, manifestar o poder dos próprios deuses da Música. A batuta era levantada: todas as respirações estavam suspensas; todos os corações esperavam.

*

Mas enquanto as cordas vibrantes, as madeiras roucas e suaves, os cobres todo-poderosos construíam, destruíam o edifício sonoro, o templo de transformações maravilhosas previsto pelo gênio, um homem sentado na sombra de uma fila de homens, em uma banqueta do corredor, um ouvinte singular, submetia-se extasiado, mas com aquela dor sublime que nasce das rivalidades superiores, ao encantamento das sinfonias soberanas.

Na saída, o jovem entusiasta o esperava, tentava reunir-se a ele. Mallarmé o acolhia com aquele sorriso profundo que não esquecíamos mais, tanto nos era revelado da doçura infinita emanada do talento mais absoluto. Falávamos. O problema de toda a vida de Mallarmé, o objeto de sua meditação perpétua, de suas buscas mais sutis era, como sabíamos, devolver à Poesia o mesmo império que a grande música moderna lhe havia roubado. Não tentaria dar aqui uma ideia precisa do desenvolvimento de suas análises e de suas tentativas, das quais suas obras são os vestígios sucessivos. Basta dizer que, apressado, e como que irritado por esse problema de poder, Mallarmé considerou a literatura como ninguém havia feito antes dele: com uma profundidade, com um rigor, uma espécie de instinto de generalização que aproximava, sem que ele suspeitasse, nosso grande poeta de um daqueles geômetras modernos que refizeram os fundamentos da ciência, dando-lhe extensão e poder novos, em consequência de uma análise cada vez mais delicada de suas noções fundamentais e de suas convenções essenciais.

*

Tendo deixado o Mestre, voltando a si e retornando para casa, o jovem, embriagado pelas ideias, tomado pelas ressonâncias das grandiosas impressões que acabava de receber da Música e das poucas palavras admiráveis que acabava de ouvir, sentia-se ao mesmo tempo iluminado, oprimido, mais profundo e mais impotente. Voltava assim para o bairro onde a vida *como era antes* o retomava, rompia suas fantasias, restituía-lhe alguma indiferença e, aos poucos, a grande coragem de conceber, apesar das impressões esmagadoras das obras do gênio, outros horizontes, outros caminhos, outros modos de se justificar e de se sentir, ele mesmo, uma fonte de pensamentos e de expressões, uma origem, um criador, um poeta...

Ele entrava em um daqueles cafés, hoje quase todos desaparecidos, que desempenharam um papel tão importante na elaboração das inumeráveis escolas daquela época. Uma história da Literatura que não mencione a existência e a função desses estabelecimentos naquela época é uma história morta e sem valor. Como os salões, os cafés foram verdadeiros laboratórios de ideias, lugares de trocas e de choques, meios de agrupamentos e de diferenciação, onde a atividade intelectual, a desordem mais fecunda, a liberdade extrema das opiniões, o choque das personalidades, o talento, o ciúme, o entusiasmo, a crítica mais ácida, o riso, a injúria compunham uma atmosfera às vezes insuportável, sempre excitante e curiosamente unida...

Os que sobrevivem e que frequentaram, mesmo pouco, esses antros luminosos e barulhentos encontram-nos em sua memória. Revivem, com melancolia, as noites passadas entre aqueles espelhos onde musas, há muito desaparecidas, enfeitavam-se e arrumavam seus véus; entre essas mesas doravante rodeadas de manes em que, Verlaine aqui, ali Moréas, mantinham suas discussões terríveis sob as nuvens espessas de fumaça, no meio do tumulto dos pratos, das colheres, das exclamações dos jogadores e dos gritos agudos de algumas mulheres que brigavam. Lá formaram-se e formularam-se muitas ideias.

Em determinado momento, houve uma escola e um dogma em cada uma dessas salas privilegiadas. Fundava-se no mesmo instante uma revista, para a qual ninguém podia prever os meios de subsistência. Mas pouco importava. O essencial era encontrar o título e redigir o manifesto. Essa era a grande questão. Ocorria que a redação do manifesto já inflamava cartas e pessoas. A metade de nossos fundadores fazia um cisma e mudava de café...

*

Uma das maiores disputas da época foi, como se sabe, a disputa interna do Verso Livre. O assunto é tão espinhoso que ouso apenas abordá-lo. A legitimidade, a oportunidade ou a necessidade de se desfazer das regras tradicionais; as demonstrações do a favor e do contra; a prova do a favor e do contra através da teoria, do fato, da fonética, da história... mas, para tratar essa matéria infinita, eu precisaria exigir de vocês uma paciência, uma atenção, uma virtude que absolutamente não seriam recompensadas por minhas explicações. Ela conduz, aliás, a um outro emaranhado de dificuldades. A própria invenção do verso livre foi muito disputada. Esse tipo de batalha nunca terminou. Não quero me arriscar a acender em nossa época uma guerra que, como muitas outras, não soube como acabar.

Mas não é possível tratar, mesmo sumariamente, do Simbolismo, sem se demorar um pouco nessa questão da técnica da Poesia. Na verdade, vou me limitar a indicar-lhes alguns pontos; vou me ater ao incontestável.

O verso regular é definido por um certo número de restrições, trazidas por convenção à liberdade da linguagem comum. Essas regras, que podem ser comparadas, sem por isso depreciá-las, às de um jogo, têm, em seu conjunto, esse efeito extraordinário de separar nitidamente da linguagem comum a linguagem que governam.

Elas lembram, a todo instante, àquele que a emprega, como àquele que a escuta, que o discurso realizado não soa no mundo da ação, no campo da vida prática. Para dar-lhe um sentido, explicar sua forma, é preciso um outro mundo, um universo poético.

Deve-se observar que essa coação quase externa imposta à palavra nos dá, por outro lado, uma liberdade. Se a forma que eu uso lembra a todo instante que aquilo que estou enunciando não pertence à categoria das coisas reais, o ouvinte ou o leitor pode esperar e admitir toda a fantasia do talento entregue a si. Por outro lado, essa forma me adverte continuamente e me previne, ou deve me prevenir, contra o perigo prosaico.

Outra constatação: todos os poetas, desde tempos imemoriais até a época que nos ocupa, empregaram esse sistema de condições convencionais. Sem falar dos antigos, Shakespeare, quando faz versos não dramáticos, faz sonetos rimados e peças regularmente construídas. Dante escreve seu poema em tercetos. Horácio, como Villon, Petrarca, como Banville.

Mas alguns anos depois de 1870, ou seja, no momento em que o Parnaso, no apogeu de sua glória, através da reação ao Romantismo, ultrapassou as próprias condições dos poetas clássicos, pronuncia-se um movimento insurrecional, cujos primeiros estremecimentos se encontram em algumas páginas de Rimbaud e no comportamento muito pouco parnasiano dos poemas de Verlaine que sucedem a seus *Poèmes Saturniens*. Sua graça livre nos opõe à aparência escultural e às sonoridades sólidas dos versos feitos pelos discípulos de Leconte de Lisle. Eles introduzem uma forma simples e cantante inspirada, algumas vezes, na poesia popular.

Um pouco mais tarde, alguns inovadores se animam. Rompem deliberadamente com as convenções e solicitam apenas a seu instinto do ritmo e à delicadeza de seu ouvido as cadências e a substância musical de seus versos. Esses ensaios se apoiavam, por outro lado, em pesquisas teóricas baseadas nos trabalhos dos foneticistas e nos registros da voz. Eu não saberia entrar na exposição das diversas teorias formuladas naquela época: mas observo, como um traço característico do Simbolismo, os grandes desenvolvimentos teóricos, com frequência conduzidos cientificamente, que acompanharam ou auxiliaram a produção daquela época. No período entre 1883 e 1890, diversos talentos arrojados empreenderam a constituição de uma doutrina da arte derivada das teses de psicofisiologia então em moda. O estudo da sensibilidade pelos métodos da física, pesquisas sobre a correspondência (hipotética) das sensações, sobre a análise energética do ritmo foram realizadas, com algum efeito sobre a pintura e a poesia. Essas tentativas de substituir por dados precisos as noções muito vagas que a crítica utiliza e as ideias muito pessoais dos artistas eram, sem dúvida, prematuras, talvez quiméricas: mas confesso que as que conheci me interessaram muito, mais pela tendência que pela substância, e também pelo contraste apresentado por essas preocupações com esses sistemas *a priori* e as vãs afirmações da estética dialética.

A erudição, por outro lado, aproximadamente na mesma época, fornecia aos poetas liberados modelos encantadores criados nos séculos XV e XVI. Ninguém teve medo de tomar emprestado à nossa antiga literatura não apenas esses tipos cantantes de odes ou odezinhas, mas também palavras já fora de uso e deliciosamente feitas para a poesia. Acontece que esses empréstimos, cuja ideia só pôde vir a realizar-se em consequência das liberdades tomadas com as formas parnasianas estritas, conduziram insensivelmente à restauração *romana* da prosódia tradicional. Esse é um exemplo divertido do retorno das coisas e da impossibilidade de se prever.

Vimos também, em uma região completamente diferente, grande inimiga desta última, a produção de um ensaio extraordinário: fundou-se o *instrumentismo*. Conservando, ou quase, o verso alexandrino, ele associava às regras normais uma espécie de tabela de correspondência entre os sons alfabéticos e os timbres dos instrumentos da orquestra.

Tudo isso apenas demonstra, ao mesmo tempo, a vida bastante ativa do "Simbolismo" e a fecundidade de suas invenções, e ainda a diversidade interna dos talentos que atualmente agrupamos sob o mesmo nome.

Entretanto, o *Inimigo* espreitava. Na verdade, ele nunca adormeceu. Assim que a fermentação literária, da qual acabo de dar uma ideia muito incompleta, foi conjecturada por aqueles que velam ao mesmo tempo pelo interesse de todos e pelos próprios (não deixando de confundi-los), o riso, o sorriso, as paródias, o desprezo, os gracejos — e, às vezes, os insultos, as censuras, o desgosto por ver tanto talento se perder em absurdas imaginações — começaram sua política de depreciação e exterminação. Ainda ouço um bom homem dizendo-me: *"Senhor; sou doutor em Letras e doutor em Direito, e não entendo patavina desse seu Mallarmé..."*.

Aos poucos os pontos de acusação se tornaram precisos... Há cinquenta anos não variam. São sempre os mesmos: são três. Aqueles que os enunciam não são muito inventivos. Vamos então enumerar as três cabeças do Cérbero médio e passemo-lhes a palavra:

Uma das bocas nos diz: Obscuridade.

A outra: Preciosismo.

E a terceira diz: Esterilidade.

É esta a divisa inscrita na fachada do templo simbolista.

O que responde o Simbolismo? Ele tem duas maneiras de exterminar o dragão. A primeira consiste em calar-se, apontando, porém, a quantidade dos exemplares vendidos das edições de Mallarmé, de Verlaine e de Rimbaud, números que não pararam de crescer desde o início e, principalmente, desde 1900.

A segunda consiste em dizer: Vocês nos chamam de *obscuros*? Mas o que os força a ler-nos? Se houvesse algum decreto que, sob pena de morte, os obrigasse, poderíamos entender seus protestos.

Vocês dizem que somos *preciosos*? Mas o contrário do precioso é o vil! *Estéreis*? Mas vocês deveriam ficar contentes. Se somos estéreis haverá, então, um pouco menos de obscuridade e de preciosismo no mundo.

É preciso confessar que o Simbolismo teve outros inimigos além desses críticos que só perturbam talentos sem resistência. Teve contra si suas próprias virtudes e seu ideal ascético. Por outro lado, as necessidades da vida, a idade que chega e torna cada vez mais penoso, e às vezes mais escuro, um destino devotado severamente demais a um culto puro demais, a ambição de estender a esfera de uma fama que a delicadeza das obras necessariamente restringe e reduz à admiração do pequeno número; finalmente, a chegada de novas gerações que não experimentavam mais as mesmas impressões, não encontravam mais o mesmo sistema de circunstâncias e que a lei fatal de existir e de criar, por sua vez, coagia a ignorar ou a negar os desejos, as razões, as avaliações dos "simbolistas"; tudo isso devia trazer uma dissolução, uma corrupção e, em certos pontos, uma vulgarização do espírito que tentei apresentar.

A grande desordem das coisas humanas, que tanto se revelou desde que começou o século XX, só poderia, sem dúvida, tornar absolutamente impossível essa vontade de cultura separada, essa preservação dos gostos e dos requintes, longe da publicidade, do movimento das trocas estatísticas, da agitação que confunde cada vez mais todos os elementos da vida. A química da obra de arte renunciou à perseguição dos longos fracionamentos que detêm os corpos puros e à preparação dos cristais que só podem ser construídos e crescer na calma. Ela se devotou aos explosivos e aos tóxicos.

Como se dedicar a lentas elaborações, como se consumir em teorias e em discussões delicadas quando os acontecimentos e os hábitos nos apressam dessa maneira, quando a futilidade, a ansiedade, dividem entre si os dias de cada um, e a distração, a facilidade em subsistir, a liberdade de sonhar e de meditar se tornam tão raras quanto o ouro?

É exatamente isso que fixa o preço *atual* do *Simbolismo*, confere valor a esse passado e faz dele, em suma, um *símbolo*.

As condições de desenvolvimento dos espíritos em profundidade, em sutileza, em perfeição, em poder requintado, estão dissipadas. Tudo se declara contra as possibilidades de vida espiritual independente. As lamúrias dos poetas de sessenta anos atrás nos parecem pura retórica perto dos lamentos que a época atual extrairia dos seres líricos, se eles não sentissem a inutilidade de gemer no meio do alarido universal, do barulho tumultuado das máquinas e das armas, dos gritos da multidão e das arengas ingênuas e formidáveis de seus domadores e condutores.

Terminarei, então, observando que o "Simbolismo" é, de hoje em diante, o símbolo nominal do estado de espírito e das coisas do espírito mais oposto àquele que reina, e mesmo que governa, atualmente.

Nunca a Torre de marfim pareceu tão alta.

Vista da baía de Mônaco. Aquarela extraída dos *Cahiers*. fevereiro, 1926.

A TENTAÇÃO DE (SÃO) FLAUBERT[1]

Confesso ter um fraco por *A Tentação de Santo Antão*.
Por que não declarar em primeiro lugar que nem *Salammbô*, nem a *Bovary* jamais me seduziram, uma por suas figuras eruditas, atrozes e suntuosas, a outra por sua "verdade" de mediocridade minuciosamente reconstituída?
Flaubert, e sua época, acreditava no valor do "documento histórico" e na observação completamente crua do presente. Mas eram ídolos vãos. O único real na arte é a arte.
Sendo o homem mais honesto do mundo, e o artista mais respeitável, mas sem muita graça nem profundidade no espírito, Flaubert não tinha qualquer defesa contra a fórmula tão simples proposta pelo Realismo e contra a autoridade ingênua que quer se basear em imensas leituras e na "crítica dos textos".
Esse Realismo, de acordo com os hábitos de 1850, distinguia muito mal entre a observação precisa, como a dos sábios, e a constatação crua e sem escolha das coisas, de acordo com a visão comum; ele as confundia, e sua política as opunha identicamente à paixão pelo embelezamento e pelo exagero que denunciava e condenava no Romantismo. Mas a observação "científica" exige operações definidas que possam transformar os fenômenos em produtos intelectuais utilizáveis: trata-se de transformar as coisas em números, e os números, em leis. A Literatura, ao contrário, que visa efeitos imediatos e instantâneos, quer um "real" completamente diferente, um real para todos, que não pode, portanto, distanciar-se da visão de todos e do que pode ser expresso pela linguagem comum. Mas a linguagem comum está na boca de todos, e a visão comum das coisas não tem valor, como o ar que todos respiram, enquanto a ambição essencial do escritor é, necessariamente, distinguir-se. Essa oposição entre o próprio dogma do Realismo — a atenção no banal — e a vontade de existir como uma exceção e personalidade preciosa teve o efeito de excitar nos realistas o cuidado e os requintes do estilo. Eles criaram o estilo artístico. Empregaram na descrição dos objetos mais comuns, às vezes dos mais desprezíveis, requintes, deferências, um trabalho, uma virtude admiráveis; mas sem perceber que, dessa forma, estavam trabalhando fora de seu princípio, e que inventavam um outro "real", uma verdade fabricada por eles, totalmente fantástica. Na verdade, eles colocavam os personagens mais vulgares, incapazes de se interessarem pelas cores, de encontrarem prazer nas formas das coisas, em ambientes cuja descrição havia exigido um olho de pintor, uma emotividade de indivíduo sensível a tudo o que

[1] Introdução a *Tentation de Saint Antoine*, por Gustave Flaubert, Paris, J. G. Daragnés, 1942.

escapa a um homem qualquer. Esses camponeses, esses pequeno-burgueses, portanto viviam e movimentavam-se em um mundo que eram tão incapazes de ver quanto um ignorante de decifrar um texto. Se falavam, suas parvoíces e suas intenções estereotipadas inseriam-se no sistema estudado de uma linguagem rara, ritmada, ponderada palavra por palavra, que sentia esse respeito por si mesma e essa preocupação em ser notada. O Realismo acabava, finalmente, dando a impressão do artifício mais intencional.

Uma de suas aplicações mais desconcertantes é aquela à que fiz alusão há pouco e que consiste em tomar como "realidade" os dados oferecidos pelos "documentos históricos" sobre alguma época mais ou menos distante e em tentar construir sobre essa base de texto uma obra que dê a sensação do "real" daquele tempo. Nada me é mais triste do que imaginar a quantidade de trabalho gasta em montar um conto sobre o fundamento ilusório de uma erudição sempre mais inútil que qualquer fantasia. Toda fantasia pura procura sua fonte no que há de mais autêntico no mundo, o desejo pelo prazer, e encontra seu caminho nas disposições ocultas das diversas sensibilidades de que somos compostos. Só se inventa o que pode e quer ser inventado. Mas os produtos forçados da erudição são necessariamente impuros, visto que o acaso que fornece ou recusa os textos, a conjuntura que os interpreta, a tradução que os trai misturam-se à intenção, aos interesses, às paixões do erudito, sem falar das do cronista, do escriba, do evangelista ou dos copistas. Esse gênero de produção é o paraíso dos intermediários...

Eis o que pesa em *Salammbô* e pesa-me em sua leitura. Agrada-me muito mais ler contos da antiguidade fabulosa totalmente livre, como A Princesa da Babilônia ou Akédysseril de Villiers, livros que não evocam outros livros.

(O que eu disse sobre o real nas Letras pode valer também para as obras que pretendem uma "verdade" na observação interna. Stendhal gabava-se de conhecer o coração humano, ou seja, de não o inventar. Mas o que nos interessa nele são, ao contrário, os produtos de Stendhal. Quanto a fazê-los entrar em um conhecimento orgânico do homem em geral, essa intenção suporia uma exigência bem modesta em relação a esse saber, ou uma confusão análoga àquela que se faria entre o prazer atual fornecido por iguarias deliciosas, pela preparação de uma refeição requintada e a aquisição definitiva constituída por uma análise química exata e impessoal.)

É possível que a suspeita das dificuldades, provocadas pelo desejo de realismo na arte e pelas contradições que se desenvolvem a partir do momento em que ele se torna imperativo, tenha favorecido no espírito de Flaubert a ideia de escrever uma *Tentação de Santo Antão*. Essa "Tentação" — tentação de sua vida inteira — era como um antídoto íntimo contra o tédio (que ele confessa) de escrever seus romances de hábitos modernos e de erigir monumentos estilísticos em honra da insipidez provinciana e burguesa.

Pode ter sido pressionado por um outro estímulo. Não estou pensando no quadro de Brueghel, que ele viu no palácio Balbi, em Gênova, em 1845. Essa pintura ingênua e complicada, combinando detalhes monstruosos — demônios, cornos, bestas medonhas, mulheres muito frágeis, toda essa imaginação superficial e às vezes divertida —, despertou-lhe talvez um desejo por diabruras, por descrições de seres impossíveis: pecados encarnados, todas as formações aberrantes do medo, do desejo, do remorso; mas o próprio impulso que o fez conceber e abordar a obra parece-me mais ter sido excitado pela leitura do *Fausto* de Goethe. Entre *Fausto* e *A Tentação* há semelhança de origens e parentesco evidente nos assuntos: origem popular e primitiva, existência ambulante das duas lendas, que poderiam ser dispostas em "durantes" com a legenda comum: o homem e o diabo. Em *A Tentação*, o diabo ataca a fé do solitário, cujas noites satura com visões desesperadoras, com doutrinas e crenças contraditórias, com promessas corruptoras e lascivas. Mas Fausto já leu tudo, conheceu tudo, já queimou tudo o que pode ser adorado. Esgotou por si mesmo o que o Demônio propõe ou demonstra através de imagens a Antão, e só resta o amor mais juvenil capaz de seduzi-lo (o que eu acho bastante surpreendente). Acaba finalmente dando-se, como pretexto para o desejo de viver, uma espécie de paixão estética, uma sede suprema pelo Belo, uma vez que a fragilidade da força política e do ilusionismo da finança foi-lhe revelada pela experiência mefistofélica que fez. Fausto está procurando o que poderia tentá-lo; Antão preferiria não ser tentado.

Flaubert parece-me ter apenas entrevisto que o assunto de *A Tentação* oferecia motivos, pretextos e chances para uma obra verdadeiramente superior. Nada além de seus escrúpulos de exatidão e de referências mostra o que lhe faltava de espírito decisório e de vontade de composição para conduzir a fabricação de uma máquina literária de grande potência.

Uma preocupação excessiva em maravilhar através da multiplicidade dos episódios, das aparições e das transformações repentinas, das teses, das vozes diversas provoca no leitor uma sensação crescente de estar preso em uma biblioteca repentina e vertiginosamente libertada, onde todos os tomos tivessem vociferado seus milhões de palavras ao mesmo tempo e onde todas as ilustrações revoltadas tivessem vomitado suas estampas e desenhos ao mesmo tempo. "Ele leu demais", diz-se do autor, como se diz de um homem bêbado que ele bebeu demais.

Mas Goethe, em *Eckermann*, falando sobre sua *Noite de Valpurgis*, diz isto: "Um número infinito de figuras mitológicas apressa-se para entrar; mas tomo cuidado comigo. E só aceito as que apresentam nos olhos as imagens que procuro".

Essa sabedoria não aparece em *A Tentação*. Flaubert sempre foi assediado pelo Demônio do conhecimento enciclopédico, do qual tentou se exorcizar escrevendo *Bouvard et Pécuchet*. Não lhe bastou, para alimentar Antão com prestígios, folhear as grandes antologias de segunda mão, os espessos dicionários do gênero Bayle, Moreri, Trévoux e outros da mesma espécie; explorou também o maior número de textos originais que pôde consultar. Positivamente embriagou-se com fichas e notas. Mas tudo o que lhe era exigido de trabalho pela torrente de imagens e de fórmulas que desola a noite do anacoreta, tudo o que ele gastava de espírito nas inúmeras entradas desse balé demoníaco, os temas dos deuses e das deidades, dos heresiarcas, dos monstros alegóricos, ele retirava ou recusava ao próprio herói, que permanece uma pobre vítima digna de piedade, no centro do turbilhão infernal de fantasmas e de erros.

Antão, deve-se convir, existe pouco.

Suas reações são de uma fraqueza desconcertante. Surpreende-nos que não seja seduzido ou encantado; ou que não fique mais irritado ou indignado com o que vê ou ouve; que não encontre insultos ou zombarias, nem mesmo uma oração violentamente ejaculada a ser proferida contra a imunda hipocrisia e o fluxo de belíssimas frases revoltantes ou blasfematórias que o perseguem. É mortalmente passivo; não cede nem resiste; espera o final do pesadelo, durante o qual só soube exclamar muito mediocremente algumas vezes. Suas réplicas são pedidos de desculpas e temos constantemente, como a rainha de Sabá, uma vontade furiosa de beliscá-lo.

(Talvez assim ele ficasse mais "real", ou seja, mais parecido com a maioria dos homens? Nós mesmos, não vivemos um sonho tão aterrorizante e totalmente absurdo, e o que fazemos?)

Flaubert ficou como que inebriado com o acessório em detrimento do principal. Experimentou a diversão dos cenários, dos contrastes, das exatidões "engraçadas" de detalhes, colhidos aqui e ali nos livros pouco ou mal frequentados: portanto, o próprio Antão (mas um Antão que sucumbe) perdeu sua alma — quero dizer, a alma de seu tema, que era a vocação desse tema para tornar-se uma obra-prima. Ele não realizou um dos mais belos dramas possíveis, uma obra de primeira ordem, que pedia para sê-lo. Não se inquietando, sobretudo, em animar poderosamente seu herói, negligenciou a própria substância de seu tema, não ouviu o chamado em profundidade. Do que se tratava? De nada menos que representar o que poderia ser chamado de a fisiologia da tentação, toda essa mecânica essencial na qual as cores, os sabores, o calor e o frio, o silêncio e o barulho, o verdadeiro e o falso, o bem e o mal desempenham o papel de forças e estabelecem-se em nós na forma de antagonismos sempre iminentes. É claro que qualquer "tentação" resulta do ato da visão ou da ideia sobre algo que desperta em nós a sensação de estar faltando. Ela cria uma necessidade que não existia ou que dormia, e eis que somos modificados em um ponto, solicitados em uma de nossas faculdades, e todo o resto de nosso ser é arrastado por essa parte sobre-excitada. Em Brueghel, o pescoço do comilão alonga-se, estira-se em direção a papa que seus olhos fixam, que suas narinas aspiram, e pressentimos que toda a massa do corpo vai se unir à cabeça, que estará unida ao objeto do olhar. Na natureza, a raiz cresce em direção à umidade, a copa, em direção ao sol, e a planta se forma de desequilíbrio em desequilíbrio, de cobiça em cobiça. A ameba se deforma na direção de sua minúscula presa, obedece àquilo que vai transubstanciar, depois puxa-se para seu pseudópode aventurado e junta-se a ele. Esse é o mecanismo de toda a natureza viva; o Diabo, ai!, é a própria natureza, e a tentação é a condição mais evidente, mais constante, mais inelutável de qualquer vida. Viver é, a todo instante, sentir falta de alguma coisa modificar-se para atingi-la e, desse modo, tender a substituir-se no estado de sentir falta de alguma coisa. Vivemos do instável, pelo instável, no instável: essa é a função completa da Sensibilidade, que é a mola diabólica da vida dos seres organizados. O que há de mais extraordinário para se tentar conceber, e o que pode haver de mais "poético" para se fazer do que essa força irredutível que é tudo para cada um de nós, que coincide exatamente conosco, que nos movimenta, que nos fala e é falada em nós, que se transforma em prazer, dor, necessidade, desgosto, esperança, força ou fraqueza, dispõe valores, torna-nos anjos ou bestas conforme a hora ou o dia? Sonho com a variedade, com as intensidades, com a versatilidade de nossa substância sensível, com seus infinitos recursos virtuais, com seus inumeráveis descansos, através de cujos jogos ela se divide contra ela mesma, engana-se a si mesma, multiplica suas formas de desejo ou de recusa, transforma-se em inteligência, linguagem, simbolismos, que ela desenvolve e combina para compor estranhos mundos abstratos. Não duvido que Flaubert tenha tido consciência da profundidade de seu tema; mas diríamos que teve medo de mergulhar nele até o ponto em que tudo o que se pode aprender não conta mais... Ele se perturbou com livros e mitos excessivos; perdeu neles o pensamento estratégico, quero dizer, a unidade de sua composição que só podia residir em um Antão do qual Satã teria sido uma das almas... Sua obra permanece como uma diversidade de momentos e de retalhos; mas existem algumas que estão escritas para sempre. Tal como é, olho para ela com reverência, e nunca a abro sem encontrar razões para admirar mais seu autor que ela mesma.

Página extraída dos *Cahiers*. "A Polinésia". Abril, 1927.

LEMBRANÇA DE NERVAL[1]

Estou me vendo — não, eu acredito estar me vendo — sentado em uma cadeira de palha amarela e pernas finas de tonalidade coral, meus calcanhares enganchados na trava, a cabeça entre as mãos, lendo, lendo sempre os mesmos livros: um grande tomo datado de 1840 e que tinha a ousadia de intitular-se *Obras Completas de Victor Hugo* — uma imitação belga —, e um *Michel Lévy* com capa clorótica: tratava-se da *Boêmia Elegante*, antologia deliciosa que eu não me cansava de ler, onde encontrava tudo o que meus doze anos precisavam em termos de encantamento e distração.

Este nome NERVAL restitui aos olhos da minha memória o verde desbotado desse exemplar e, com essa cor reanimando-os, revejo os instantes obscuros e intensos, roubados ao tédio, aos deveres, ao dia solar verdadeiro, pelo sortilégio das palavras. Eu passava e repassava do atroz *Bug-Jargal* e do aterrorizante *Han d'Islande* para a velha Paris, a Pont-Neuf, ainda nova, para tudo o que era evocado de sinistro e tocante, de fantástico e de irrecusável, pela história mágica desta *Mão Encantada* que, mal tendo caído, ao ser cortada pelo carrasco do corpo do enforcado, começou a correr sobre os cinco dedos, como um caranguejo agitado, apressando-se, entre os pés dos curiosos, em desaparecer. Eu a desenharia... Fico imaginando a gravura que um mestre poderia fazer. É fácil encontrar-me sonhando com essa liberação do órgão do fazer e do pegar, com o êxtase de uma mão finalmente solta, que se torna aventureira à procura de ação neste vasto mundo. Confesso que essa extravagante orgia do espírito — que, às vezes, vai muito longe — toma conta de mim com muita frequência quando olho fixamente — e sem ouvir mais qualquer coisa — o arrebatamento dos dedos de um virtuose sobre o teclado de um piano.

Mas eu também cultivava, nessa querida *Boêmia Elegante*, um dos capítulos mais encantadores que me revelava a região mais delicadamente poética da França, o Valois, e, com ela, esta literatura que deve ser denominada "popular", uma palavra horrível para designar produção tão graciosa. Sabe-se que essas poucas páginas dedicadas às velhas baladas francesas influenciaram alguns poetas que tinham vinte anos quando eu estava com doze. Moréas as leu; outros também.

Nerval foi o primeiro a publicar essas lindas peças. Inútil dizer que sequer uma de nossas antologias poéticas concede o menor lugar a esses frutos espontâneos do prazer de cantar. Entre elas, há algumas que me fazem sentir a perfeição segundo sua essência.

[1] Prefácio a *Les Chimères*, por Gérard de Nerval, Paris, Pour les Amis de Poésie, 1944.

Nelas encontro a frescura imediata de uma emissão totalmente natural e feliz da vida opondo-se, a ponto de defini-los por contraste, e de quase deixá-los esperando, a nossos poemas cientificamente organizados que não dispensam nem meditação e pesquisa abstrata por parte do autor, nem cultura e atenção ativa por parte do leitor. Como é possível que essa veia tão pura e de uma facilidade tão graciosa tenha secado, e que nosso povo pareça fulminado para sempre pela esterilidade poética, abandonado indefeso ao que existe de mais baixo, e cada vez mais baixo, nos recursos abjetos da parvoíce e da vulgaridade?

Entre os poucos livros que me inebriavam naquela época, havia também um pequeno volume em estado deplorável, sobre o qual falarei algo, pois existe mais que uma simples razão cronológica para que minha memória o associe àquele da obra de Nerval. Essa brochura desfolhada denominava-se *Almanaque Profético*? Havia algumas ilustrações de bosques que me seduziam deliciosamente. O texto reunia elucubrações que pretendiam ser inquietantes, algumas receitas de conjuração e de aritmomancia, anedotas em que o diabo desempenhava seu papel e, finalmente, a narração impressionante e perturbadora — que não sei até que ponto é "histórica" — da recepção ao rei da Prússia em uma Loja de Verdun, onde fizeram surgir à sua frente, e falar-lhe, o próprio fantasma de Frederico, o grande...

Toda matéria obscura e capitosa desse pobre almanaque encontrava-se sublimada no espírito de Nerval.

Nessa inteligência penetrada por inquietudes, a sombra e a luz estavam curiosamente distribuídas. Falei sobre seu gosto delicado pelo canto francês mais simples. Ele tinha o mesmo amor pelos bosques e riachos dos arredores de Senlis e por esta nobre floresta de Compiègne onde, certa noite, vi em uma clareira pantanosa a lua cheia tramando, no véu da bruma, um arco-íris de cores frias e todo tecido em prata. A beleza desse espectro gelado teria, sem dúvida, deslumbrado Nerval, grande amante desses cenários de lendas que frequentemente estão localizados às margens do Reno. Os contos e as canções inspirados por esse rio eram-lhe ainda mais familiares pelo fato de ele conhecer profundamente a língua alemã. Conhecem-se os elogios que ele recebeu de Goethe por sua tradução do primeiro *Fausto*. Talvez tenha sido o único Romântico francês a conhecer bem essa Germânia lírica e metafísica, da qual nos veio o nosso Romantismo. Mas a essa cultura filológica e precisa, sua erudição heterogênea, que ultrapassava todos os limites críticos, associava aos poucos um *campo de incerteza* em que os produtos mais sedutores e mais estranhos do pensamento universal combinavam-se em uma espécie de *saber fantasma*, misturado com teurgia, gnose, cabala, mitologia decifrada, com todo o mistério que pode ser absorvido por um espírito de conhecimentos. Nem a magia, nem as promessas das ciências ocultas e as perspectivas das especulações mais ousadas escaparam à sua sede de sortilégios.

Em um espírito desta natureza, em que a curiosidade é somente ansiedade, o que está escondido, velado, selado exerce uma atração particular, e eles não conseguem deixar de pensar que a importância de um conhecimento é maior quanto mais difícil for o acesso. Eles pesquisam os textos tenebrosos e acreditam nos segredos das sociedades secretas. Na suposta origem que suas tradições lhes destinam, Nerval podia imaginar um Egito hierático onde os sacerdotes que governavam à sombra dos Faraós deviam possuir um tesouro de poderes essenciais e temíveis. Mas, muito próximo dele, e não em uma profundidade fabulosa de tempo, a ideia de uma ciência das Ciências iniciáticas e de uma verdade proibida ao povo, transmitida de um adepto para outro, renovada ou reencontrada algumas vezes por revelações inesperadas, foi, se não formada, ao menos desenvolvida, conservada e elaborada com extremo fervor. Essa condescendência com o mistério estava no auge apenas alguns anos antes de seu nascimento. Se fôssemos jogar com as filiações dos espíritos, ocupando-nos em unir por suas tendências semelhantes os homens da primeira metade do século XIX aos homens do século anterior, encontraríamos facilmente em nosso poeta os traços de um contemporâneo de Swedenborg, de Saint-Martin, desses teosofistas ou desses místicos, sobre cujas obras ele talvez tenha meditado muito, sendo que algumas aparecem em seu livro dos *Iluminados*. Ele não foi absolutamente o único, entre 1830 e 1850, a procurar a luz na contemplação das trevas. Naquele tempo, enquanto Stendhal prolongava, à sua maneira, uma certa veia de lucidez viva, positiva e sutil, proveniente talvez de Diderot, talvez de Beaumarchais, Balzac, além de uma parte de sua obra enorme, mostra curiosidades que nem sempre parecem puramente literárias. Ele se interessa pelas pesquisas excessivas, acredita nos talismãs, cria, em *Louis Lambert*, uma forma de herói da vida iluminada não autorizada, inventa ou imita a história mágica e tão desagradável de *La Peau de Chagrin*.

Surge agora, por si mesma, uma questão das mais delicadas. Deve-se ver no gosto pelas coisas ocultas, na crença em fenômenos prodigiosos, mas reservados, na existência de seres sobrenaturais e em suas manifestações, um sintoma de debilidade mental ou de perturbação do espírito? A prudência gostaria, sem dúvida, que o problema fosse tratado estatisticamente. Quantos loucos autênticos se revelaram entre um grande número de pessoas que se ocupam seriamente com o mundo invisível? Swedenborg levou uma vida absolutamente normal até o fim de sua longa existência: membro de academias, sábio, engenheiro renomado, funcionário de alto nível, homem da sociedade, suas visões eram tão distintas de seu comportamento social quanto nossos sonhos o são do nosso. Mas, ao contrário, Nerval parece, aproximadamente na metade de sua carreira, ter perdido por momentos o controle de sua atividade interior. Ele se recuperava, ainda assim, e tinha consciência de ter delirado. Nesses casos, acho arriscado explicar sem precauções o falacioso princípio de casualidade. Determinadas ideias podem produzir perturbações funcionais permanentes, ou determinados estados patológicos podem desenvolver certas ideias — não confusas, e assim bastante organizadas? E impossível tratar esses problemas com precisão: *nós nem sabemos enunciá-los.*

O caso Nerval se complica, aliás, com a "literatura". Gérard é um escritor. *É, portanto, sensível* a tudo o que, percepção ou pensamento que lhe ocorram, possa adquirir valor de produção pelos meios da linguagem. *L'Homo Scriptor, l'Homme de la plume* só é possível se sonhar com o efeito, sobre um leitor, daquilo que impõe ao papel. Ele especula, inconscientemente ou não, sobre o poder das palavras. Mas a certeza da existência desse cálculo desperta, inevitavelmente, no espírito crítico uma impressão de *sinceridade mitigada*: suspeita-se que existe no místico, no mistagogo, no iniciado, ou no orientador de homens ou de almas, *que escrevem*, uma preocupação, confessada ou infundada, de abusar de sua força expressiva; sabe-se que a intenção ou a vocação para agir sobre os outros nos torna outros...

Não estou dizendo que Nerval tenha pretendido nos transmitir, de seu mundo ideal, um pouco mais do que havia recebido; mas não posso esquecer que a literatura corrompe tudo aquilo pelo que se interessa, sendo por natureza um desenvolvimento monstruoso das virtudes da linguagem, e que não existe a menor sinceridade, boa-fé ou boa vontade que ela manifeste que não possa levar a pensar não serem elas senão os mais deliberados e artificiosos dos artifícios. As belíssimas páginas "inspiradas" que podem ser lidas em *Aurélia* ou em *Les Filles du Feu* não parecem impossíveis de ser escritas apenas pela graça do talento. A literatura sempre soube brincar maravilhosamente com a noção comum de demência. Muitos escritores, atualmente, se dedicam a cultivar um delírio sistemático limitado: dão-lhe um valor de *conhecimento secundário* e adquirem sem muita dificuldade a qualidade ou a dignidade de "videntes". O *estado cantante* dos poetas hoje está menos requintado que "*o estado selvagem*". Essa moda é das mais interessantes: ela demonstra a possibilidade de se obter *a paranoia de síntese*, e de cristalizá-la em quase poemas, resplandecentes e muito difíceis de serem distinguidos uns dos outros. Alguns tomaram por modelos o *Livre d'Enoch* ou o *Apocalypse*, escolha mais do que suficientemente explicada pela época em voga.

Essas condições atuais da sensibilidade literária valem a Nerval uma glória tardia, mas que parece ser da qualidade mais duradoura. Durante muito tempo, somente seu triste fim e a lenda associada a ele mantinham seu nome na fronteira do esquecimento. Mas de uns trinta ou quarenta anos para cá, começamos a lê-lo, reeditamos sua obra, sabemos de cor seus melhores versos: nós o amamos.

A obra é pequena. E é preciso confessar que esse pouco se reduz, por si mesmo, a uma dúzia de estrofes. O resto não tem a menor força, cede sob o olhar e se dissolve em simplicidade de palavras para romances, ou inspira apenas piedade por um material e uma retórica românticos que todo o gênio de Hugo mal consegue sustentar ainda, e que Baudelaire teve o bom-senso de dispensar. Com este título, *La Tête Armée*, que continua sendo apenas um anúncio excitante de Nerval, Hugo, sem dúvida, teria feito alguma coisa extraordinária. Vou extrair, contudo, desta peça estes versos estranhos em que uma certa incoerência provoca involuntariamente nova leitura:

> *Alors on vit sortir du fond du Purgatoire,*
> *Un jeune homme inondé des pleurs de la Victoire*
> *Qui tendit sa main pure aux monarques des Cieux.*

> (Vimos então sair do fundo do Purgatório
> Um jovem inundado pelas lágrimas da Vitória
> Estendendo a mão pura aos monarcas dos Céus).

É possível apreciar essa mistura mítica.

Mas o que permanece e permanecerá de Nerval poeta concentra-se no célebre "Desdichado", em "Artémis" e em "Vers Dorés".

Não esqueceremos mais esta encantadora "Santa Napolitana com as mãos cheias de fogo" — que são raios de madeira dourada —, nem esta simetria bastante feliz que compõe e opõe "os suspiros da santa e os gritos da fada"; e poderemos sonhar sempre com "esse puro espírito que cresce sob a crosta das pedras".

O encanto indiscutível desses poucos sonetos, para os quais não encontro análogos em nossa literatura, depende talvez da impressão que excitam de uma personalidade ao mesmo tempo fraca e violenta, sábia e ingênua, rebelde e dissimulada, cujo desespero não definido, mas que sentimos ser profundo e verdadeiro, mistura em suas jaculações tudo o que as lembranças imaginárias de existências abolidas lhe oferecem como símbolos para sua expressão. Ele dispõe do tesouro desordenado, iluminado nas trevas eruditas pela antiguidade enquanto esoterismo, pelo cristianismo enquanto alegoria, pela Idade Média enquanto magia e feitiçaria, pelo panteísmo enquanto poesia. Esse saber heterogêneo, em que todos os elementos são, um por um, duvidosos e suspeitos, constitui, contudo, uma rica e inebriante substância de lirismo. A Santa, a Fada, o Cavaleiro da Morte, a Sereia e a Sibila, o Cristo e o deus Kneph, todos esses nomes reunidos em alguns versos, e o poeta identificando-se através de uma palavra com cada um deles, isso comunica uma sensação confusa, misteriosa e pungente de metempsicose, de evocação sincrética de mortos ou de seres lendários que vêm viver vagamente nos confins da falsa memória e da criação poética. Pensamos em uma fase de dissociação das noções adquiridas, na qual todas se decompõem, se combinam ou se substituem, de acordo com as leis bem flexíveis de um estado de sonho, ao sabor do qual a Filosofia se transforma em Fábula com a mesma facilidade com que a Fábula se torna Filosofia, ao passo que, se as Musas se misturam, o Ritmo, o Número, as Rimas se dispõem a sustentar como uma onda portadora, nas formas da prosódia, que são o acordo exato da Voz que é um ato, e do Ouvido que é sensação, as modulações da alma e acolhem em sua trama as surpresas dos ditos espirituosos e do acaso.

Mas uma angústia medonha é o fundo comum de todos esses poemas cujas fantasmagoria e mística naturalista revelam, muito mais que escondem, a miserável condição de uma sensibilidade abandonada aos rigores da penúria e às terríveis instâncias da melancolia ansiosa. Essa impressão penosa deixada pela leitura ainda é agravada pelo que sabemos sobre o fim sinistro de Nerval.

Quando, em criança, eu lia a *Boêmia Elegante*, ignorava o destino do autor desse livro encantador. Um outro grande artista, com o cérebro visitado por visões e sombras funestas, Méryon, fez dos arredores do necrotério uma gravura poderosamente gravada, onde terminou a cena de 26 de janeiro de 1855. *Morte por enforcamento* diz a ata do necrotério. O frio era terrível: dezoito graus abaixo de zero. O cadáver estava sem sobretudo. Vestia uma casaca. Constatou-se que ele usava duas camisetas de flanela por baixo de duas camisas de algodão. São detalhes cruéis. Pensamos em Edgar Poe quando, em um frio igualmente duro, seguiu o cortejo fúnebre de sua mulher, envolto no xale que ela usava ao morrer. Ele não tinha mais nada para vestir.

A litografia é, talvez, entre todos os meios gráficos para se acompanhar um texto, aquele pelo qual a poesia chama de preferência. A madeira e o cobre têm suas virtudes: eles dão ótima assistência à prosa. Mas a poesia não é o pensamento; é a divinização da Voz. Ela será, portanto, complacente com a arte que se faz trabalhando a pedra, e cujo traço, sempre expressivo e flexível, pela natureza do lápis suave que o traça, pode oscilar como o tom da palavra, perder-se algumas vezes, como um murmúrio nas sombras e, outras vezes, utilizando-se do nada, aprofundá-las até o negro puro dos silêncios absolutos.

Luc-Albert Moreau obedeceu ao apelo da poesia como um homem cujo coração artista se divide entre dois poderosos fascínios: nele, a Voz, a Linha, a Ficção e a Forma brigam e entram em acordo. Ele tem sua própria maneira de amar seus poetas, que é traduzi-los diante de seu olhar interior, enquanto sua mão suspensa pela felicidade que chega, acima do grão fino do calcário, espera a ordem do sonho que suas obras criam.

Como fez Rimbaud, ele atualmente comenta Nerval, cerca-o de suas invenções figuradas, com um respeito, uma discrição, uma moderação no sentimento que me tocam, mas pelos quais eu ouso apenas cumprimentá-lo. Sei muito bem que, em nossa época, não se tolera discutir o *gosto*. Esse elogio, que foi supremo, é considerado uma espécie de ofensa. Mas o que importa uma época quando, afinal, trata-se apenas de ultrapassá-la e que o ato de pegar a pena ou o lápis só tem um sentido e um valor profundo se estiver dirigido contra o que existe e dedicado ao século indefinidamente futuro...

Como Goethe se deliciou com seu *Fausto* transposto para a linguagem de Nerval. Nerval, sem dúvida, contemplaria com olhos deleitados as imagens de suas Quimeras, repensadas e desenhadas por Luc-Albert Moreau.

FILOSOFIA

Página extraída dos *Cahiers*. Maio, 1932.

ESTUDOS E FRAGMENTOS SOBRE O SONHO[1]

O sonho fica aquém da vontade, e você nada obtém pela vontade a partir da fronteira do sonho. Todas as facilidades, todos os impedimentos mudam de lugar: as portas são muradas, e os muros são de gaze. Há nomes conhecidos em pessoas desconhecidas. O que tornaria absurdas essas coisas está dormindo. É absurdo andar com as mãos; mas se não tivermos mais pernas e precisarmos nos deslocar, não haverá outro jeito.

Aqui há mistura íntima do verdadeiro e do falso. É verdade que estou sufocando; é falso que um leão está me pressionando. Alguma coisa falsa (fiz uma ópera) lembra alguma coisa verdadeira (não sei música). Mas não toda a verdade. Problema. É o *inextricável* ou o *indivisível* dessa mistura que é característico do sonho.

No sonho, ajo sem querer; quero sem poder; sei sem nunca ter visto, antes de ter visto; vejo sem prever.

O estranho não é essas funções serem desconcertantes; é elas intervirem nesse estado.

O falso ou o arbitrário é a função natural do pensamento apenas. A noção de verdadeiro, de real, implica um desdobramento. Para pensar utilmente é preciso ao mesmo tempo confundir a imagem com seu objeto e, contudo, estar sempre pronto (*vigilare*) a reconhecer que essa identidade aparente de coisas muito dessemelhantes é apenas um meio provisório, um uso do inacabado. E por confundi-los que eu posso pensar em agir, e por não confundi-los que eu posso agir. O real é aquilo de que não se pode acordar, aquilo de que nenhum movimento me tira, mas que todo movimento reforça, reproduz, regenera. O não real, ao contrário, nasce à proporção da imobilização parcial. (Observe que a atenção e o sono não ficam muito distantes.) O fixo engendra o falso. A atenção também faz isso quando ultrapassa um certo ponto.

*

No sonho, tudo me é imposto da mesma forma. Acordado, distingo graus de necessidade e de estabilidade.

Sonho com um vidro de perfume em um papelão violeta: não sei quem começou. É esta a palavra: violeta, ou a coloração? Há simetria entre esses membros que os substituem. Um não é mais real que o outro. Se eu olhar (acordado) este papel de parede com flores, vejo, em lugar de uma sementeira isotrópica de rosas, apenas um conjunto

---

[1] Publicado sob o título de Études no n. 11 de *La Nouvelle Revue Française*, 1º de dezembro de 1909, pp. 354-61.

de diagonais paralelas e *acordo* literalmente desta figura escolhida, notando que há outras figuras igualmente possíveis no campo, com a ajuda dos mesmos elementos.

Todas essas figuras podem ser comparadas a um sonho; cada uma é um sistema completo e fechado, suficiente para ocultar inteiramente ou mascarar a multiplicidade real. A visão de um desses sistemas exclui a dos outros.

*

Em um centro estendido, os movimentos ondulatórios se cruzam sem se misturar. No homem acordado, de alguma forma *transportado ao tom do real*, há igualmente independência e não composição dos estímulos coexistentes. No sonho, existe composição automática de tudo, sem reservas. Se eu penso alguma coisa de A, esse julgamento expulsa A, como sendo-lhe desconhecido. Um julgamento não segue a impressão para ajustá-la a um sistema nítido e uniforme que garanta e defina minha realidade, minha ordem. Mas esse julgamento sucede à minha impressão e anula-a inteiramente, ou modifica-a em lugar de consolidá-la. Pensamos da mesma maneira como nos entrechocamos.

*

Esquecer insensivelmente a coisa que olhamos. Esquecê-la pensando nela, por uma transformação natural, contínua, invisível, em plena luz, imóvel, local, imperceptível... como àquele que, ao comprimir, escapa um pedaço de gelo.

E inversamente.

Encontrar a coisa esquecida olhando o esquecimento.

Acontece-me com frequência, quando esqueço uma determinada coisa, de começar a me observar para perceber esse estado e essa lacuna. Quero me ver esquecendo, sabendo que esqueci, e procurando.

Talvez seja este um método, opor a toda falha mental seu estudo imediato pela consciência?

Assim (ou contrariamente?), a própria dor *empalidece*, por um momento, quando a olhamos *de frente* — se pudermos.

*

Esqueço que devo sair esta noite. Sonho com meus chinelos. Mas o começo da ação me faz pensar no bem-estar que se seguirá, e esse gosto antecipado me leva à complacência com minha noitada íntima. Lá, naquele lugar espiritual, no tempo futuro, já se encontra alguma coisa: o lugar aonde eu devia ir desperta com sinais obrigatórios, e o local reservado recusa-se a receber minha noitada tranquila. Lembro-me da injunção, como consequência de tê-la esquecido, por tê-la esquecido com demasiada precisão.

*

Vou dormir, mas um fio ainda me retém à nítida força e, através dele, posso retê-la reciprocamente: um fio, uma sensação prendendo-se ainda ao meu todo e que pode se tornar um caminho para a vigília, bem como para o sono.

Uma vez adormecido, não posso mais acordar voluntariamente, não posso ver o despertar como um objetivo. Perdi o vigor para olhar alguma coisa como um sonho.

É preciso esperar a fissura durante o dia, o respiradouro que me entregará todo o meu espaço, a haste condutora que restabelece o estado em que os esforços encontram as coisas, onde a sensação determina um ponto comum entre duas visões. Ela é um ponto duplo que pertence ao mesmo tempo a um objeto e ao meu corpo; a uma coisa, mas também a um emaranhado de funções minhas.

*

No sonho, as operações não se amontoam, não são percebidas como fatores independentes. Há sequências, não consequências. Não há objetivos, mas o sentimento de um objetivo. Nenhum objeto de pensamento se forma pelo agrupamento manifesto de dados independentes, de maneira que ele deve claramente sua existência a uma diferença de "realidade", a uma máquina acabada. Na vigília, reconhecer A é um fenômeno que depende de A, enquanto no sonho reconheço frequentemente A no objeto B. O reconhecimento não resulta mais de um choque atual; ele é, sim, a própria consequência do sonho, na qualidade de um objeto qualquer nele incluído.

*

O espírito do sonhador parece um sistema no qual as forças externas se anulam ou não agem, e cujos movimentos internos não podem provocar nem deslocamento do centro, nem rotação.

Não avançaríamos se a resistência do solo e seu atrito viessem anular a força que tende a manter imóvel o centro de gravidade quando a primeira perna se distancia do corpo. Mas se a perna de trás estiver adormecida, a pressão no solo não desperta a rigidez ou a tensão dos músculos, e a força não é anulada porque a tensão não é estimulada pelo sentimento do contato. Sentimos o solo como se a distância, *como em um sonho*, sem poder responder.

E é quando todo o ser está adormecido que a mudança ou a modificação imprimidas não podem provocar uma mudança ou deslocamento relativos, não que estejam faltando forças externas, mas o instrumento de sua aplicação está momentaneamente abolido.

O sonhador reage por visões e movimentos que não podem mudar a causa da impressão. Não podendo parar a impressão através de uma imagem parcial fixa, nem opor essa imagem (verdadeira) àquela (falsa), nem a memória ao atual etc., ele é como aquele que escorrega em uma superfície polida e que não pode *isolar* uma perna pela fixação externa.

Mas o sonhador não sabe de nada. Toma sua própria impotência pelo efeito de uma força externa; ele nunca pode encontrar terminada a causa de suas impressões pois ele a procura nas visões que a impressão provoca; ele a procura encontrando indefinidamente, forjando o que poderá produzi-la, ao invés de reproduzir o que a produziu. Acredita ver como acredita se deslocar. Mas sentimentos, emoções, espetáculos, causas aparentes, simulacros de apartes... modificam-se reciprocamente e constituem um mesmo sistema, análogo a um sistema de forças "internas". O esforço que deveria produzir uma mudança definida continua sendo inútil porque uma mudança inversa, uma espécie de *recuo*, desloca-me para o estado inicial, em consequência do próprio esforço.

*

Acordo de um sonho, e o objeto que eu abraçava, cordame, torna-se meu outro braço, em um outro mundo. Permanecendo a sensação de aperto, a corda que eu abraçava se anima. Rodei em torno de um ponto fixo. A mesma sensação como que se iluminou, dividida. A mesma pedra entra em duas construções sucessivas. O mesmo pássaro anda até o beiral do telhado e, de lá, cai no voo.

Percebo, de repente, que é preciso traduzir de outra forma essa sensação: é o momento em que ela não pode mais pertencer a esse sistema de acontecimentos, a este *mundo*, que se torna *então* sonho e passado não ordenado.

*

O sonho nunca realiza esse *acabado* admirável que a percepção atinge durante a vigília e a claridade.

*

Neste sonho há um personagem. Mas não o vejo distintamente. Pois, se o visse com nitidez, *imediata e consequentemente ele mudaria*. Existem conversas, mas não distintas. Sei bem do que falamos e escuto algumas palavras, mas a sequência me escapa, nenhum detalhe, e essas palavras não têm sentido: (*o Mellus do Mellus?*) Mas nada está faltando. E tudo se passa como se a conversa fosse real. Ela não é interrompida por sua inconsistência. O motor não está nela.

*

No sonho, o pensamento não se distingue do viver e não perde tempo com ele. Adere ao viver; adere inteiramente à simplicidade do viver, à flutuação do *ser* sob os rostos e as imagens do *conhecer*.

Página extraída dos *Cahiers*, agosto, 1927.

O HOMEM E A CONCHA[1]

Se houvesse uma poesia das maravilhas e das emoções do intelecto (com a qual sonhei durante toda minha vida), não haveria para ela tema mais deliciosamente excitante a ser escolhido do que a pintura de um espírito solicitado por algumas dessas formações naturais extraordinárias, notadas aqui e ali (ou melhor, que se fazem notar), entre tantas coisas de aspecto indiferente e acidental que nos cercam.

Como um som puro ou um sistema melódico de sons puros no meio de ruídos, assim um *cristal*, uma *flor*, uma *concha* se destacam da desordem comum do conjunto das coisas sensíveis. Significam para nós objetos privilegiados, mais inteligíveis ao olhar, embora mais misteriosos à reflexão, que todos os outros que vemos indistintamente. Propõem-nos as ideias estranhamente unidas de ordem e de fantasia, de invenção e de necessidade, de lei e de exceção; e encontramos, ao mesmo tempo, em sua aparência, o aspecto de uma *intenção* e de uma *ação* que as teriam moldado quase como os homens sabem fazer e, entretanto, a evidência de procedimentos que nos são proibidos e impenetráveis. Podemos imitar essas formas singulares; e, nossas mãos, talhar um prisma; montar uma falsa flor, compor ou modelar uma concha; sabemos até exprimir por meio de uma *fórmula* suas características de simetria, ou representá-las com muita semelhança por meio de uma construção geométrica. Até aí, podemos emprestar à natureza: dar-lhe desenhos, uma matemática, um gosto, uma imaginação que não são infinitamente diferentes dos nossos; mas eis que, tendo-lhe concedido tudo o que ela precisa de *humano* para se fazer compreender pelos homens, ela nos manifesta, por outro lado, tudo o que é preciso de inumano para desconcertar-nos... Admitimos a *construção* desses objetos e é através disso que eles nos interessam e conservam-nos; não concebemos sua *formação*, e é através disso que eles nos intrigam. Embora feitos ou formados nós mesmos por meio de um crescimento insensível, nada sabemos criar por esse meio.

*

Esta concha que mantenho e giro entre meus dedos, e que me oferece um desenvolvimento combinado dos temas simples da hélice e da espiral, leva-me, por outro lado, a uma admiração e uma atenção que produzem aquilo que podem: observações e exatidões totalmente exteriores, questões ingênuas, comparações "poéticas", imprudentes

[1] Publicado no n. 281 de *La Nouvelle Revue Française*, 1º de fevereiro de 1937, pp. 162-185.

teorias no estado nascente... E sinto que meu espírito pressente vagamente todo o tesouro infundido das respostas que se esboçam em mim diante de algo que me detém e que me interroga...

*

Tento primeiro descrever esse algo. Ele me sugere o movimento que fazemos ao confeccionar um cartucho de papel. Criamos assim um cone no qual um canto do papel marca uma rampa elevando-se para a ponta, onde termina depois de algumas voltas. Mas o búzio mineral é construído de um tubo e não de uma folha simples. Com um tubo fechado em uma de suas extremidades, e supostamente flexível, posso não apenas reproduzir muito bem o essencial da forma de uma concha, mas ainda representar muitas outras, sendo que umas estariam inscritas em um cone como este que examino; enquanto as outras, obtidas com a redução do *passo* da hélice cônica, acabariam enrolando-se em espiral e dispondo-se como a mola de um relógio.

Assim, a ideia de um *tubo*, de um lado; a de *torção*, de outro, bastam para uma espécie de primeira aproximação da forma considerada.

*

Mas essa simplicidade existe apenas em princípio. Se eu visitar uma exposição inteira de conchas, observarei uma maravilhosa variedade. O cone se alonga ou achata-se, estreita-se ou dilata-se; as espirais se destacam ou misturam-se; a superfície se cobre de saliências ou de pontas, às vezes muito longas, que brilham; algumas vezes ela engrossa, incha-se de bulbos sucessivos, separados por estrangulamentos ou gargantas côncavas, sobre as quais os traçados de curvas se aproximam. Entalhados na matéria dura, sulcos, rugas ou estrias se perseguem e acentuam-se, ao mesmo tempo que, alinhadas sobre as geradoras, as saliências, as espinhas, os florões se sobrepõem, correspondem-se a cada volta, dividindo as rampas a intervalos regulares. A alternância desses "enfeites" ilustra, mais do que interrompe, a continuidade da *versão* geral da forma. Ela enriquece, sem alterar, o motivo fundamental da hélice em espiral.

*

Sem alterar, sem deixar de obedecer-se e de confirmar-se em sua lei única, essa *ideia* de progressão periódica explora toda a fecundidade abstrata e expõe toda sua capacidade de sedução sensível. Ela induz o olhar e leva-o a não sei que vertigem uniforme. Um geômetra, sem dúvida, leria facilmente esse sistema de linhas e de superfícies "torcidas", resumindo-o em poucos sinais, através de uma relação de algumas grandezas, pois a particularidade da inteligência é finalizar o infinito e exterminar a repetição. Mas a linguagem comum não se presta muito bem para descrever as formas, e não me animo a exprimir a graça turbilhonante destas. Aliás, o geômetra, por sua vez, fica embaraçado quando o tubo, no fim, dilata-se bruscamente, rasga-se, arregaça-se e transborda em lábios desiguais, geralmente debruados, ondulados ou estriados, que se afastam como se feitos de carne, descobrindo na prega do nácar mais suave o início, em declive polido, de um parafuso interno que se esquiva e ganha a sombra.

*

Hélice, espirais, desenvolvimentos de ligações angulares no espaço, o observador que os considera, esforçando-se em traduzi-los para seus meios de expressão e de compreensão, não deixa de perceber uma característica essencial das formas desse tipo. Como uma mão, como uma orelha, uma concha não pode ser confundida com uma concha simétrica. Se desenharmos duas espirais, sendo uma a imagem da outra em um espelho, nenhum deslocamento dessas curvas idênticas em seu plano levá-las-á a sobrepor-se. O mesmo acontece com duas escadas semelhantes, mas de sentido inverso. Todas as conchas, cuja forma deriva do enrolamento de um tubo, manifestam necessariamente essa *dissimetria*, à qual Pasteur atribuía uma importância tão profunda e de onde ele tirou a ideia mestra das pesquisas que o levaram do estudo de certos cristais ao das fermentações e seus agentes vivos.

Mas se todas as conchas são dissimétricas, poderíamos esperar que, em um milhão de exemplares, o número das que giram suas espirais "no sentido dos ponteiros de um relógio" fosse quase igual ao número das que giram no sentido oposto. Não é verdade. Assim como existem poucos "canhotos" entre os homens, existem poucas conchas que, vistas do alto, mostram uma espiral afastando-se desse ponto a partir da direita para a esquerda. Existe aí um outro ponto de dissimetria estatística bastante notável. Dizer que essa desigualdade nas determinações é *acidental* é dizer apenas que ela existe...

O geômetra invocado há pouco pôde fazer então três observações fáceis no seu exame de conchas.

Notou primeiro que podia descrever o aspecto geral com a ajuda de noções muito simples retiradas do seu arsenal de definições e de operações. Viu, em seguida, que mudanças muito bruscas e como que imprevistas produziam-se no andamento das formas em questão: as curvas e as superfícies que lhe serviam para representar a construção de suas formas interrompiam-se ou degeneravam-se de repente: enquanto o cone, a hélice, a espiral vão ao "infinito" sem qualquer problema, a concha subitamente cansa-se de acompanhá-los. *Mas por que não uma volta a mais?*

Constata finalmente que a estatística dos destros e dos sestros acusa uma grande diferença em favor dos primeiros.

*

Tendo feito de alguma concha essa forma de descrição totalmente externa e mais generalizada possível, um espírito que tivesse a oportunidade e que se deixasse produzir por si, ouvindo o que lhe solicitam suas impressões imediatas, poderia fazer uma pergunta das mais ingênuas, daquelas que nascem em nós antes de lembrarmo-nos de que não somos mais crianças e de que já sabemos das coisas. É preciso, primeiro, desculpar-se e lembrar-se de que o saber consiste, em grande parte, em "acreditar saber" e em acreditar que os outros sabem.

A todo instante, recusamo-nos a escutar o ingênuo que existe em nós. Reprimimos a criança que habita em nós e que sempre quer ver pela primeira vez. Se ela interroga, desembaraçamo-nos de sua curiosidade, tratando-a de pueril por não ter limites, com o pretexto de que estivemos na escola, onde aprendemos que existe uma ciência para todas as coisas, que poderíamos consultá-la; mas que seria perda de tempo pensar de acordo consigo mesmo e sozinho nesse objeto que nos detém de repente, solicitando uma resposta. Sabemos, bem demais talvez, que existe um imenso capital de fatos e de teorias, e que encontramos, ao folhear as enciclopédias, certos nomes e palavras que representam essa riqueza virtual; e estamos seguros demais de que encontraremos alguém, em algum lugar, em condições de esclarecer-nos, se não de fascinar-nos, a respeito de qualquer assunto. É por isso que retiramos prontamente nossa atenção da maioria das coisas que começam a excitá-la, sonhando com os sábios homens que teriam aprofundado ou dissipado o acidente que acaba de despertar nossa inteligência. Mas essa prudência às vezes é preguiça; e, aliás, nada prova que tudo seja realmente examinado sob todos os aspectos.

Faço, então, minha pergunta ingênua. Imagino facilmente que a única coisa que sei sobre conchas é aquilo que vejo quando apanho alguma; e nada sobre sua origem, sobre sua função, sobre suas relações com o que não observo no próprio momento. Apoio-me na autoridade daquela que, um dia, *rejeitou todas as ideias anteriormente admitidas.*

Olho *pela primeira vez essa coisa* encontrada; assinalo nela o que disse a respeito de sua forma, encontro dificuldades. E quando me interrogo: *Quem fez isso então?*

Quem fez isso então?, diz-me o instante ingênuo.

Meu primeiro movimento de espírito foi sonhar com o *Fazer.*

A ideia de *Fazer* é a primeira e a mais humana. "Explicar" nunca é mais que descrever uma maneira de Fazer: é apenas refazer através do pensamento. O *Porquê* e *Como*, que são apenas expressões do que é exigido por essa ideia, inserem-se a todo instante, ordenando que os satisfaçamos a qualquer preço. A metafísica e a ciência somente desenvolvem *sem limites* essa exigência. Ela pode até levar-nos a supor que ignoramos o que sabemos, quando o que sabemos não se reduz claramente a alguma *habilidade*. É isso recuperar os sentidos na sua fonte.

Vou então introduzir aqui o artifício de uma dúvida; e, considerando esta concha, em cuja face creio discernir uma certa "construção" como se fosse a obra de alguma mão que não está agindo "ao acaso", eu me pergunto: *Quem a fez?*

*

Mas minha questão logo se transforma. Ela se compromete um pouco mais adiante no caminho de minha ingenuidade, e eis que começo a me preocupar em procurar em que reconhecemos que um dado objeto é ou não *feito por um homem*.

Acharemos, talvez, muito ridícula a pretensão de duvidar se uma roda, um vaso, um tecido, uma mesa devem-se à habilidade de alguém, já que sabemos muito bem que sim. Mas digo-me que não o sabemos *através apenas do exame dessas coisas*. Desprevenidos, através de que traços, de que sinais poderiam sabê-lo? O que nos denuncia a operação humana e o que a descarta logo? Não acontece algumas vezes de um estilhaço de sílex fazer com que a pré-história hesite entre o homem e o acaso?

O problema afinal não é mais inútil ou mais ingênuo que discutir o *que fez* uma bela obra de música ou poesia; e se ela nos nasceu da Musa, ou veio-nos do Acaso, ou se foi o fruto de um longo trabalho? Dizer que alguém a compôs, quer se chame Mozart ou Virgílio, não é dizer muita coisa; isso não vive no espírito, pois o que cria em nós absolutamente não tem nome; trata-se apenas de eliminar de nossa profissão todos os homens *menos um*, em cujo mistério íntimo encerra-se o enigma intacto...

*

Olho, ao contrário, apenas para o objeto: nada mais organizado ou que se dirija com mais encanto ao nosso sentimento das figuras no espaço e ao nosso instinto de modelar com as forças de nossos dedos o que nos deleitaria apalpar, do que essa joia mineral que acaricio e cuja origem e destino quero que me sejam desconhecidos durante algum tempo.

Assim como dizemos: um "Soneto", uma "Ode", uma "Sonata" ou uma "Fuga" para designar formas bem definidas, também dizemos: um "Búzio", um "Marisco", um "Múrice", um "Haliotis", uma "Ostra", que são nomes de conchas; e tanto uns quanto outros evocam uma ação que visa à graça e que acaba bem.

O que então pode me impedir de deduzir *alguém* que, *por alguém*, fez essa concha curiosamente projetada, volteada, enfeitada, que me atormenta?

Peguei essa na areia. Ela se oferecia a mim por não ser uma coisa informe, e sim uma coisa em que todas as partes e todos os aspectos me mostravam uma dependência e como que uma sequência extraordinária de um a outro, uma tal harmonia que, depois de apenas um olhar, eu podia projetar e prever a sucessão dessas aparências. Essas partes, esses aspectos estão unidos por um outro laço além da coesão e da solidez da matéria. Se eu compará-la a um cascalho, descubro que ela é muito reconhecível, e ele, não. Se quebrá-los, os fragmentos da concha não são conchas; mas os fragmentos do cascalho são outros cascalhos, da mesma forma como ele o era, sem dúvida, de outro maior. E ainda, certos fragmentos da concha me sugerem a forma daqueles que se justapunham a eles: conduzem, de alguma maneira, minha imaginação e atraem um desenvolvimento cada vez mais próximo; eles solicitam *um todo...*

Todas essas observações me fazem pensar que a fabricação de uma concha é *possível*; e que ela não se distinguiria da fabricação dos objetos que sei produzir através do trabalho de minhas mãos quando busco, com seus atos, em alguma matéria apropriada, um propósito que está inteiramente em meu espírito, realizando-o depois, parte por parte. A unidade, a integridade da forma da concha me impõem a ideia de uma ideia diretriz da execução; ideia preexistente, bem separada da obra em si e que conserva, que vigia e domina enquanto é executada, por *outro lado,* através de minhas forças sucessivamente aplicadas. Divido-me para criar.

Alguém fez então esse objeto? Mas *de quê?* E *por quê?*

*

Mas se eu tentar começar agora a modelar ou cinzelar um objeto semelhante, sou obrigado a procurar primeiro uma matéria conveniente para formá-la ou perfilá-la; e acontece "a dificuldade da escolha". Posso sonhar com o bronze, a argila, a pedra: o resultado final de minha operação será, quanto à forma, independente da substância escolhida. Só requisito dessa substância condições "suficientes", mas não estritamente "necessárias". De acordo com a matéria empregada, meus atos serão, sem dúvida, diferentes; mas, finalmente, obterão dela, por mais diferentes que sejam, e qualquer que ela seja, a mesma figura desejada: tenho muitos caminhos para ir, através da matéria, da minha ideia à sua efígie.

Aliás, não sei imaginar ou definir uma *matéria* com precisão tal que eu possa, em geral, ficar inteiramente determinado em minha escolha pela consideração da forma.

Além disso: como posso hesitar sobre a natureza, posso hesitar também sobre as dimensões que darei à minha obra. Não vejo qualquer dependência impondo-se entre a forma e o tamanho; não posso conceber uma forma que eu não posso projetar maior ou menor — como *se a ideia de uma certa figura exigisse de meu espírito não sei que força de figura semelhante.*

*

Pude então separar a forma da matéria e as duas, do tamanho; bastou-me pensar um pouco mais em minha ação projetada para ver como ela se decompõe. A menor reflexão, o menor exame sobre *como vou me arranjar para modelar uma concha* ensina-me imediatamente que eu deveria fazer de maneira diferente, de diversas outras formas, e como que de diversas qualidades, pois não sei conduzir ao mesmo tempo, em minha operação, a multiplicidade das modificações que devem colaborar para formar o objeto que desejo. Reúno-as como que através de uma intervenção estranha; além disso, é através de um julgamento externo à minha aplicação que saberei se minha obra está "acabada" e se o objeto está "feito", visto que esse objeto em si é apenas um estado entre outros de uma sequência de transformações que poderiam continuar além do fim — *indefinidamente.*

Na verdade, eu não *faço* esse objeto, apenas substituo certos atributos por outros, e uma certa diversidade de poderes e de propriedades, que só posso considerar e utilizar uma a uma, por uma certa ligação que me interessa.

Sinto finalmente que, se eu pude começar a fazer esta forma, é porque eu poderia me propor a criar outras totalmente diferentes. Esta é uma condição absoluta: se podemos fazer somente uma coisa e de uma única maneira, ela é feita como que dela mesma; e, portanto, essa ação não é verdadeiramente humana (já que o pensamento não é absolutamente necessário), e *nós não a compreendemos*. O que fazemos assim é que nos faz a nós mesmos, mais do que o fazemos. O que somos senão um equilíbrio instantâneo de uma quantidade de ações escondidas e que não são especificamente humanas? Nossa vida é tecida com esses atos pontuais, onde a escolha não intervém, que se fazem incompreensivelmente deles mesmos. O homem anda; respira; lembra-se — mas em tudo isso ele não se distingue dos animais. Ele nem sabe como morre, nem como se lembra; e não tem a menor necessidade de sabê-lo para fazer isso, nem de começar pelo saber antes de fazer. Mas, construindo uma casa ou um navio, fabricando um utensílio ou uma arma, é preciso que um propósito aja primeiro nele próprio e faça dele mesmo um instrumento especializado; é preciso que uma ideia coordene o que ele quer, o que pode, o que sabe, o que vê, o que toca e ataca, organizando-o expressamente para uma ação particular e exclusiva a partir de um estado em que ele estava disponível e livre ainda de qualquer intenção. Sendo solicitado a agir, essa liberdade diminui, renuncia; e o homem se submete por um tempo a uma servidão, por cujo preço ele pode imprimir alguma "realidade", a marca do desejo figurado que está em seu espírito.

Em resumo, qualquer produção positivamente humana e reservada ao homem opera-se através de gestos sucessivos bem separados, limitados, enumeráveis. Mas certos animais, construtores de colmeias ou de ninhos, parecem-se bastante conosco até aqui. A obra própria do homem se distingue quando esses atos diferentes e independentes exigem sua presença pensante expressamente para produzir e ordenar ao objeto sua diversidade. O homem alimenta em si a duração do modelo e do querer. Sabemos muito bem que essa presença é precária e cara; que essa duração diminui rapidamente; que nossa atenção se decompõe bem depressa e que o que excita, reúne, recupera e reanima os esforços de nossas funções distintas tem uma natureza totalmente diversa: é por isso que nossos propósitos *refletidos* e nossas construções ou fabricações desejadas *parecem muito estranhas à nossa atividade orgânica profunda*.

*

Posso então fazer uma concha bem parecida com essa, da maneira como me é proposta pelo exame imediato; e só posso fazê-lo através de uma ação composta e firme como a que acabo de descrever: posso escolher a matéria e o momento; posso aproveitar a ocasião, interromper a obra e voltar a ela; nada me pressiona, pois minha vida não está interessada no resultado: ela só se aplica de uma maneira revogável e como que lateral; e se pode se consumir em um objeto tão distante de suas exigências é porque pode não fazê-lo. Ela é indispensável para o meu trabalho; ele não o é para ela.

Em suma, dentro dos limites de que falei: *eu entendi esse objeto. Expliquei-o* a mim mesmo por meio de um sistema de atos meus e, assim, esgotei meu problema: qualquer tentativa para ir mais adiante modificá-lo-ia essencialmente e levar-me-ia a escorregar da explicação da concha para a explicação de mim mesmo.

Consequentemente, ainda posso considerar até agora que essa concha é uma obra do homem.

Entretanto, um elemento das obras humanas está me faltando. Não vejo a menor *utilidade* dessa coisa; ela não me faz pensar em qualquer necessidade que esteja satisfazendo. Ela me intrigou; ela distrai meus olhos e meus dedos; demoro-me olhando-a como escutaria uma ária musical; destino-a inconscientemente ao esquecimento pois recusamos distraidamente o futuro àquilo que não nos serve... E encontro apenas uma resposta para a pergunta que me vem ao espírito: *Por que foi feito esse objeto?* Mas para o que serve, digo-me, aquilo que os artistas produzem? O que eles fazem pertence a uma espécie singular: nada o exige, nada de vital o prescreve. *Isso absolutamente não provém de uma necessidade* que, aliás, o determinaria inteiramente, *e também não há a menor probabilidade de atribuí-lo ao "acaso"*.

Eu quis até agora ignorar a verdadeira produção das conchas; e arrazoei, ou desarrazoei, tentando manter-me o mais próximo possível dessa ignorância factícia.

Isso seria imitar o filósofo, esforçando-se em saber *tão pouco* sobre a origem bem conhecida de algo bem definido, como o sabemos sobre a origem do "mundo" e sobre o nascimento da "vida".

A filosofia não consiste, afinal, em fingir ignorar o que se sabe e saber o que se ignora? Ela duvida da existência; mas fala seriamente do "Universo"...

Se me detive durante muito tempo sobre o ato do homem que se resolvesse a fazer uma concha, é porque nunca se deve, na minha opinião, perder uma ocasião para comparar, com alguma precisão, nosso modo de fabricar com o trabalho do que se chama *Natureza*. *Natureza*, ou seja: a *Producente* ou a *Produtriz*. É a ela que atribuímos a produção de tudo o que não sabemos *fazer*, mas que nos parece *feito*. Existem, contudo, alguns casos particulares onde podemos concorrer com ela e atingir, por nossos próprios meios, o que ela obtém à sua maneira. Nós sabemos fazer com que corpos pesados voem ou naveguem, e sabemos construir algumas moléculas "orgânicas"...

Todo o resto, tudo o que não podemos atribuir ao homem pensante nem a essa Potência geradora, nós oferecemos ao "acaso", que é uma invenção de palavra excelente. É muito cômodo dispor de um nome que permita exprimir que uma coisa *extraordinária* (por si mesma ou por seus efeitos imediatos) é provocada *exatamente como uma outra* que não o é. Mas dizer que uma coisa é *extraordinária* é introduzir um *homem*, uma pessoa particularmente sensível a ela, que fornece todo o extraordinário do assunto. Se não tenho um bilhete de loteria, que me importa que este ou aquele número saia da urna? Não estou "sensibilizado" para esse acontecimento. Não há qualquer acaso para mim no sorteio, nem qualquer contraste entre o modo uniforme de extração desses números e a diversidade das consequências. Eliminem então o homem e sua expectativa, e tudo acontece indistintamente, concha ou cascalho; mas o acaso nada *faz* — a não ser se fazer notar...

*

Mas já é hora de parar de supor e voltar à certeza, ou seja, à superfície de experiência comum.

Uma concha emana de um molusco. *Emanar* parece-me o único termo próximo da realidade visto significar propriamente: *deixar pender*. Uma gruta emana suas estalactites; um molusco emana sua concha. Sobre o processo elementar dessa emanação, os cientistas nos dizem uma grande quantidade de coisas que viram nos microscópios.

Acrescentam uma quantidade de outras coisas que não acredito que tenham visto; algumas são inconcebíveis, embora se possa discorrer muito bem sobre elas; outras exigiriam uma observação de algumas centenas de anos, pois é o que se precisa para mudar o que se quer no que se quer. Outras precisam aqui e ali de algum acidente bem favorável...

Aí está, segundo a ciência, o que solicita que o molusco retorça tão cientificamente o encantador objeto que me retém.

Diz-se que, desde o germe, esse molusco, seu formador, sofreu uma estranha restrição em seu desenvolvimento; uma metade completa de seu organismo se atrofiou. Na maioria, a parte direita (e no resto, a esquerda) foi sacrificada; enquanto a massa visceral esquerda (e no resto, a direita) curvou-se em meio círculo e depois torceu-se; e o sistema nervoso, cuja primeira intenção era se transformar em duas redes paralelas, cruza-se curiosamente e inverte seus gânglios centrais. Externamente, a concha exsuda e solidifica-se...

Foram elaboradas muitas hipóteses sobre o que solicita esses moluscos (e não os outros que se parecem muito com eles) a desenvolverem essa extravagante predileção por um lado de seu organismo; e — como é inevitável em matéria de suposições — o que se supõe é deduzido do que se precisa supor; a questão é humana; a resposta, muito humana. É esse todo o impulso do nosso famoso Princípio de Casualidade. Ele nos leva a *imaginar*, ou seja, substituir nossas lacunas por nossas associações. Mas as maiores e mais preciosas descobertas em geral são totalmente inesperadas: elas arruínam, mais do que confirmam, as criações de nossas preferências: são fatos ainda totalmente *inumanos* que nenhuma imaginação pôde prever.

Quanto a mim, admito facilmente ignorar o que ignoro, e que todo saber verdadeiro se reduz a ver e poder. Se a hipótese é sedutora ou se a teoria é bela, deleito-me sem pensar na realidade...

Portanto, se nossas invenções intelectuais, às vezes ingênuas e frequentemente verbais, são negligenciadas, somos obrigados a reconhecer que nosso conhecimento das coisas da vida é insignificante perto daquele que temos do mundo inorgânico. Isso significa que nossos poderes sobre este último não são comparáveis aos que possuímos sobre o outro, pois não vejo qualquer outra medida de um conhecimento além da força real que ele confere. *Eu sei apenas o que sei fazer*. Aliás, é estranho e digno de alguma atenção que, apesar de tantos trabalhos e meios maravilhosamente sutis, tenhamos até agora tão pouca influência sobre essa natureza viva *que é a nossa*. Olhando um pouco mais de perto, descobriremos sem dúvida que nosso espírito é desafiado por tudo o que nasce, reproduz-se e morre no planeta, porque ele está rigorosamente limitado, na sua representação das coisas, pela consciência que tem de seus meios *de ação externa* e do modo pelo qual essa ação procede dele, *sem que precise conhecer o mecanismo*.

O tipo dessa ação é, pelo que sinto, o único modelo que possuímos para resolver um fenômeno em operações imaginárias e voluntárias que finalmente nos permitem ou reproduzir à vontade, ou prever, com boa aproximação, algum resultado. Tudo o que se distancia demais desse tipo recusa-se a nosso intelecto (o que é bem observado na física recente). Se tentamos ultrapassar os limites, imediatamente as contradições, as ilusões da linguagem, as falsificações sentimentais se multiplicam; e ocorre que essas produções míticas ocupam, e mesmo arrebatam, os espíritos por muito tempo.

*

O pequeno problema da concha é suficiente para ilustrar muito bem tudo isso e para esclarecer nossos limites. Já que o homem não é o autor desse objeto, e que o acaso não é responsável, é preciso inventar alguma coisa que denominamos *Natureza viva*. Só podemos defini-la através da diferença de seu trabalho em relação ao nosso: e é por isso que tive que falar um pouco sobre este último. Eu disse que começamos nossas obras a partir de diversas *liberdades*: liberdade de *matéria*, mais ou menos ampla; liberdade de *aspecto*, liberdade de *duração*, sendo todas algo que parece proibido ao molusco — ser que só sabe a sua lição, com a qual sua própria existência se confunde. Sua obra, sem correções, sem reservas, sem retoques, por mais fantasista que nos pareça (a ponto de tomarmos emprestados alguns motivos para nossos enfeites), é uma fantasia que se repete indefinidamente; nós nem imaginamos que alguns originais entre os gastrópodes tenham à esquerda o que os outros têm à direita. Entendemos ainda menos a que estão reagindo essas complicações extravagantes, em alguns; ou essas espinhas e essas manchas coloridas, às quais atribuímos vagamente alguma utilidade que nos escapa, sem sonhar que *nossa ideia de útil não tem qualquer sentido fora do homem e de sua pequena esfera intelectual*. Essas extravagâncias aumentam nossa dificuldade, pois uma *máquina* não comete tais desvios; um *espírito* os teria procurado com alguma intenção; o *acaso* teria igualado as chances. Nem máquina, nem intenção, nem acaso... Todos os nossos meios estão excluídos. Máquina e acaso, são esses os dois métodos de nosso físico; quanto à intenção, ela só pode intervir quando o próprio homem está em jogo, explícita ou disfarçadamente.

Mas a fabricação da concha é a coisa vivida e não feita: nada existe de mais oposto ao nosso ato articulado, precedido por um fim e agindo como causa.

*

Tentemos, contudo, desenvolver essa formação misteriosa. Vamos folhear obras científicas, sem a pretensão de aprofundá-las e sem nos privarmos, absolutamente, das vantagens da ignorância e dos caprichos do erro.

Em primeiro lugar, observo que a "natureza viva" não sabe modelar diretamente os corpos sólidos. Nesse estado, nem a pedra, nem o metal, lhe servem para alguma coisa. Quer se trate de realizar uma peça resistente, de aspecto invariável, um apoio, uma alavanca, uma biela, uma armadura; quer produzindo um tronco de árvore, um fêmur, um dente ou uma presa, um crânio ou uma concha, seu caminho é idêntico: ela aproveita o estado líquido ou fluido, do qual se constitui qualquer substância viva, e separa lentamente os elementos sólidos de sua construção. Tudo o que vive ou viveu resulta das propriedades e das modificações de alguns líquidos. Aliás, qualquer sólido atual passou pela fase líquida, matéria fundida ou solução. Mas a "natureza viva" não se acomoda nas altas temperaturas que nos permitem trabalhar "corpos puros" e dar ao vidro, ao bronze, ao ferro, no estado líquido ou flexível, as formas que desejamos e que o resfriamento fixará. Ávida, para modelar os corpos sólidos, só pode dispor de soluções, de suspensões ou de emulsões.

Li que nosso animal toma emprestado ao seu meio um alimento onde existem sais de cálcio, que esse cálcio absorvido é tratado por seu fígado e, de lá, passa para seu sangue. A matéria-prima da parte mineral da concha foi adquirida: ela vai alimentar a atividade de um órgão singular, especializado na função de segregar e de organizar os elementos do sólido a ser construído.

*

Este órgão, massa muscular que contém as vísceras do animal e que se prolonga pelo pé, sobre o qual ele se apoia e através do qual se desloca, chama-se *manto* e realiza uma dupla função. A margem desse manto emite, através do seu *epitélio*, o revestimento externo da concha, que cobre uma camada de prismas calcários curiosa e cientificamente unidos.

Assim é constituído o exterior da concha. Mas, por outro lado, ela cresce em espessura, e esse crescimento comporta uma matéria, uma estrutura e instrumentos muito diferentes. Sob a proteção da muralha sólida construída pela borda do manto, o resto desse admirável órgão elabora as delicadezas da parede interna, os suaves lambris da moradia do animal. Para os sonhos de uma vida quase interior, nada é agradável e precioso demais: camadas sucessivas de muco vêm revestir de lâminas tão finas quanto uma bolha de sabão a cavidade profunda e retorcida onde se retrai e concentra-se o solitário. Mas ele sempre ignorará a beleza de sua obra e de seu refúgio. Depois de sua morte, a substância delicada que formou, depositando alternadamente na parede o produto orgânico de suas células de muco e a calcita de suas células de nácar, surgirá, separará a luz em suas difusões de onda e encantará nossos olhos através da terna riqueza de suas regiões iriadas.

*

Aprendemos então como é constituído o habitáculo e refúgio móvel desse estranho animal vestido por um músculo e revestido por uma concha. Mas confesso que minha curiosidade não foi satisfeita. Análise microscópica é uma coisa lindíssima: contudo, enquanto considero células e conheço blastômeros e cromossomos, perco de vista o meu molusco. E se estou interessado nesse detalhe, com a esperança de que ele me esclareça finalmente a formação da ordem do conjunto, sinto alguma decepção... Mas, talvez, haja aqui uma dificuldade essencial — quero dizer: quem é responsável pela natureza de nossos sentidos e de nosso espírito?

Observamos que, para representar essa formação, seria preciso antes eliminar um primeiro obstáculo, o de renunciar imediatamente à conformidade profunda de nossa representação. *Não podemos*, na verdade, *imaginar uma progressão bastante lenta para provocar o resultado sensível de uma modificação insensível*, nós, que nem percebemos nosso próprio crescimento. Só podemos imaginar o processo vivo comunicando-lhe um comportamento que nos pertence e que é inteiramente independente *do que se passa no ser observado...*

E, ao contrário, é bem possível que no progresso do crescimento do molusco e de sua concha, de acordo com o tema indiscutível da hélice espiralada, componham-se *indistinta e indivisivelmente* todos os elementos constituintes que a forma não menos indiscutível do ato humano ensinou-nos a considerar e a definir *distintamente*: as *forças*, o *tempo*, a *matéria*, as *ligações* e as diferentes "ordens de grandeza" entre as quais nossos instintos impõem a distinção. A vida passa e repassa da molécula para a micela, e, desta, para as massas sensíveis, sem consideração com os compartimentos de nossas ciências, ou seja, de nossos meios de ação.

A vida, sem o menor esforço, realiza uma relatividade suficientemente "gene-ralizada". Ela não separa sua geometria de sua física e confia a cada espécie o que ela precisa em termos de axiomas e de "invariantes" mais ou menos "diferenciais" para a manutenção de um acordo satisfatório em cada indivíduo, entre o que ele é e o que existe...

É claro que o personagem bastante secreto, devotado à assimetria e à torção, que forma uma concha, renunciou há muito tempo aos ídolos postulantes de Euclides. Euclides acreditava que um bastão conserva seu comprimento em qualquer circunstância; podíamos lançá-lo até a lua ou fazê-lo descrever um molinete sem que a distância, o movimento ou a mudança de direção alterassem a consciência da unidade de medida perfeita. Ele trabalhava sobre um papiro no qual podia traçar figuras que lhe *pareciam parecidas*; e não via, no crescimento desses triângulos, outro obstáculo além da extensão de sua folha de papel. Estava longe — a vinte séculos-luz — de imaginar que chegaria um dia em que um certo senhor Einstein ensinaria um polvo a capturar e devorar qualquer geometria; e não somente esta, mas o tempo, a matéria, a gravidade e muitas coisas mais, insuspeitadas pelos gregos, que, trituradas e digeridas juntas, fazem as delícias do todo-poderoso *Molusco de referência*. Basta a esse monstruoso cefalópode contar seus tentáculos e as ventosas de cada um para sentir-se "dono de si e do Universo".

Mas muitos milhões de anos antes de Euclides e do ilustre Einstein, nosso herói, que não passa de um simples gastrópode, sem tentáculos, teve que resolver também alguns problemas difíceis. Ele tem que fazer sua concha e sustentar sua existência. São duas atividades muito diferentes. Spinoza fazia óculos. Muitos poetas foram excelentes burocratas. E pode acontecer de observar-se uma independência suficiente entre essas duas funções exercidas por um mesmo ser. Afinal, o que vem a ser *o mesmo*? Mas trata-se de um molusco, e nada sabemos de sua íntima unidade.

O que constatamos? O trabalho interno de construção é misteriosamente ordenado. As células segregantes do manto e de sua margem fazem sua obra *compassadamente*: as torres de espiral progridem; o sólido se edifica; o nácar se deposita. Mas o microscópio não mostra o que harmoniza os diversos pontos e os diversos momentos desse avanço periférico simultâneo. A disposição das curvas que, sulcos ou fitas coloridas, acompanham a forma, e a das linhas que se cortam, leva a sonhar com "geodésicas" e sugere a existência de não sei que "campo de forças" que não conseguimos descobrir e cuja ação imprimiria ao crescimento da concha a irresistível torção e o progresso rítmico observado no produto. Nada na consciência de nossas ações nos permite imaginar o que modula superfícies tão graciosamente, elemento por elemento, fileira por fileira, sem meios externos e estranhos à coisa moldada, e o que une milagrosamente essas curvaturas, ajusta-as e acaba as obras com um arrojo, um desembaraço, uma decisão que as criações mais flexíveis do oleiro ou do fundidor de bronze só conhecem de longe a felicidade. Nossos artistas absolutamente não tiram de sua substância a matéria de suas obras e só obtêm a forma que procuram através de uma aplicação particular do espírito, separável do *conjunto* de seu ser. Talvez o que denominamos *perfeição* na arte (que nem todos procuram, e muitos desdenham) seja apenas o sentimento de desejar ou de encontrar na obra humana essa certeza na execução, essa necessidade de origem interna e essa ligação indissolúvel e recíproca da figura com a matéria que me é mostrada pela mais ínfima concha.

*

Mas nosso molusco não se limita a destilar cadenciadamente sua maravilhosa cobertura. É preciso alimentar com energia e minerais sempre renovados o manto que constrói o durável, extrair dos recursos externos o que, no futuro, será talvez uma parcela das bases de um continente. É preciso então que ele abandone algumas vezes sua emanação secreta e sutil, penetrando e arriscando-se no espaço estranho, levando como uma tiara ou um turbante prodigiosos sua moradia, sua caverna, sua fortaleza, sua obra-prima. Ei-lo imediatamente comprometido em um sistema de circunstâncias completamente diferentes. Somos tentados a supor um gênio de primeira grandeza, pois, dependendo do fato de reconcentrar-se e consagrar-se, absorvido em uma laboriosa ausência concentrada, coordenação do trabalho de seu manto, ou de arriscar-se no vasto mundo e explorá-lo, com os olhos palpando, os palpos questionando, o *pé* fundamental suportando, balançando em sua grande sola viscosa o asilo e os destinos do viajante majestoso, dois grupos de constatações totalmente diferentes impõem-se a ele. Como reunir em uma única tabela de princípios e de leis as duas consciências, as duas formas de espaços, os dois tempos, as duas geometrias e as duas mecânicas que esses dois modos de existência e de experiência fazem-no conceber, volta por volta? Quando está completamente no interior, pode tomar seu arco de espiral como sua "linha direita" tão naturalmente quanto nós mesmos ao tomarmos como a nossa um pequeno arco de meridiano ou algum "raio luminoso", ignorando que sua trajetória é relativa. E talvez ele meça seu "tempo" particular através da sensação de eliminar e de colocar em seu lugar um pequeno prisma de calcita? Só Deus sabe, deixando sua morada e iniciando sua vida externa, quais são suas hipóteses e suas convenções "cômodas"!... A mobilidade dos palpos; o tato, a visão e o movimento associados à elasticidade elegante das hastes infinitamente sensíveis que os orientam, a retratilidade total do corpo, ao qual se anexa toda a parte sólida, a estrita obrigação de nada superar e de tomar rigorosamente o seu caminho — tudo isso certamente exige de um molusco bem-dotado, quando se retira e atarraxa-se em seu estojo de nácar, meditações profundas e abstrações de conciliação muito remotas. Ele não pode dispensar o que Laplace pomposamente chamou de "recursos da análise mais sublime" para ajustar a experiência de sua vida mundana à sua vida privada e descobrir, através de profundos raciocínios, "a unidade da Natureza" sob as duas espécies tão diferentes que sua organização o obriga a conhecer e a submeter-se sucessivamente.

*

Mas não estamos, nós mesmos, ocupados ora com o "mundo dos corpos", ora com o dos "espíritos"; e nossa filosofia não está eternamente em busca da fórmula que absorveria sua diferença e que comporia duas diversidades, dois "tempos", dois modos de transformação, dois gêneros de "forças", duas tabelas de plantões que se mostram, até aqui, mais distintos, embora mais enredados, à medida que os observamos com mais atenção?

Em uma ordem de fatos mais imediata, e sem a menor metafísica, não constatamos estar vivendo familiarmente no meio das variedades incomparáveis de nossos sentidos; acomodados, por exemplo, a um mundo da visão e a um mundo da audição, que em nada se parecem e que nos ofereceriam, se pensarmos nisso, a impressão contínua de uma perfeita incoerência? Dizemos que ela está suprimida e como que dissolvida pelo uso e pelo hábito, e que tudo concorda com uma única "realidade"... Mas isso não é dizer grande coisa.

*

Vou jogar minha descoberta como se joga um cigarro consumido. Essa concha me *serviu*, excitando a cada volta o que sou, o que sei, o que ignoro... Como Hamlet, pegando um crânio na lama e aproximando-o de seu rosto vivo, contempla-se horrivelmente, de alguma forma, e quase entra em sua meditação sem saída, cercada por todos os lados por um círculo de estupor, da mesma maneira, sob o olhar humano, esse pequeno corpo calcário, oco e espiral convoca ao seu redor uma grande quantidade de pensamentos, sendo que nenhum deles acaba...

(QUASE) POLÍTICA

DISCURSO SOBRE A HISTÓRIA[1]

Meus caros jovens,

Vou falar primeiro sobre a lembrança de uma lembrança: o discurso tão extraordinário e tão amplo que acabamos de ouvir lembrou-me uma pequena cena contada há tempos pelo grande pintor Degas.

Ele contou que, um dia, quando criança, sua mãe o levou até a rue de Tournon para visitar a senhora Le Bas, viúva do famoso convencional que se matou com um tiro de pistola no dia 9 termidor.

Terminada a visita, eles estavam se retirando devagar, acompanhados até a porta pela velha senhora, quando a senhora Degas parou de repente, profundamente emocionada. Largando a mão de seu filho, apontou os retratos de Robespierre, de Couthon, de Saint-Just, que acabava de identificar nas paredes da antessala, e não pôde deixar de gritar horrorizada: "*Como!... Você ainda pendura aqui a cara desses monstros!*". "*Cale-se, Célestine!*", replicou ardorosamente a senhora Le Bas. "*Cale-se... Eles eram uns santos!*"

Aqui está, caros jovens, o que se relaciona facilmente com o que nos dizia o senhor Lanson. Seu mestre, em poucas palavras, tornou atual e comovente o contraste dos sentimentos de alguns historiadores de primeira linha em relação aos homens e aos acontecimentos da Revolução Francesa. Ele mostrou que esses conhecedores do Terror concordavam entre si exatamente como Danton concordava com Robespierre, embora com consequências menos drásticas. Não estou dizendo que os movimentos da alma não sejam tão absolutos nos escritores quanto o são naqueles que agem; mas é que, em épocas normais, a guilhotina felizmente não está à disposição dos historiadores.

Não esconderei de vocês, contudo, que se o sentido profundo das discussões especulativas e das polêmicas, inclusive literárias, fosse pesquisado, perseguido nos corações por uma análise encarniçada, não há dúvida de que encontraríamos na raiz de nossas opiniões e de nossas teses favoritas não sei que princípio de decisões implacáveis, não sei que obscura e cega vontade *de ter razão* pelo extermínio do adversário. As convicções são ingênuas e secretamente assassinas.

Viram portanto, pela aproximação de citações e de fórmulas precisas, como espíritos diferentes, partindo dos mesmos dados, exercendo suas virtudes críticas e seus talentos

---

[1] Pronunciado na distribuição solene dos prêmios do Lycée Janson-de-Sailly, em 13 de julho de 1932. Publicado por *Les Presses Modernes*, 1932.

de organização imaginativa sobre os mesmos documentos — e aliás animados (espero) por um desejo idêntico de encontrar a verdade —, dividem-se, entretanto, opõem-se, repelem-se quase tão ferozmente quanto facções políticas.

Historiadores ou partidários, estudiosos, homens de ação tornam-se meio consciente, meio inconscientemente, demasiado sensíveis a certos fatos ou a certos traços — perfeitamente insensíveis a outros que atrapalham ou arruínam suas teses; e nem o grau de cultura desses espíritos, nem a solidez ou a plenitude de seu saber, nem mesmo sua lealdade, nem sua profundidade parecem ter a menor influência sobre o que podemos denominar sua *força de dissensão histórica*.

Tanto faz escutarmos a senhora Degas ou a senhora Le Bas, ou o nobre, o puro, o ternamente severo Joseph de Maistre; ou o grande e inflamado Michelet; ou Taine, ou Tocqueville, ou o senhor Aulard, ou o senhor Mathiez — tantas certezas quanto pessoas, tantas leituras de textos quanto olhares. Cada historiador da época trágica nos mostra uma cabeça cortada que é o objeto de suas preferências.

Existe algo mais notável que o fato de tais divergências persistirem, a despeito da quantidade e da qualidade de trabalho despendido sobre os mesmos vestígios do passado; e de eles mesmos se acusarem, e de os espíritos se endurecerem cada vez mais, e separarem-se uns dos outros, por esse mesmo trabalho que deveria conduzi-los ao mesmo julgamento?

Em vão aumentamos os esforços, variamos os métodos, alargamos ou comprimimos o campo de estudo, examinamos as coisas bem do alto, ou penetramos na estrutura delicada de uma época, verificamos os arquivos particulares, os documentos de família, os atos privados, os jornais da época, as portarias municipais; esses desenvolvimentos diversos não convergem, não encontram sequer uma única ideia como limite. Cada um desses desenvolvimentos tem, como marco, a natureza e o temperamento de seus autores, e o único resultado é sempre uma evidência apenas, que é a impossibilidade de se separar o observador do objeto observado, e a história do historiador.

Contudo, há pontos que todo mundo admite. Há, em todos os livros de história, certas proposições com as quais os atores, as testemunhas, os historiadores e os partidos concordam. São acasos felizes, verdadeiros *acidentes*; e o conjunto desses acidentes, dessas exceções notáveis constitui a parte incontestável do conhecimento do passado. Esses acidentes de acordo, essas coincidências de consentimentos definem os "fatos históricos", mas não os definem inteiramente.

Todo mundo concorda que Luís XIV morreu em 1715. Mas em 1715 passou-se uma infinidade de outras coisas observáveis que tornaria necessária uma infinidade de palavras, de livros e mesmo de bibliotecas para conservá-las por escrito. É preciso, portanto, *escolher*, ou seja, convencionar não apenas *a existência* como também *a importância* do fato; e essa convenção é vital. A convenção de existência significa que os homens só podem *crer* no que lhes parece menos afetado pelo humano, e que consideram esse acordo como muito improvável para eliminar suas personalidades, seus instintos, seus interesses, sua visão singular, fontes de erro e forças de falsificação. Mas já que não podemos guardar tudo, e que precisamos retirar do infinito alguns fatos pelo julgamento de sua utilidade posterior relativa, essa decisão sobre a importância introduz de novo e inevitavelmente na obra histórica exatamente aquilo que acabamos de tentar eliminar. Como diriam seus colegas de Filosofia, a importância é completamente subjetiva. A importância está para nosso discernimento assim como o valor dos testemunhos. Racionalmente pode-se pensar que a descoberta das propriedades da *quinina* é mais *importante* que um tal tratado concluído aproximadamente na mesma época; e, na realidade, em 1932, as consequências desse instrumento diplomático podem estar totalmente perdidas e como que difusas no caos dos acontecimentos, enquanto a febre é sempre reconhecível, as regiões pantanosas do globo são cada vez mais visitadas ou exploradas, e a quinina foi talvez indispensável para a prospecção e para a ocupação da terra toda, que é, *a meu ver*, o fato dominante de nosso século.

Vejam que eu também estou fazendo minhas convenções de importância.

A história, aliás, exige e implica muitos *outros preconceitos*. Por exemplo, entre as regras do jogo, há uma que acreditamos tão facilmente ser significativa por si mesma, sendo utilizada sem nenhuma precaução, que me aconteceu provocar um escândalo por querer, há algum tempo, procurar a exata expressão.

Ousarei falar a vocês da *Cronologia*, outrora rainha cruel dos exames? Ousarei perturbar sua jovem noção de casualidade, lembrar-lhes o velho sofisma: *Post hoc, ergo propter hoc*, que desempenha um belo papel na história? Direi a vocês que a sequência dos milésimos tem o grande e restrito valor da ordem alfabética, e que, aliás, a sucessão dos acontecimentos ou sua simultaneidade só têm sentido em cada caso particular e nos limites em que esses acontecimentos possam, *na opinião de alguém*, agir ou repercutir uns sobre os outros? Eu teria medo de assustá-los ou chocá-los ao insinuar que um Micrômegas, vagabundeando ao acaso no Tempo, que, da antiga Alexandria, no momento de seu grande brilho, viesse cair em um vilarejo africano ou em uma aldeota da França atual, deveria necessariamente supor que a brilhante capital dos ptolomeus está três ou quatro mil anos *à frente* da aglomeração de cabanas ou de casebres cujos habitantes são nossos contemporâneos.

Todas essas convenções são inevitáveis. Minha única crítica é a negligência que não as torna explícitas, conscientes, sensíveis ao espírito. Lamento que não se tenha feito com a história o que as ciências exatas fizeram consigo mesmas quando revisaram seus fundamentos, pesquisaram com o maior cuidado seus axiomas, enumeraram seus postulados.

Talvez seja porque a história é principalmente *Musa*, e porque preferimos que o seja. Consequentemente não tenho mais o que dizer... Eu reverencio as Musas.

Isso acontece também porque o Passado é algo totalmente mental. Ele é apenas imagens e crenças. Observem que usamos uma espécie de processo contraditório para imaginar as diversas figuras das diferentes épocas: por um lado, precisamos da liberdade de nossa faculdade de simular, de viver outras vidas além da nossa; por outro lado, é preciso impedir essa liberdade para levar-se em conta os documentos, e nós nos obrigamos a ordenar, a organizar *o que aconteceu* através de nossas forças e de nossas formas de pensamento e de atenção, que são coisas *essencialmente atuais*. Observem isso em vocês mesmos: todas as vezes em que a história se apodera de vocês, em que pensam historicamente, em que se deixam seduzir para reviver a aventura humana de alguma época passada, o interesse de vocês é totalmente sustentado pelo sentimento de que as coisas poderiam ter sido completamente diferentes, poderiam ter acontecido de outra forma. A todo momento, vocês supõem um outro *momento seguinte* que não aquele que aconteceu: a todo presente imaginário em que se colocam, imaginam um outro futuro que não aquele que se realizou.

"*SE Robespierre tivesse dominado?* — *SE Grouchy tivesse marchado a tempo para Waterloo?* — *SE Napoleão tivesse a marinha de Luís XVI e um Suffren...* " *SE*... Sempre *SE.*

Essa pequena conjunção *SE* está repleta de sentido. Nela reside talvez o segredo da ligação mais íntima de nossa vida com a história. Ela comunica ao estudo do passado a ansiedade e os mecanismos da espera que definem o presente. Dá à história a força dos romances e dos contos. Faz-nos participar desse suspense diante da incerteza em que consiste a sensação das grandes vidas, aquela das nações durante a batalha onde seu destino está em jogo, aquela dos ambiciosos na hora em que veem que a hora seguinte será a da coroa ou do cadafalso, aquela do artista que vai revelar o mármore ou dar a ordem de tirar os arcos e as escoras que ainda sustentam seu edifício.

Se abstrairmos da história esse elemento de tempo animado, descobriremos que sua substância mesma, a história... *pura*, aquela composta apenas de *fatos*, desses fatos incontestados dos quais falei, seria completamente insignificante, pois os fatos, por si, não têm significado. Algumas vezes dizem: *Isso é um fato. Inclinem-se diante do fato.* É a mesma coisa que dizer: *Creiam.* Creiam, pois aqui o homem não interveio, e são as próprias coisas que falam. *É um fato.*

Sim. Mas o que fazer com um *fato*? Nada se parece tanto com um fato quanto os oráculos de Pítia, ou então quanto os sonhos reais que os Josés e os Daniéis, na *Bíblia*, explicam aos monarcas espantados. Na história, como em qualquer matéria, o que é positivo fica ambíguo. O que é real presta-se a uma infinidade de interpretações.

Por isso um De Maistre e um Michelet são igualmente possíveis; e talvez seja por isso que, quando especulam sobre o passado, assemelham-se a oráculos, a adivinhos, a profetas, dos quais tomam a envergadura e pedem emprestada a sublimidade da linguagem; enquanto conferem *ao que aconteceu* toda a profundidade expressiva que, na verdade, só pertence ao futuro.

Assim, rever e prever, recuperar no passado e pressentir parecem-se muito em nós mesmos, que só podemos oscilar entre imagens e para quem o eterno presente é como o batimento entre hipóteses simétricas, uma que supõe o passado, outra que propõe o futuro.

Vocês, jovens, aqui diante de mim, vocês me fazem sonhar com épocas que não verei, bem como com épocas que não mais verei. Eu os vejo, e revejo-me com a idade de vocês, e sou tentado a prever.

Estou falando da história durante muito tempo e já ia esquecendo de dizer o essencial: o melhor método para se ter uma ideia do valor e do uso da história — a melhor maneira de aprender a lê-la e a servir-se dela — consiste em tomar, como modelo de conhecimento, acontecimentos realizados, sua experiência própria, e em colher no presente o modelo de nossa curiosidade pelo passado. O que vimos com nossos próprios olhos, aquilo por que passamos em pessoa, o que fomos, o que fizemos, eis o que deve nos fornecer o questionário deduzido de nossa própria vida, que proporemos em seguida à história para que preencha, e ao qual ele deverá se esforçar em responder quando a interrogarmos sobre épocas em que não vivemos. *Como era possível viver naquela época?* Essa é, no fundo, toda a questão. Todas as abstrações e noções encontradas nos livros são inúteis se não lhes fornecerem o meio de reencontrá-las a partir do indivíduo.

Mas considerando-se a Si mesmo historicamente — *sub specie Historiae* —, somos levados a um certo problema de cuja solução vai depender imediatamente nosso julgamento do valor da história. Se a história não se reduz a um divertimento do espírito é porque esperamos retirar ensinamentos dela. Achamos que podemos deduzir do conhecimento do passado alguma presciência do futuro.

Vamos transferir então essa pretensão para a nossa própria história e, se já vivemos algumas dezenas de anos, tentemos comparar o que se passou com o que podemos esperar, o acontecimento com a previsão.

Eu estava na classe de retórica em 1887. (A retórica, desde então, tornou-se a primeira série: grande mudança sobre a qual já podemos fazer uma reflexão infinita.)

Pois bem, eu me pergunto atualmente o que poderia ser previsto em 87 — há quarenta e cinco anos — daquilo que vem acontecendo desde então.

Observem que estamos nas melhores condições da experiência histórica. Possuímos uma quantidade talvez excessiva de dados: livros, jornais, fotografias, lembranças pessoais, testemunhas ainda bastante numerosas. A história geralmente não é construída com um tal luxo de materiais.

O que se poderia prever então? Limito-me a colocar o problema. Indicarei somente alguns traços da época em que eu estava na classe de retórica.

Naquela época, havia nas ruas uma grande quantidade de animais que hoje só podem ser vistos nas pistas de corridas, e nenhuma máquina. (Observemos aqui que, de acordo com alguns eruditos, o uso do cavalo como locomoção só entra em prática por volta do século XIII, libertando a Europa do uso de portadores, um sistema que exige escravos. Essa comparação leva-os a conceber o automóvel como "fato histórico".)

Nesse mesmo ano de 87, o ar estava rigorosamente reservado aos verdadeiros pássaros. A eletricidade ainda não havia perdido o fio. Os corpos sólidos ainda eram bastante sólidos. Os corpos opacos ainda eram completamente opacos. Newton e Galileu reinavam em paz; a física era feliz, e suas referências, absolutas. O Tempo passava em dias tranquilos: todas as horas eram iguais diante do Universo. O Espaço desfrutava o fato de ser infinito, homogêneo e perfeitamente indiferente a tudo o que se passava em seu augusto seio. A Matéria acreditava ser constituída de justas e boas leis e nem suspeitava de que poderia transformar na extrema insignificância — até perder nesse abismo de divisão — a própria noção de lei...

Tudo isso não passa de sonho e fumaça. Tudo isso se transforma como o mapa da Europa, como a superfície política do planeta, como o aspecto de nossas ruas, como meus colegas de escola — os que ainda vivem e que, tendo deixado mais ou menos na época da faculdade, encontro como senadores, generais, decanos ou presidentes, ou membros de Academia.

Poderíamos ter previsto essas últimas transformações; mas e as outras? O maior sábio, o filósofo mais profundo, o político mais calculista de 1887 poderiam sequer ter sonhado com o que vemos atualmente, depois de quarenta e cinco miseráveis anos? Nem ao menos concebemos que operações do espírito, mesmo a mais engenhosa, tratando toda essa matéria histórica acumulada em 87, conseguiriam deduzir do conhecimento do passado uma ideia, mesmo que grosseiramente aproximada, do que acontece em 1932.

E por isso que me absterei de profetizar. Sinto fortemente, e já o disse antes, *que entramos no futuro de marcha a ré*. Essa é, para mim, a mais segura e a mais importante lição da história, pois a história é a ciência das coisas que não se repetem. As coisas que se repetem, as experiências que podem ser refeitas, as observações que se superpõem pertencem à Física e, até certo ponto, à Biologia.

Mas não pensem que é em vão que meditamos sobre o passado, sobre o que ele tem de realizado. Ele nos mostra, em particular, o constante fracasso das previsões muito precisas; e, ao contrário, as grandes vantagens de uma preparação geral e frequente que, sem a pretensão de criar ou desafiar os acontecimentos, que invariavelmente são surpresas ou desenvolvem consequências surpreendentes, permite que o homem se previna o quanto antes contra o imprevisto.

Vocês, jovens, estão entrando na vida e encontram-se envolvidos em uma época bem interessante. Uma época interessante é sempre uma época enigmática que não promete muito repouso, prosperidade, continuidade, segurança. Estamos em uma idade crítica, ou seja, uma idade em que coexistem muitas coisas incompatíveis, sendo que nenhuma delas pode desaparecer ou vencer. Esse estado de coisas é tão complexo e tão novo que ninguém, hoje em dia, pode se vangloriar de compreendê-lo; o que não significa que ninguém se vanglorie. Todas as noções que considerávamos sólidas, todos os valores da vida civilizada, tudo o que estabilizava as relações internacionais, tudo o que regularizava o regime econômico; resumindo, tudo o que limitava, felizmente, a incerteza do amanhã, tudo o que proporcionava às nações e aos indivíduos alguma confiança no amanhã, tudo isso parece muito comprometido. Consultei todos os áugures que pude encontrar, e de todos os tipos; só ouvi palavras muito vagas, profecias contraditórias, garantias curiosamente débeis. Nunca a humanidade reuniu tanto poder com tanta desordem, tanta preocupação, tanta irresponsabilidade, tantos conhecimentos e tantas incertezas. A inquietude e a futilidade dividem nossos dias.

Cabe agora a vocês, caros jovens, abordar a existência e, brevemente, os negócios. Trabalho não falta. Nas artes, nas letras, nas ciências, nas coisas práticas, na política, enfim, vocês podem, vocês devem considerar que tudo precisa ser repensado e retomado. Será preciso que vocês contem consigo mesmos, muito mais do que nós tivemos que fazer. É preciso, portanto, armar seus espíritos, o que não significa que basta se instruir. Isso é apenas possuir o que nem sonhamos em utilizar, em anexar ao pensamento. Existem conhecimentos como existem palavras. Um vocabulário restrito, mas com o qual se sabe formar diversas combinações é melhor que trinta mil vocábulos que só servem para atrapalhar os atos do espírito. Não vou oferecer-lhes alguns conselhos. Eles só devem ser dados às pessoas muito idosas e, frequentemente, a juventude se encarrega disso. Contudo, peço-lhes que ouçam ainda uma ou duas observações.

A vida moderna tende a poupar-nos o esforço intelectual como o faz com o esforço físico. Ela substitui, por exemplo, a imaginação pelas imagens, o raciocínio pelos símbolos e pela escrita ou por mecanismos; e, frequentemente, por nada. Ela nos oferece todas as facilidades, todos os *meios curtos* para se atingir o objetivo sem ter percorrido o caminho. E isso é ótimo: mas muito perigoso. Isso se combina com outras causas, que não vou enumerar, para produzir, como direi, uma certa diminuição geral dos valores e dos esforços na ordem do espírito. Gostaria de estar enganado; mas infelizmente minha observação é fortalecida pelas de outras pessoas. Com a necessidade de esforço físico diminuída pelas máquinas, o atletismo veio, felizmente, salvar e até exaltar o ser muscular. Talvez fosse preciso sonhar com a conveniência de se fazer para o espírito o que se fez para o corpo. Não tenho a ousadia de dizer que tudo o que não solicita algum esforço seja apenas tempo perdido. Mas existem alguns átomos verdadeiros nessa fórmula atroz.

Finalmente, minha última palavra: temo que a história não dê muita margem à previsão; mas associada à independência do espírito, ela pode nos ajudar a ver melhor. Olhem bem para o mundo atual, e olhem para a França. Sua situação é singular: ela é bastante forte e é considerada sem muita benevolência. É importante que ela só conte consigo mesma. É aqui que a história intervém para ensinar que nossas disputas internas sempre foram fatais. Quando a França se sente unida, não há o que se fazer contra ela.

INSPIRAÇÕES MEDITERRÂNEAS[1]

Hoje preciso fazer-lhes confidências, preciso falar de mim mesmo! Não receiem que eu me aventure a contar esses segredos que todo mundo conhece por si: o que vou contar só dirá respeito às relações de minha vida ou de minha sensibilidade, no seu período de formação, com esse mar Mediterrâneo que, desde a minha infância, nunca deixou de estar presente aos meus olhos ou ao meu espírito. Serão apenas algumas impressões particulares e algumas ideias — talvez gerais.

*

Começo pelo meu começo.

Nasci em um porto de importância média, encravado no fundo de um golfo, ao pé de uma colina, cuja massa rochosa se destaca da linha geral da costa. Essa rocha seria uma ilha se dois bancos de areia — de uma areia incessantemente carregada e aumentada pelas correntes marítimas que, desde a embocadura do Ródano, pressionam para o oeste a rocha pulverizada dos Alpes — não a ligassem ou não a prendessem à costa do Languedoc. A colina se eleva, portanto, entre o mar e um lago muito vasto, no qual começa — ou termina — o canal de Midi. O porto dominado por ela é formado de bacias e de canais que fazem a ligação entre esse lago e o mar.

E assim meu lugar de origem, sobre o qual farei a seguinte reflexão ingênua, a de que nasci em um desses lugares em que gostaria de ter nascido. Felicito-me por ter nascido em um lugar assim, onde minhas primeiras impressões foram as que se recebem diante do mar e no meio das atividades dos homens. Não existe espetáculo, para mim, que valha o que se vê de um terraço ou de um balcão bem localizado acima de um porto. Passaria meus dias olhando o que Joseph Vernet, pintor de lindas marinhas, denominava *os diversos trabalhos de um porto marítimo*. Os olhos, nesse posto privilegiado, possuem o largo, com o qual se enlevam, e a simplicidade geral do mar, enquanto a vida e a labuta humanas, que trafegam, constroem, manobram ali tão perto, aparecem do outro lado. Os olhos podem se transportar, a qualquer momento, para a presença de uma natureza eternamente primitiva, intacta, inalterada pelo homem, constante e visivelmente submetida às forças universais, e receberão uma visão idêntica àquela recebida pelos

---

[1] Conferência na Université des Annales em 24 de novembro de 1933. Publicado em *Conferência*, 15 de fevereiro de 1934.

primeiros homens. Mas quando esse olhar se aproxima da terra, logo descobre primeiramente a obra irregular do tempo que modela indefinidamente a costa e, depois, a obra recíproca dos homens, cujas construções acumuladas, cujas formas geométricas, a linha reta, os planos ou os arcos, opõem-se à desordem e aos acidentes das formas naturais, como os campanários, as torres e os faróis que constroem opõem às figuras de ruína e de desabamento da natureza geológica a vontade contrária de edificação, o trabalho voluntário e como que rebelde de nossa raça.

Assim, os olhos abraçam, ao mesmo tempo, o humano e o inumano. Foi isso que sentiu e expressou magnificamente o grande Claude Lorrain, que, no estilo mais nobre, exalta a ordem e o esplendor ideal dos grandes portos do Mediterrâneo: Gênova, Marselha ou Nápoles transfigurados, com a arquitetura do cenário, os perfis da terra, a perspectiva das águas compondo-se como a cena de um teatro, onde viesse agir, cantar, morrer às vezes, um só personagem: A LUZ!

*

Sobre a colina de que falava, à meia altura, encontrava-se o meu colégio. Lá eu aprendi: *rosa, la rose*, sem muita dificuldade, e deixei-o com pesar no final da quarta série. O número reduzidíssimo de alunos permitia grandes satisfações ao orgulho. Éramos quatro na minha classe e, pela simples lei das probabilidades, eu era o primeiro colocado uma vez em cada quatro, sem o menor esforço. Os que se preparavam para a Filosofia, mais felizes ainda, eram só dois. Um recebia necessariamente o primeiro prêmio, e o outro, o segundo. Como poderia ser diferente? Mas o equilíbrio exigia que o colocado em segundo lugar obtivesse o primeiro prêmio em dissertação, e o outro (evidentemente), o segundo. E assim por diante... Desciam ambos, carregados de louros e de livros dourados, do estrado de distribuição dos prêmios, ao som da marcha militar...

Corneille afirma que não existe glória sem perigo:

Vencer sem perigo é triunfar sem glória!

Mas Corneille está enganado, e trata-se de um erro ingênuo. A glória não depende do esforço, geralmente invisível: ela só depende da encenação.

*

Aquele colégio tinha encantos incomparáveis. Os pátios dominavam a cidade e o mar. Havia três terraços de elevação crescente; os *pequenos*, os *médios*, os *grandes* desfrutavam horizontes cada vez mais vastos, o que não acontece sempre na vida! Não faltavam, portanto, espetáculos para nossas recreações, pois sempre se passa alguma coisa nas fronteiras da vida terrestre e do mar.

Um dia, do alto desses pátios bem localizados, vimos uma fumaça prodigiosa elevando-se para o céu, bem mais espessa e maior que as fumaças costumeiras dos paquetes e cargueiros que frequentavam o porto. Mal soou a campainha que abria as portas da escola ao meio-dia, e os alunos externos, uma massa aos uivos, correram para o molhe, onde a multidão, há algumas horas, via um enorme navio queimando-se, já afastado das docas e abandonado à sua sorte contra um quebra-mar bem distante. As chamas de repente elevaram-se até os cestos da gávea, e os mastros, minados na base pelo fogo que queimava furiosamente nos porões, logo desabaram com todas as suas guarnições, como se tivessem sido ceifados, roubados, abolidos, enquanto um imenso ramalhete de faíscas cintilava, e um estrondo sinistro e surdo vinha até nós. Vocês acertaram ao imaginar que muitos alunos faltaram às aulas à tarde. Ao anoitecer, aquele lindo três mastros estava reduzido a um casco escuro e de aparência intacta, mas cheio, como um cadinho, de uma massa incandescente, cujo estrépito ardente se acusava com o avanço da noite. Acabaram rebocando para alto-mar aqueles destroços infernais e conseguiram afundá-los.

Outras vezes, vigiávamos de nosso colégio a chegada das esquadras que vinham todos os anos ancorar a uma milha da costa. Eram navios estranhos os couraçados daquela época, os *Richelieu*, os *Colbert*, os *Tridente*, com o talha-mar em forma de relha de arado, o tecido de chapa metálica atrás e, sob o pavilhão, o balcão do almirante que nos despertava tanta inveja. Eram feios e imponentes, tinham ainda um mastreamento considerável, e as amuradas estavam, de acordo com a moda antiga, enfeitadas com as mochilas da tripulação. A esquadra enviava a terra embarcações maravilhosamente conservadas, aparelhadas e armadas. As lanchas-mores voavam sobre a água; seis ou oito pares de remos, rigorosamente síncronos, davam-lhes asas brilhantes que jogavam ao sol, a cada cinco segundos, um brilho e um enxame de gotas luminosas. Traziam atrás, na espuma, as cores de sua bandeira e os panos do tapete azul de bordas escarlates, sobre os quais estavam sentados oficiais negros e dourados.

Esses esplendores produziam muitas vocações marítimas, mas entre a colheita e a boca, entre o estado de colegial e a gloriosa função do aspirante de marinha surgiam sérios obstáculos: as figuras incorruptíveis da geometria, as armadilhas e os enigmas sistemáticos da álgebra, os tristes logaritmos, os senos e seus fraternos cossenos desencorajavam muitos, que viam, com desespero, entre eles e o mar, entre a marinha sonhada e a marinha vivida, baixar (como uma cortina de ferro intransponível) o inexorável plano de um quadro-negro. Era preciso então contentar-se com os tristes olhares para o alto-mar, desfrutar apenas com os olhos e com a imaginação e desviar essa paixão marítima infeliz para as letras ou para a pintura, pois parece, à primeira vista, que o desejo é suficiente para abrir essas carreiras que seduzem por sua aparente facilidade. São apenas os predestinados que desconfiam cedo delas e exigem de si mesmos todas as dificuldades indeterminadas. Não há programa nem concurso.

Esses sonhadores se satisfaziam, poetas ou pintores nascentes, com as impressões prodigalizadas pelo mar tão rico em acontecimentos, o mar, gerando formas e projetos extraordinários, originando Afrodite, dando-se de alma a tantas aventuras. Podíamos dizer, na minha juventude, que a História ainda vivia sobre suas águas. Nossos barcos de pescadores, cuja maioria sempre leva na proa antigos emblemas dos barcos fenícios, não são diferentes daqueles utilizados pelos navegantes da Antiguidade e da Idade Média. Às vezes, no crepúsculo, eu via entrar esses robustos barcos de pesca, pesados de cadáveres de atuns, e uma estranha impressão obcecava meu espírito. O céu, absolutamente puro, mas penetrado por um fogo rosa na base, e cujo azul verdejava em direção ao zênite; o mar, já bem escuro, com rebentações e brilhos de uma brancura extraordinária; e, na direção leste, um pouco acima do horizonte, uma miragem de torres e muros, que era o fantasma de Aiguesmortes. Primeiro só víamos os triângulos muito agudos das velas latinas da flotilha. Quando se aproximavam, distinguíamos o amontoado de atuns enormes que carregavam. Esses fortes animais, entre os quais havia alguns do tamanho de um homem, brilhantes e ensanguentados, faziam-me sonhar com homens de armas, cujos cadáveres tivessem sido trazidos para a costa. Era um quadro de grandeza épica que eu batizava naturalmente de: "Retorno da cruzada".

Mas esse espetáculo nobre dava origem a outro, de uma terrível beleza, que vocês me desculparão por descrever.

Certa manhã, no dia seguinte a uma pesca muito abundante, na qual muitos atuns foram capturados, eu estava indo à praia para tomar um banho de mar. Primeiro fui a um pequeno molhe para desfrutar aquela luz admirável. De repente, baixando o olhar, percebi a alguns passos de mim, sob a água maravilhosamente lisa e transparente, um horrível e esplêndido caos que me fez estremecer. *Coisas*, de uma vermelhidão repulsiva, massas de um rosa delicado ou de cor púrpura profunda e sinistra... jaziam lá. Reconheci horrorizado o medonho amontoado de vísceras e entranhas de todo o bando de Netuno que os pescadores haviam jogado no mar. Eu não podia fugir nem suportar o que via, pois a repugnância causada por essa carnificina rivalizava em mim com a sensação de beleza real e singular dessa desordem de coisas orgânicas, desses ignóbeis troféus de glândulas, de onde escapavam ainda fumaças sanguinolentas e bolsas pálidas e trêmulas retidas por não sei que fios sob a camada de água tão clara, enquanto a onda, infinitamente lenta, embalava, na espessura límpida, um estremecimento dourado imperceptível sobre toda essa carnificina.

Os olhos gostavam daquilo que a alma abominava. Dividido entre a repugnância e o interesse, entre a fuga e a análise, eu me esforçava em sonhar com o que um artista do Extremo Oriente, um homem com os talentos e a curiosidade de um Hokusaï, por exemplo, poderia fazer desse espetáculo.

Que estampa, que motivos de coral ele poderia conceber! Depois meu pensamento se transportou para o que há de brutal e de cruel na poesia dos antigos. Os gregos não repugnavam ao evocar as cenas mais atrozes... Os heróis trabalhavam como açougueiros. A mitologia, a poesia épica, a tragédia estão cheias de sangue. Mas a arte é comparável a essa camada límpida e cristalina, através da qual eu via essas coisas atrozes: ela nos lança olhares que podem considerar tudo.

*

Eu não acabaria mais com minhas impressões marítimas da juventude!... Não posso me demorar comunicando a vocês tudo o que me divertia, atraía, fascinava no cais do porto; descrevendo, por exemplo, alguns daqueles barcos que não existem mais, aqueles tipos seculares que o vapor e o petróleo exterminaram, os estranhos xavecos, por exemplo, com formas de elegância oriental, a proa delgada e caprichosamente desenhada, levando antenas longuíssimas de um arremesso vivo, como um traço de pena, e que deviam ser idênticos aos navios dos Sarracenos e dos Barbarescos, na época em que esses temíveis visitantes vinham pilhar e roubar senhoras e moças em nossas costas. Meus xavecos se limitavam ao transporte de excelentes produtos. Tinham cascos pintados de amarelo e verde intensos (triunfo do tom puro) e, em suas pontes, os limões de Portugal ou as laranjas de Valência se amontoavam em pirâmides de cores fortes. Ao seu redor, no plano de água calma e verde, flutuavam muitos desses frutos amarelos ou vermelhos, caídos ou jogados do barco.

E não tentarei celebrar aqui o enlevo complexo desses aromas incoerentes que fazem da atmosfera dos cais uma enciclopédia ou uma sinfonia olfativa: o carvão, o breu, os alcoóis, a sopa de peixe, a palha e a copra, fermentando, disputam o poder e o império de nossas associações de ideias...

Mas, nessas confidências relativas, estou procedendo do concreto para o abstrato, das impressões para os pensamentos, e devo agora evocar em vocês sensações mais simples, mais profundas e mais completas, aquelas sensações do conjunto do ser que estão para as cores e cheiros assim como as formas e a composição de um discurso estão para as figuras, para suas imagens e para seus epítetos.

Quais são essas sensações gerais?

Acuso-me, diante de vocês, de ter passado por uma verdadeira loucura de luz, combinada com a loucura da água.

Minha diversão, minha única diversão, era a diversão mais pura: a natação. Fiz dela uma forma de poema, um poema que denomino *involuntário*, pois não existiu até se formar e se terminar em versos. Minha intenção, quando o fiz, não era a de cantar o estado da natação, e sim descrevê-lo — o que é muito diferente —, e a forma poética só surgiu porque o assunto, por si mesmo, a natação apenas, sustenta-se e move-se em plena poesia.

NATAÇÃO

"Parece que me encontro e me reconheço quando volto para essa água universal. Nada conheço das colheitas, das vindimas.

"Nada existe para mim nas Geórgicas.

"Mas jogar-se na água e no movimento, agir até os extremos, e da nuca aos dedos dos pés; revirar-se nessa pura e profunda substância; beber e respirar a divina amargura, tudo isso é para meu ser um jogo comparável ao amor, a ação em que meu corpo inteiro se torna sinais e forças, como uma mão se abre e se fecha, fala e age. Aqui, o corpo se dá inteiro, recupera-se, concebe-se, consome-se e quer esgotar suas possibilidades. Ele a braceja, quer prendê-la, estreitá-la, a vida e sua livre mobilidade o enlouquecem, ele a ama, ele a possui, engendra com *ela* mil ideias estranhas. Por ela, sou o homem que quero ser. Meu corpo se torna o instrumento direto do espírito e, entretanto, o autor de todas as suas ideias.

"Tudo se esclarece para mim. Compreendo até o último ponto o que poderia ser o amor. Abuso do real! As carícias são conhecimento. Os atos do amante seriam os modelos das obras.

"Então nade! mergulhe de cabeça na onda que rola em sua direção, com você se rompe e o faz rolar!

"Por alguns instantes, pensei que jamais sairia de novo da água do mar. Ela me derrubava de novo, prendia-me em sua ondulação irresistível. O recuo da enorme onda que havia me lançado na areia rolava a areia comigo. Tentei em vão enterrar meus braços na areia, ela descia com meu corpo todo.

"Enquanto eu ainda lutava um pouco, veio uma onda muito forte e atirou-me como um destroço na beira da região crítica.

"Finalmente estou andando na praia imensa, tremendo e bebendo o vento. É uma virada do sudoeste que pega as ondas de través, encrespa-as, esmaga-as, cobre-as de conchas, carrega-as com uma rede de ondas secundárias que são transportadas do horizonte até a barreira de ruptura e de espuma.

"Homem feliz de pés nus, ando, inebriado com o andar, sobre o espelho incessantemente polido pela onda infinitamente delicada."

*

Neste momento elevarei o tom dessas confidências.

O porto, os navios, os peixes e os perfumes, a natação foram apenas uma espécie de prelúdio. Devo tentar agora mostrar-lhes uma ação mais profunda do mar natal sobre o meu espírito. A precisão é uma coisa muito difícil nesses assuntos. Não gosto muito da palavra *influência*, que designa apenas uma ignorância ou uma hipótese e que desempenha um papel tão grande e tão cômodo na crítica. Mas vou dizer o que me parece.

Certamente nada me formou mais, impregnou-me mais, instruiu-me melhor — ou construiu — do que essas horas roubadas ao estudo, aparentemente distraídas mas, no fundo, devotadas ao culto inconsciente de três ou quatro deidades incontestáveis: o Mar, o Céu, o Sol. Eu encontrava, sem saber, não sei que surpresa e que exaltações do primitivo. Não vejo que livro pode valer, que autor pode edificar em nós esses estados de estupor fecundo, de contemplação e de comunhão pelos quais passei em meus primeiros anos. Melhor que qualquer leitura, melhor que os poetas, melhor que os filósofos, determinados olhares, sem pensamento definido nem definível, certas pausas sobre os elementos puros do dia, sobre os objetos mais vastos, mais simples, mais poderosamente simples e sensíveis de nossa esfera de existência, o hábito que nos impõem de restituir inconscientemente todos os acontecimentos, todos os seres, todas as expressões, todos os detalhes — das maiores coisas visíveis e das mais estáveis —, formam-nos, acostumam-nos, induzem-nos a sentir, sem esforço ou reflexão, a verdadeira proporção de nossa natureza, a encontrar em nós, sem dificuldades, a passagem para o nosso grau mais elevado, que é também o mais "humano". Possuímos, de alguma forma, uma medida de todas as coisas e de nós mesmos. As palavras de Protágoras, *o homem é a medida das coisas*, são palavras características, essencialmente mediterrâneas.

O que ele quer dizer? O que é medir?

Não é substituir o objeto que medimos pelo símbolo de um ato humano, cuja simples repetição esgota esse objeto? Dizer que o homem é a medida das coisas é, portanto, opor à diversidade do mundo o conjunto ou o grupo dos poderes humanos; é opor também à diversidade de nossos instantes, à mobilidade de nossas impressões e até à particularidade de nossa individualidade, de nossa pessoa singular e como que especializada, instalada em uma vida local e fragmentária, um EU que a resume, domina-a, contém-na, como a lei contém o caso particular, como o sentimento de nossa força contém todos os atos que nos são possíveis.

Sentimo-nos esse eu universal, que não é de forma alguma nossa pessoa acidental, determinada pela coincidência de uma infinita quantidade de condições e de acasos, pois (entre nós) quantas coisas parecem ter sido tiradas na sorte!... Mas sentimos, continuo dizendo, *quando merecemos sentir*, esse EU universal, que não tem qualquer nome nem história e para o qual nossa vida observável, nossa vida recebida e conduzida ou suportada por nós é apenas uma das inumeráveis vidas que esse eu idêntico pôde abraçar...

*

Peço desculpas. Eu me deixei levar... Mas não pensem que aquilo é "filosofia"... Não tenho a honra de ser filósofo...

Se me deixei levar foi porque um olhar para o mar é um olhar para o possível... Mas um olhar para o possível, se ainda não é filosofia, é, sem dúvida, um germe de filosofia, filosofia no estado nascente.

Perguntem-se por um momento como pôde nascer um pensamento filosófico. Quanto a mim, basta tentar responder, se eu me fizer essa pergunta, que imediatamente meu espírito me transporta para a orla de algum mar maravilhosamente iluminado. Lá estão reunidos os ingredientes sensíveis, os elementos (ou os alimentos) do estado da alma, no interior do qual vai germinar o pensamento mais geral, a questão mais abrangente: luz e espaço, diversão e ritmo, transparência e profundidade... Vocês não estão vendo que nosso espírito sente então, descobre então, nesse aspecto e nesse acordo, condições naturais, precisamente todas as qualidades, todos os atributos do conhecimento: clareza, profundidade, amplitude, medida!... O que ele vê representa-lhe o que ele é em sua essência de possuir ou de desejar. Ocorre que seu olhar para o mar dá origem a um desejo mais amplo que todo desejo passível de ser satisfeito pela obtenção de uma coisa em particular.

Ele se sente como que seduzido, como que iniciado no pensamento universal. Não pensem que os estou envolvendo aqui em sutilezas. Sabe-se que todas as nossas abstrações têm essas experiências pessoais e singulares como origem; todas as palavras do pensamento mais abstrato são palavras retiradas do uso mais simples, mais comum, que corrompemos para filosofar com elas. Vocês sabiam que a palavra latina da qual tiramos a palavra mundo significa simplesmente "ornamento"? Mas certamente vocês sabem que as palavras *hipótese*, ou *substância*, *alma* ou *espírito*, ou *ideia*, as palavras *pensar* ou *entender*, são os nomes de atos elementares como *colocar*, *pôr*, *pegar*, *respirar* ou *ver*, que aos poucos foram se carregando de sentidos e ressonâncias extraordinárias ou, ao contrário, foram se despojando progressivamente até perder tudo o que teria impedido de combiná-las com uma liberdade praticamente ilimitada. A noção de *pesar* não está presente na noção de pensar, e a respiração não é mais sugerida pelos termos do espírito e da alma. Essas criações de abstrações que a história da linguagem nos ensina são reencontradas em nossas experiências pessoais, e é pelo mesmo processo que este céu, este mar, este sol — aquilo que eu chamava há pouco de puros elementos do dia — sugeriram ou impuseram aos espíritos contemplativos essas noções de infinito, de profundidade, de conhecimento, de universo, que são sempre motivos de especulação metafísica ou física, e cujas origens bastante simples encontro na presença de uma luz, de um espaço, de uma mobilidade superabundantes, na impressão constante de majestade e de poder absoluto e, às vezes, de capricho superior, de cólera sublime, de desordem dos elementos, que terminará sempre em triunfo e em ressurreição da luz e da paz.

Acabei de falar do sol. Mas vocês já olharam para o sol algum dia? Não aconselho. Arrisquei-me algumas vezes, nos meus tempos heroicos, e achei que tinha perdido a vista. Mas, repito, algum dia vocês já sonharam com a importância imediata do sol? Não estou falando do sol da astrofísica, do sol do astrônomo, do sol como agente essencial da vida no planeta, mas simplesmente do *sol sensação*, *fenômeno soberano*, e de sua ação sobre a formação de nossas ideias. Nunca pensamos nos efeitos desse corpo ilustre... Imaginem a impressão que a presença desse astro produziu nas almas primitivas. Tudo o que vemos é composto por ele e, por composição, entendo uma ordem de coisas visíveis e a transformação lenta dessa ordem que constitui todo o espetáculo de um dia: o sol, mestre das sombras, ao mesmo tempo parte e momento, parte ofuscante e momento sempre dominante da esfera celeste, deve ter imposto às primeiras reflexões da humanidade o modelo de um poder transcendental, de um senhor único. Aliás, esse objeto sem igual, esse objeto que se esconde em seu brilho insuportável, também desempenha um papel claro e essencial nas ideias fundamentais da ciência. A consideração das sombras que ele projeta deve ter servido como primeira observação para toda uma geometria, aquela denominada *projetiva*. Sob um céu eternamente oculto, sem dúvida não teríamos nem sonhado com ela; nem ao menos teríamos instituído a medida do tempo, outra conquista primitiva que primeiramente foi praticada através do deslocamento da sombra de um ponteiro, e não há instrumento físico mais antigo ou mais venerado que uma pirâmide ou um obelisco, gnómons gigantescos, cuja natureza era ao mesmo tempo religiosa, científica e social.

O sol introduz então a ideia de um poder absoluto sobre-eminente, a ideia de ordem e de unidade geral da natureza. Vocês estão vendo como a pureza do céu, o horizonte claro e límpido, uma nobre disposição das costas podem ser não apenas condições gerais de atração para a vida e de desenvolvimento para a civilização, mas também elementos estimulantes dessa sensibilidade intelectual particular que mal se distingue do pensamento.

*

Volto agora à ideia dominante que resumirá tudo o que falei, que representa para mim mesmo a conclusão do que chamarei "minha experiência mediterrânea". Basta que eu torne precisa uma noção que é, em suma, geralmente difundida, aquela do papel ou da função preenchida pelo Mediterrâneo em razão de suas características físicas particulares na constituição do espírito europeu, ou da Europa histórica, enquanto a Europa e seu espírito modificaram o mundo inteiro dos homens.

A natureza mediterrânea, os recursos que oferece, as relações que determinou ou impôs encontram-se na origem da surpreendente transformação psicológica e técnica que, em poucos séculos, distinguiu tão profundamente os europeus do resto dos homens, e os tempos modernos, das épocas anteriores. Os mediterrâneos deram os primeiros passos seguros na direção da precisão dos métodos, na pesquisa da necessidade dos fenômenos através do uso deliberado das forças do espírito, passos esses que envolveram o gênero humano nesse tipo de aventura extraordinária que vivemos, cujos desenvolvimentos ninguém pode prever e cujo traço mais notável — o mais inquietante talvez — consiste em um distanciamento cada vez mais marcante das condições iniciais ou naturais da vida.

O imenso papel representado pelo Mediterrâneo nessa transformação que se estendeu para a humanidade é explicado (na medida em que se explica alguma coisa) por algumas observações muito simples.

Nosso mar oferece uma bacia bem circunscrita, sendo que um ponto qualquer do circuito pode ser alcançado a partir de um outro em, no máximo, alguns dias de navegação à vista das costas e, por outro lado, por caminhos terrestres.

Três "partes do mundo", ou seja, três mundos muito diferentes, margeiam esse grande lago salgado. Numerosas ilhas na parte oriental. Nenhuma maré sensível ou que, sensível, não seja praticamente desprezível. Um céu que raramente fica muito tempo encoberto, circunstância feliz para a navegação.

Finalmente, esse mar fechado que, de alguma forma, se encontra na escala dos meios primitivos do homem está inteiramente situado na zona dos climas temperados: ocupa a situação mais favorável do globo.

Em suas margens, um grande número de populações extremamente diferentes, muitos temperamentos, sensibilidades e capacidades intelectuais bem diversificados se viram em contato. Graças às facilidades de movimentos mencionadas, esses povos mantiveram relações de todas as naturezas: guerra, comércio, trocas, voluntárias ou não, de coisas, de conhecimento, de métodos; misturas de sangue, de vocábulos, de lendas ou de tradições. A quantidade de elementos étnicos em oposição ou em contraste, ao longo dos diversos períodos, a quantidade de hábitos, de línguas, de credos, de legislações, de constituições políticas sempre deram origem a uma vitalidade incomparável no mundo mediterrâneo. A concorrência (um dos traços mais evidentes da era moderna) atingiu muito cedo, no Mediterrâneo, uma intensidade singular: concorrência nos negócios, nas influências, nas religiões. Em nenhuma outra região do globo aconteceu um relacionamento tão íntimo entre essa variedade de condições e de elementos, nem houve a criação de tais riquezas, tantas vezes renovadas.

Ora, todos os fatores essenciais da civilização europeia são produtos de tais circunstâncias, o que significa que circunstâncias locais produziram efeitos (reconhecíveis) de interesse e de valor universais.

Em particular, a edificação da personalidade humana, a produção de um ideal do desenvolvimento mais completo ou mais perfeito do homem foram esboçados ou realizados em nossas costas. O homem, medida das coisas; o homem, elemento político, membro da cidade; o homem, entidade jurídica definida pelo direito; o homem, igual ao próximo diante de Deus e considerado *sub specie aeternitatis* são criações quase inteiramente mediterrâneas, cujos imensos efeitos nem precisamos lembrar.

*

Tratando-se de leis naturais ou de leis civis, o próprio tipo da lei foi determinado por espíritos mediterrâneos. Em nenhuma outra parte o poder da palavra, conscientemente disciplinada e dirigida, foi plena e utilmente desenvolvido: a palavra organizada pela lógica, empregada na descoberta de verdades abstratas, construindo o universo da geometria ou o das relações que permitem a justiça; ou então senhora do fórum, meio político essencial, instrumento regular da aquisição ou da conservação do poder. Nada mais admirável que ver nascer, em alguns séculos, de alguns povos que habitavam as costas desse mar, as invenções intelectuais mais preciosas e, entre elas, as mais puras: foi aqui que a ciência se libertou do empirismo e da prática, que a arte se despojou de suas origens simbólicas, que a literatura se diferenciou nitidamente e se constituiu em gêneros bem diferentes, e que a filosofia, finalmente, tentou, de quase todas as maneiras possíveis, considerar o universo e considerar a si mesma.

Nunca, em lugar algum, em área tão restrita e em um intervalo de tempo tão curto, puderam ser observadas tal fermentação de talentos e tal produção de riquezas.

Quarto onde Valéry escreveu "La Jeune Parque". Aquarela do autor.

POÉTICA E ESTÉTICA

INTRODUÇÃO AO MÉTODO
DE LEONARDO DA VINCI[1]

A Marcel Schwob

O que fica de um homem é o que o seu nome e as obras que fazem desse nome um sinal de admiração, de raiva ou de indiferença provocam na imaginação. Pensamos que ele pensou e podemos encontrar entre suas obras esse pensamento que lhe vem de nós: podemos refazer esse pensamento à imagem do nosso. Imaginamos facilmente um homem comum: simples lembranças ressuscitam os motivos e as reações elementares. Entre os atos indiferentes que constituem o exterior de sua existência, encontramos a mesma sequência que existe entre os nossos; somos o laço, tanto quanto ele, e o círculo de atividade sugerido por seu ser não ultrapassa o que nos pertence. Se fizermos com que esse indivíduo se sobressaia em algum ponto, será mais difícil imaginarmos os trabalhos e os caminhos de seu espírito. Para não nos limitarmos a admirá-lo confusamente, seremos obrigados a estender em uma direção nossa imaginação da propriedade dominante nele, da qual possuímos, sem dúvida, apenas o germe. Mas se todas as faculdades do espírito escolhido estão bastante desenvolvidas ao mesmo tempo, ou se os restos de sua ação parecem consideráveis em todos os gêneros, o aspecto se torna cada vez mais difícil de ser apreendido em sua unidade e tende a escapar ao nosso esforço. De uma extremidade dessa extensão mental à outra, há distâncias tais que nunca as percorremos. Falta continuidade desse conjunto ao nosso conhecimento, como se esquivam esses farrapos disformes de espaço que separam objetos conhecidos, acarretando intervalos ao acaso; como se perdem a cada instante miríades de fatos, fora do pequeno número daqueles que são despertados pela linguagem. É preciso, contudo,

A dificuldade de ter que escrever sobre um grande assunto obrigou-me a considerar o problema e a enunciá-lo antes de começar a resolvê-lo. O que não é, geralmente, o movimento do espírito literário, o qual não se demora medindo o abismo que é de sua natureza superar.

Escreveria esse primeiro parágrafo completamente diferente hoje; mas conservaria sua essência e função. Pois seu objetivo é fazer pensar na possibilidade de qualquer obra desse gênero, ou seja, nos estados e nos meios de um espírito querendo imaginar um espírito.

[1] Escrito em 1894. Publicado em *La Nouvelle Revue*, 1895.

demorar-se, acostumar-se, superar o esforço imposto à nossa imaginação por essa reunião de elementos heterogêneos em relação a ela. Qualquer inteligência, nesse caso, confunde-se com a invenção de uma ordem única, de um único motor, e deseja animar com uma espécie semelhante o sistema que ela se impõe. Dedica-se a formar uma imagem decisiva. Com uma violência que depende de sua amplidão e de sua lucidez, acaba reconquistando sua própria unidade. Como se fosse através da operação de um mecanismo, uma hipótese se declara e mostra-se ao indivíduo que fez tudo, a visão central onde tudo deve ter acontecido, o cérebro monstruoso em que o estranho animal que teceu milhares de laços puros entre tantas formas e de quem essas construções enigmáticas e diversas foram os trabalhos, com o instinto fazendo as vezes de abrigo. A produção dessa hipótese é um fenômeno que comporia variações, mas nenhum acaso. Ela vale o que valerá a análise lógica da qual deverá ser o objeto. E o conteúdo do método que vai nos ocupar e servir.

Proponho-me a imaginar um homem do qual tenham surgido ações tão distintas que, se eu quiser supor-lhe um pensamento, não haverá outro tão extenso. E não quero que haja um sentimento da diferença das coisas infinitamente vigoroso, cujas aventuras bem poderiam ser denominadas análise. Vejo que tudo o orienta: é com o universo que ele sempre sonha, e com o rigor[2]. Ele é feito para nada esquecer daquilo que entra na confusão do que existe: nenhum arbusto. Desce para a profundeza do que é de todo mundo, distancia-se e olha-se. Atinge os hábitos e estruturas naturais, trabalha-os em todos os sentidos e acontece-lhe ser o único que constrói, enumera, emociona. Deixa igrejas, fortalezas; realiza figuras cheias de doçura e de grandeza, mil mecanismos e as figurações rigorosas de muitas pesquisas. Abandona os destroços de não se sabe que grandes jogos. Nesses passatempos, que se ocupam de sua ciência, sendo que esta não se distingue de uma paixão, ele tem o encanto de parecer estar sempre pensando em outra coisa... Seguirei seu movimento na unidade bruta e na densidade do mundo,

Na realidade, denominei homem e Leonardo o que me surgia então como o poder do espírito.

Universo é antes universalidade. Não quis designar o Total fabuloso (que a palavra Universo tenta evocar normalmente), enquanto sentido de dependência de qualquer objeto a um sistema contendo (por hipótese) algo com que definir qualquer objeto...

[2] *Hostinato rigore*, obstinado rigor. Divisa de Leonardo.

onde tornará a natureza tão familiar que irá imitá-la para atingi-la, e acabará na dificuldade de conceber um objeto que ela não contenha.

Falta um nome a essa criatura de pensamento para conter a expansão de termos normalmente distanciados demais e que se ocultariam. Nenhum parece ser mais conveniente que o de *Leonardo da Vinci*. Aquele que imagina uma árvore é forçado a imaginar um céu ou um fundo para vê-la sustentada. Existe aí uma espécie de lógica quase sensível e quase desconhecida. O personagem que estou designando reduz-se a uma dedução desse gênero. Quase nada do que eu saberia dizer deverá se ouvir do homem que ilustrou esse nome: não busco uma coincidência, que julgo impossível definir mal. Tento dar uma visão sobre o detalhe de uma vida intelectual, uma sugestão dos métodos que qualquer criação implica, *uma*, escolhida entre a multidão de coisas imaginárias, modelo que adivinhamos ser grosseiro, mas de qualquer forma preferível às sequências de anedotas duvidosas, aos comentários dos catálogos de coleções, às datas. Tal erudição só iria falsear a intenção totalmente hipotética deste ensaio. Não a desconheço, mas não devo falar sobre ela para que não se confunda uma conjectura relativa a termos muito generalizados com destroços externos de uma personalidade bem apagada que nos são oferecidos pela certeza de sua existência pensante, tanto quanto por aquela de nunca conhecê-la melhor.

Muitos erros, arruinando os julgamentos sobre as obras humanas, devem-se a um esquecimento singular de sua produção. Frequentemente esquecemo-nos de que nem sempre elas existiram. Resultou daí uma espécie de galantaria recíproca que geralmente faz calar, e até esconder muito bem, as origens de uma obra. Receamos que sejam humildes; chegamos até a temer que fossem naturais. E, embora pouquíssimos autores tenham a coragem de dizer como formaram sua obra, creio que não existem muitos que se arriscaram a sabê-lo. Tal procura começa pelo abandono difícil das noções de glória e dos epítetos laudatórios; ela não sustenta qualquer ideia de superioridade, qualquer mania de grandeza. Leva a

Um autor que compõe uma biografia pode tentar viver seu personagem, ou então construí-lo. E há oposição entre essas opiniões. Viver é transformar-se no incompleto.
A vida, nesse sentido, é feita totalmente de histórias, detalhes, instantes.
A construção, ao contrário, implica as condições a priori de uma existência que poderia ser COMPLETAMENTE DIFERENTE.
Essa espécie de lógica é o que leva, na sequência das experiências sensíveis, a formar o que denominei mais acima um Universo, e conduz aqui a um personagem.
Trata-se, em suma, de um uso do possível do pensamento, controlado pelo máximo de consciência possível.

Exprimiria tudo isso de uma forma bem diferente hoje; mas reconheço-me nessa vontade de imaginar o trabalho de um lado e as circunstâncias acidentais do outro, que dão origem às obras.

Os efeitos de uma obra nunca são uma consequência simples das condições de sua produção. Ao contrário, pode-se dizer que uma obra tem como objetivo secreto levar a imaginar uma produção dela mesma, tão pouco verdadeira quanto possível.

É possível fazer alguma coisa sem acreditar que se faz uma outra!... O objetivo do artista não é tanto a obra, mas o que ela fará dizer, que nunca depende simplesmente do que ela é.

As ciências e as artes diferem principalmente nisto, que as primeiras devem visar resultados certos ou enormemente prováveis; as segundas podem esperar apenas resultados de probabilidades desconhecidas.

Entre o modo de produção e o fruto, surge um contraste.

Os famosos PENSAMENTOS *não são tanto honestos pensamentos para si quanto argumentos — armas, venenos, estupefacientes — para outros.*

Sua forma às vezes é tão perfeita, tão requintada que marca uma intenção de falsificar o verdadeiro "Pensamento", de torná-lo mais imponente.

descobrir a relatividade sob a aparente perfeição. É necessária para não se acreditar que os espíritos são tão profundamente diferentes quanto o fazem parecer suas produções. Certos trabalhos das ciências, por exemplo, e os da matemática em particular, apresentam tal limpidez na armação que diríamos ser a obra de ninguém. Têm alguma coisa de *inumano*. Essa disposição não foi ineficaz. Fez supor uma distância tão grande entre certos estudos, como as ciências e as artes, que os espíritos originários ficaram totalmente separados na opinião e exatamente na mesma medida em que os resultados de seus trabalhos pareciam estar. Estes últimos, contudo, só diferem depois das variações de um conteúdo comum, através daquilo que conservam e negligenciam ao formar suas linguagens e seus símbolos. É preciso, portanto, desconfiar um pouco dos livros e das exposições puras demais. O que é fixo ilude-nos, e o que é feito para ser olhado muda de comportamento, enobrece-se. Movediças, indecisas, ainda à mercê de um movimento é que as operações do espírito vão poder nos servir antes de as denominarmos divertimento ou lei, teorema ou objeto de arte, e de elas se distanciarem, no final, de sua analogia.

Internamente há um drama. Drama, aventuras, agitações, todas as palavras dessa espécie podem ser empregadas, contanto que sejam numerosas e corrigidas uma pela outra. Esse drama se perde na maior parte das vezes, exatamente como as peças de Menandro. Contudo guardamos os manuscritos de Leonardo e as brilhantes notas de Pascal. Esses fragmentos nos forçam a interrogá-los. Fazem-nos adivinhar através de que sobressaltos de pensamento, de que extravagantes introduções dos acontecimentos humanos e das sensações contínuas, depois de que imensos minutos de fraqueza mostraram-se aos homens as sombras de suas obras futuras, os fantasmas que precedem. Sem recorrer a exemplos tão grandes que acarretem o perigo dos erros da exceção, basta observar alguém que se acredite sozinho e abandone-se; quem *recua* diante de uma ideia; quem a segura; quem nega, sorri ou contrai-se, e imita a estranha situação de sua própria diversidade. Os loucos se entregam a ela diante de todo mundo.

Eis exemplos que ligam imediatamente deslocamentos físicos, acabados, mensuráveis à comédia pessoal de que eu falava. Os atores aqui são imagens mentais, e é fácil compreender que, se dissiparmos a particularidade dessas imagens para ler apenas sua sucessão, sua frequência, sua periodicidade, sua facilidade diversa de associação, sua duração, enfim, logo somos tentados a encontrar analogias no mundo denominado material, a aproximar as análises científicas, a supor-lhes um meio, uma continuidade, propriedades de deslocamento, velocidades e, a seguir, massas, energia. Reparamos então que uma profusão desses sistemas é possível, que um deles, em particular, não vale mais que um outro, e que seu uso, precioso, pois sempre esclarece alguma coisa, deve ser a todo instante vigiado e restituído a seu papel puramente verbal. Pois a analogia é precisamente apenas a faculdade de variar as imagens, combiná-las, fazer coexistir a parte de uma com a parte da outra e perceber, voluntariamente ou não, a ligação de suas estruturas. E isso torna indescritível o espírito, que é seu lugar. As palavras perdem sua virtude. Lá, elas se formam, brilham diante de seus *olhos*: é ele que nos descreve as palavras.

O homem leva, assim, *visões*, cuja força faz a dele. Relaciona sua história a elas. São seu lugar geométrico. De lá caem essas decisões que surpreendem, essas perspectivas, essas adivinhações fulminantes, essas precisões de julgamento, essas inspirações, essas incompreensíveis inquietudes, e asneiras. Pergunta-se com estupefação, em certos casos extraordinários, ao invocar deuses abstratos, o gênio, a inspiração e mil outros, de onde vêm esses acidentes. Uma vez mais acredita-se que alguma coisa foi criada, pois o mistério e o maravilhoso são tão adorados quanto os bastidores são ignorados; trata-se a lógica como milagre, mas o inspirado estava pronto há um ano. Estava maduro. Tinha pensado sempre nisso, talvez sem suspeitar, e, onde os outros ainda não estavam vendo, ele tinha olhado, combinado, e não fazia mais que ler em seu espírito. O segredo, tanto o de Leonardo quanto o de Bonaparte, quanto o que a inteligência mais elevada possui uma vez, está e só pode estar nas relações

Diria que o que existe de mais real no pensamento é o que não é imagem ingênua da realidade sensível; mas a observação, aliás precária e frequentemente suspeita, do que se passa em nós, induz-nos a acreditar que as variações dos dois mundos são parecidas: o que permite exprimir grosso modo o mundo psíquico propriamente dito através das metáforas tomadas emprestadas ao mundo sensível e, particularmente, aos atos e às operações que podemos realizar fisicamente.

Assim: pensamento, *ponderado;* apreender; compreender; hipótese, síntese *etc.*

Duração provém de duro. O que volta, por outro lado, a dar valores duplos a certas imagens visuais, táteis, motrizes, ou às suas combinações.

A palavra continuidade *absolutamente não é a ideal. Lembro-me de tê-la escrito em lugar de uma outra que não consegui encontrar.*
Eu queria dizer: entre coisas que não sabemos transpor ou traduzir em um sistema do conjunto de nossos atos.
Ou seja: o sistema de nossos poderes.

que eles encontraram — que foram forçados a encontrar —, *entre coisas cuja lei de continuidade nos escapa.* É certo que, no momento decisivo, só precisavam realizar atos definidos. A função suprema, aquela que o mundo olha, não passa de algo simples como comparar dois comprimentos.

Esse ponto de vista torna perceptível a unidade de métodos com que nos ocupamos. Nesse meio ela é nativa, elementar. É a própria vida e a definição. E, quando pensadores tão poderosos quanto aquele com quem sonho ao longo dessas linhas retiram dessa propriedade os recursos implícitos, têm então o direito de escrever em um momento mais consciente e mais claro: *Fácil cosa è farsi universale!* É fácil universalizar-se! eles podem, em um momento, admirar o prodigioso instrumento que representam — com o risco de negar instantaneamente um prodígio.

Mas essa clareza final só desperta depois de longos trâmites, de idolatrias indispensáveis. A consciência das operações do pensamento, que é a lógica ignorada de que falei, só existe raramente, mesmo nas cabeças mais fortes. O número das concepções, a força de prolongá-las, a abundância das criações são coisas diferentes e produzem-se fora do julgamento feito sobre sua natureza. Essa opinião, contudo, tem uma importância fácil de ser representada. Uma flor, uma proposição, um barulho podem ser imaginados quase simultaneamente; podemos fazer com que se sucedam com a proximidade que desejamos; qualquer um desses objetos de pensamento pode também transformar-se, ser deformado, perder sucessivamente sua fisionomia inicial ao sabor do espírito que o mantém; mas o conhecimento desse poder, sozinho, confere-lhe todo o seu valor. Permite que se critiquem essas *formações*, que sejam interpretadas, que se encontre nelas apenas o que contêm e não estender os estados diretamente aos da realidade. Com ele começa a análise de todas as fases intelectuais, de tudo o que se vai poder denominar loucura, ídolo, criação — primeiramente nuanças que não se distinguem entre si. Eram variações equivalentes de uma substância comum; comparavam-se, faziam flutuações indefinidas e como que irresponsáveis, podendo nomear-se algumas vezes, todas do mesmo sistema. A consciência dos pensamentos que temos, enquanto pensamentos, é reconhecer essa espécie de igualdade ou de homogeneidade; sentir que todas as combinações desse tipo são legítimas, naturais, e que o método consiste em excitá-las, em vê-las com precisão, em procurar o que elas implicam.

Em um ponto dessa observação ou dessa dupla vida mental que reduz o pensamento comum ao sonho de um dorminhoco acordado, parece que a série desse sonho, a nuvem de combinações, de contrastes, de percepções que se agrupa em torno de uma procura, ou que foge indeterminada, de acordo com o prazer, desenvolve-se com uma regularidade *perceptível*, uma continuidade evidente de máquina. Surgiu então a ideia (ou o desejo) de precipitar o curso dessa sequência, de levar os termos ao *limite*, àquele de suas expressões imagináveis, *depois do qual tudo será mudado*. E se esse modo de ser consciente torna-se habitual, acabaremos, por exemplo, examinando de improviso todos os resultados possíveis de um ato considerado, todas as relações de um objeto concebido para acabar, imediatamente, desfazendo-se deles, na faculdade de adivinhar sempre uma coisa mais intensa ou mais exata que a coisa dada, no poder de se despertar fora de um pensamento que durava demais. Qualquer que seja, um pensamento que se fixa adquire as características de uma hipnose e torna-se, na linguagem lógica, um ídolo; no campo da construção poética e da arte, uma infrutífera monotonia. O sentido de que falo e que leva o espírito a prever a si mesmo, a imaginar o conjunto do que ia ser imaginado em detalhes e o efeito da sucessão assim resumida são a condição de qualquer generalidade. Ele, que se apresentou em certos indivíduos sob a forma de uma verdadeira paixão e com uma energia singular; que, nas artes, permite todos os avanços e explica o emprego cada vez mais frequente de termos estreitos, resumos e contrastes violentos, existe implicitamente sob sua forma racional no conteúdo de todas as concepções matemáticas. É uma operação bem parecida com ele que, sob o nome de

Essa observação (da passagem para o limite dos desenvolvimentos psíquicos) teve o mérito de o autor ter se detido nela. Ela sugeria pesquisas sobre o tempo, sobre o que eu denomino às vezes pressão de tempo sobre o papel das circunstâncias externas, sobre a instituição voluntária de certos limiares...
Existe aí uma mecânica íntima completa, muito delicada, na qual durações particulares desempenham o maior papel, são incluídas umas nas outras etc.

Minha opinião é de que o segredo desse raciocínio ou indução matemática reside em uma espécie de consciência da independência de um ato em relação à sua matéria.

raciocínio de recorrência[3], dá a essas análises a extensão e que, a partir do tipo da adição até a soma infinitesimal, faz mais do que poupar um número indefinido de experiências inúteis: eleva-se a seres mais complexos porque a imitação consciente do meu ato é um novo ato que reveste todas as adaptações possíveis do primeiro.

Esse quadro, dramas, turbilhões, lucidez, opõem-se por si mesmo a outros movimentos e a outras cenas que tiram de nós os nomes de "Natureza" ou de "Mundo", com os quais não sabemos fazer outra coisa além de nos distinguirmos deles para imediatamente voltarmos a eles.

Eis o vício fundamental da filosofia. Ela é uma coisa pessoal e não quer sê-lo. Ela quer formar, como a ciência, um capital transmissível sempre crescente. Vêm daí os sistemas que pretendem ser de ninguém.

A tendência dos filósofos geralmente foi a de implicar nossa existência dentro dessa noção, e ela, dentro da nossa própria: mas eles não vão além disso, pois sabem que terão que debater o que seus predecessores viram, bem mais do que ver em pessoa. Os sábios e os artistas desfrutaram diversamente dela, e alguns acabaram medindo e depois construindo; e os outros, construindo como se houvessem medido. Tudo o que fizeram substitui-se por si mesmo no meio e participa dele, continuando-o através de novas formas dadas aos materiais que o constituem. Mas antes da abstração e da construção observa-se: a personalidade dos sentidos, sua diferente dócil idade, distingue, e seleciona, entre as qualidades propostas em massa, aquelas que serão conservadas e desenvolvidas pelo indivíduo. A constatação é sentida primeiramente, quase sem pensamento, com o sentimento de se deixar inspirar e o de uma circulação lenta e como que feliz: acontece de interessarmo-nos e de darmos às coisas que estavam fechadas, irredutíveis, outros valores; acrescentamos, aproveitamos ainda mais alguns pontos particulares, exprimimo-los e produz-se como que a restituição de uma energia que os sentidos teriam recebido; imediatamente ela deformará o local por sua vez, empregando o pensamento refletido de uma pessoa.

Utilidade dos artistas.

O homem universal também começa simplesmente contemplando e volta sempre a impregnar-se de espetáculos.

[3] A importância filosófica desse raciocínio foi posta em evidência pela primeira vez pelo senhor Poincaré em um artigo recente. Consultado pelo autor sobre a questão de prioridade, o ilustre cientista confirma a atribuição que lhe fazemos.

Retorna aos êxtases do instinto particular e à emoção dada pela menor coisa real quando se olha para ambos, tão aproximados por todas as suas qualidades e concentrando de qualquer maneira tantos efeitos.

Conservação da sutileza e da instabilidade sensoriais.

A maioria das pessoas vê através do intelecto com uma frequência bem maior do que através dos olhos. Ao invés de espaços coloridos, tomam conhecimento de conceitos. Uma forma cúbica, esbranquiçada, em relevo e trespassada por reflexos de vidros imediatamente é uma casa para eles: o Lar! Ideia complexa, acordo de qualidades abstratas. Se se deslocam, o movimento das filas de janelas, a translação das superfícies que desfigura continuamente sua sensação escapam, pois o conceito não muda. Percebem mais de acordo com o léxico que segundo a retina, aproximam tão mal os objetos, conhecem tão vagamente os prazeres e os sofrimentos de ver, que inventaram os *belos locais*. Ignoram o resto. Mas quando isso acontece, regalam-se com um conceito que formiga de palavras. (Uma regra geral dessa fraqueza que existe em todos os campos do conhecimento é precisamente a escolha de lugares *evidentes*, o repouso em sistemas definidos que facilitam, colocam ao alcance... Assim, pode-se dizer que a obra de arte é sempre mais ou menos didática.) Esses belos locais são muito fechados. E todas as modulações que os pequenos passos, a luz, o peso do olhar dirigem não os atingem. Nada fazem ou desfazem em suas sensações. Sabendo que o nível das águas tranquilas é horizontal, ignoram que o mar está *de pé* no fundo da vista; se a ponta de um nariz, um movimento de ombros, dois dedos mergulham ao acaso em um raio de luz que os isola, nunca imaginam outra coisa a não ser uma joia nova que enriquece sua visão. Essa joia é um fragmento de uma pessoa que existe só, é conhecida. E como devolvem ao nada o que carece de denominação, o número de suas impressões encontra-se estritamente acabado de antemão[4].

Um artista moderno deve perder dois terços de seu tempo tentando ver o que é visível e, principalmente, não ver o que é invisível.

Com muita frequência, os filósofos expiam a culpa de terem agido ao contrário.

Uma obra de arte deveria ensinar-nos sempre que não havíamos visto o que vemos. A educação profunda consiste em desfazer a educação primitiva.

[4] Ver no *Tratado da Pintura* a proposição CCIXXI. *"Impossibile che una memoria possa riserbare tutti gli aspetti o mutationi d'alcun membro di qualunque animal si sia. ... E perchè ogni quantità continua è divisibile in infinito..."* [É impossível que uma memória possa guardar todos os aspectos ou mutações de algum membro de qualquer animal. Demonstração geométrica pela divisibilidade ao infinito de uma grandeza contínua].

Ou seja: do ver *mais coisas do que se* sabe.

Esta é a expressão ingênua de uma dúvida, familiar ao autor, sobre o verdadeiro valor ou verdadeiro papel das palavras.

As palavras *(da linguagem comum)* não são feitas *para a lógica.*

Jovem tentativa de imaginar um universo *individual.*

Um Eu e seu Universo, admitindo que esses mitos sejam úteis, devem, em qualquer sistema, ter entre eles as mesmas relações que as de uma retina com uma fonte de luz.

O uso do dom contrário leva a verdadeiras análises. Não se pode dizer que ele é exercido na *natureza*. Essa palavra, que parece ser geral e conter qualquer possibilidade de experiência, é absolutamente particular. Ela evoca imagens pessoais determinando a memória ou a história de um indivíduo. Na maior parte das vezes, suscita a visão de uma erupção verde, vaga e contínua de um grande trabalho elementar opondo-se ao humano, de uma quantidade monótona que vai nos ocultar de alguma coisa mais forte que nós, embaraçando-se, rasgando-se, dormindo, ainda bordando, e a quem, personificada, os poetas atribuíram crueldade, bondade e diversas outras intenções. É preciso então colocar aquele que olha e pode ver em um canto *qualquer* daquilo que existe.

O observador está preso em uma esfera que nunca se rompe; onde existem diferenças que serão os movimentos e os objetos e cuja superfície se conserva fechada, embora todas as porções se renovem e se desloquem. O observador no início é apenas a condição desse espaço finito: a todo instante ele é esse espaço finito. Nenhuma lembrança, nenhum poder o perturba a ponto de ele igualar-se àquilo que está olhando. E por menos que eu possa imaginá-lo permanecendo assim, imaginarei que suas impressões diferem o mínimo possível das que receberia em um sonho. Consegue sentir o bem, o mal, a calma vindo-lhe[5] dessas formas insignificantes, entre as quais se encontra seu próprio corpo. E eis que algumas começam lentamente a se fazer esquecer, mal sendo vistas, enquanto outras começam a se fazer notar — ali, onde sempre estiveram. Uma confusão muito íntima entre as

Em suma, os erros e as analogias resultam deste fato, que uma impressão pode ser completada *de duas ou quatro maneiras diferentes. Uma* nuvem, *uma terra, um* navio *são três formas de* completar *uma certa aparência de objeto que aparece no mar, no horizonte. O desejo ou a espera precipita uma dessas palavras no espírito.*

O que eu disse sobre a visão aplica-se aos outros sentidos. Escolhi-a por me parecer o mais *espiritual* de todos. No espírito, as imagens visuais predominam. É entre elas que a faculdade analógica é exercida com maior frequência. O termo inferior dessa faculdade, que é a comparação entre dois objetos, pode até ter como origem um erro de julgamento acompanhando uma sensação meio indistinta. A forma e a cor de um objeto são tão evidentemente principais que entram na concepção de uma qualidade desse objeto referindo-se a outro sentido. Se falarmos da dureza do ferro, quase sempre a imagem visual do ferro será produzida e raramente uma imagem auditiva.

[5] Sem abordar as questões fisiológicas, menciono o caso de um indivíduo com mania depressiva que vi em uma clínica. Esse doente, no estado de *vida moderada*, reconhecia os objetos com uma lentidão extraordinária. As sensações atingiam-no no final de um tempo considerável. Nenhuma necessidade era sentida. Essa forma, que às vezes recebe o nome de mania estúpida, é raríssima.

mudanças provocadas na visão por sua demora e o cansaço com aquelas que se devem aos movimentos comuns deve ser observada. Certos lugares na extensão dessa visão estão exagerados, como um membro doente parece maior e atrapalha a ideia que se tem do corpo, pela importância que lhe é atribuída pela dor. Esses pontos fortes parecerão mais fáceis à lembrança, mais suaves à visão. É o momento em que o espectador eleva-se ao devaneio e, de agora em diante, vai poder encontrar em objetos cada vez mais numerosos características particulares provenientes dos primeiros e dos mais conhecidos. Ele aperfeiçoa o espaço dado lembrando-se de um anterior. Depois arruma e desfaz à vontade suas impressões sucessivas. Pode apreciar estranhas combinações: olha como um ser total e sólido um grupo de flores ou de homens, uma mão, um rosto isolado, uma mancha de luz em uma parede, um encontro de animais que se juntaram por acaso. Começa a querer imaginar conjuntos invisíveis, cujas partes lhe são fornecidas. Adivinha as voltas feitas por um pássaro durante seu voo, a curva realizada por uma pedra arremessada, as superfícies que definem nossos gestos e os rasgões extraordinários, os arabescos fluidos, os quartos disformes criados em uma rede que penetra em tudo através da risca discordante do ruído dos insetos, do balanço das árvores, das rodas, do sorriso humano, da maré. Às vezes os traços daquilo que imaginou podem ser vistos nas areias, nas águas; às vezes sua própria retina pode comparar, no tempo, a forma de um objeto ao seu deslocamento.

Das formas nascidas do movimento, há uma passagem para os movimentos em que se transformam as formas com a ajuda de uma simples variação na duração. Se a gota de chuva aparece como uma linha, mil vibrações, como um som contínuo, os acidentes desse papel, como um plano liso e se a duração da impressão foi empregada sozinha, uma forma estável pode ser substituída por uma rapidez conveniente na transformação periódica de uma coisa (ou elemento) bem escolhida. Os geômetras poderão introduzir o tempo, a velocidade no estudo das formas da mesma maneira como poderão desviá-las do dos movimentos; e as linguagens farão

A inegalidade introduz-se necessariamente, a consciência é essencialmente instável.

Existe um tipo de liberdade de agrupamento, de correspondências e de neutralizações exercidas no campo total da percepção.

Se muitos falam ao mesmo tempo, podemos seguir apenas o discurso de um deles.

Trata-se aí de intuições, *no sentido etimológico estrito do termo.*

Uma imagem pode ser previsão em relação a uma outra.

Papel essencial da persistência das impressões.

Há uma espécie de simetria entre essas duas transformações inversas entre si.
À espacialização da sucessão corresponde o que eu chamava antigamente de cronólise do espaço.

É isso o que veríamos em uma certa escala, se nela subsistissem a luz e a retina. Mas não veríamos mais os objetos. Portanto, o papel do espírito aqui é combinar ordens de grandezas ou de qualidades incompatíveis, acomodações que se excluem...

É graças à hierarquia dos sentidos e das durações de percepção que opomos a esse caos de palpitações e de substituições um mundo de sólidos e de objetos identificáveis.

Diretamente só percebemos persistências e médias.

Sempre essa força de desigualdade.

com que um quebra-mar *se alongue*, com que uma montanha *cresça*, com que uma estátua *se erga*. E a vertigem da analogia, a lógica da continuidade transportam essas ações ao limite de sua tendência, à impossibilidade de uma pausa. Tudo se move de grau em grau, imaginariamente. Neste quarto, por deixar que esse pensamento fique sozinho, os objetos *agem* como a chama da lamparina: a poltrona se consome no mesmo lugar, a mesa foi descrita tão rapidamente que fica imóvel, as cortinas fluem sem parar, continuamente. Eis aqui uma complexidade infinita; para recuperar-se através da moção dos corpos, da circulação dos contornos, da mistura das articulações, das estradas, quedas, turbilhões, labirinto de velocidades, é preciso recorrer a nosso grande poder de esquecimento ordenado — e, sem destruir a noção adquirida, instala-se uma concepção abstrata: a das ordens de grandeza.

Assim, no aumento do "que é dado", expira o êxtase dessas coisas particulares, das quais não existe ciência. Olhando-as durante muito tempo, se pensarmos nelas, transformam-se; e se não pensarmos, caímos em um torpor que se mantém e compõe-se como um sonho tranquilo em que fixamos hipnoticamente o ângulo de um móvel, a sombra de uma folha, para despertar assim que os vemos. Certos homens sentem, com uma delicadeza especial, a volúpia da *individualidade* dos objetos. Preferem, deliciados, essa qualidade, de ser única, de alguma coisa — que todas têm. Curiosidade que encontra sua última expressão na ficção e nas artes do teatro e que foi denominada, nessa extremidade, a *faculdade de identificação*[6]. Nada é mais deliberadamente absurdo para a descrição do que esta temeridade de uma pessoa que se declara um objeto determinado e que sente as impressões — sendo, esse, um objeto material![7] Nada é mais forte na vida imaginativa. O objeto escolhido se torna o centro dessa vida, um centro de associações cada vez mais numerosas, dependendo do fato de o objeto ser mais ou menos complexo. No fundo, essa faculdade só pode ser um meio de excitar a

---

[6] Edgar Poe, *Sobre Shakespeare* (Marginalia).
[7] Se esclarecêssemos por que a identificação com um objeto material *parece* mais absurda que a com um objeto vivo, teríamos avançado um passo na questão.

vitalidade imaginária, de transformar uma energia potencial em atual, até o ponto em que se torna uma característica patológica e domina terrivelmente a estupidez crescente de uma inteligência que se vai.

Do olhar puro para as coisas até esses estados, o espírito apenas aumentou suas funções, criou seres de acordo com os problemas que qualquer sensação impõe e que ele resolve mais ou menos facilmente, dependendo do fato de ser-lhe solicitada uma produção mais ou menos forte de tais seres. Abordamos aqui a própria *prática* do pensamento. Pensar consiste, quase todo o tempo em que o fazemos, em errar entre motivos sobre os quais sabemos, antes de mais nada, que os conhecemos *mais ou menos bem*. As coisas poderiam ser classificadas de acordo com a facilidade ou dificuldade que oferecem à nossa compreensão, de acordo com o grau de familiaridade que temos com elas e de acordo com as diversas resistências opostas por suas condições ou suas partes em serem imaginadas juntas. Falta ainda conjecturar a história dessa graduação da complexidade.

Ainda a desigualdade.

A passagem do menos para o mais é espontânea. A passagem do mais para o menos é refletida, rara, esforço contra o costume e a aparência de compreensão.

O mundo está irregularmente semeado com disposições regulares. Os cristais estão; as flores, as folhas; muitos enfeites, com estrias, manchas sobre a pele, as asas, as conchas dos animais; os vestígios do vento nas areias e nas águas etc. Às vezes esses efeitos dependem de uma espécie de perspectiva e de agrupamentos inconstantes. O distanciamento os produz ou altera. O tempo os mostra ou oculta. Assim o número de mortes, de nascimentos, de crimes e de acidentes apresenta uma regularidade em sua variação que se acusa quanto mais a procuramos durante um maior número de anos. Os acontecimentos mais surpreendentes e os mais *assimétricos* em relação ao curso dos instantes vizinhos entram em uma ordem aparente em relação a períodos mais amplos. Pode-se acrescentar a esses exemplos o dos instintos, dos usos e dos costumes, e mesmo às aparências de periodicidade que deram origem a tantos sistemas de filosofia histórica.

Se tudo fosse irregular ou completamente regular, não haveria pensamento, pois ele não passa de uma tentativa de passar da desordem para a ordem, precisando de ocasiões da primeira — e de modelos da segunda.

O isolado, o singular, o individual são inexplicáveis, ou seja, só encontram expressão em si.

Dificuldades insuperáveis apresentadas pelos números primos.

O conhecimento das combinações regulares pertence às ciências diversas e, quando não pôde se constituir delas, ao cálculo das probabilidades. Nosso propósito só precisa

— o qual invadiu quase toda a Física desde 1894.

INTRODUÇÃO AO MÉTODO DE LEONARDO DA VINCI   153

dessa observação, feita assim que começamos a falar delas: as combinações regulares de tempo ou de espaço estão distribuídas irregularmente no campo de nossa investigação. Mentalmente parecem opor-se a uma grande quantidade de coisas disformes.

Acho que poderiam ser qualificadas como "os primeiros guias do espírito humano" se uma proposta assim não fosse imediatamente transformável. De qualquer forma, elas representam a *continuidade*[8]. Um pensamento comporta uma mudança ou uma transferência (de atenção, por exemplo) entre elementos considerados fixos em relação a elas e que ele escolhe na memória ou na percepção atual. Se esses elementos são perfeitamente iguais, ou se sua diferença se reduz a uma simples distância, ao fato elementar de não se confundirem, o *trabalho* a ser feito se reduz a essa noção puramente diferencial. Assim, uma linha reta será a mais fácil de conceber entre todas as linhas, porque não há esforço menor para o pensamento do que aquele a ser feito ao passar de um de seus pontos a um outro, sendo que cada um deles está igualmente localizado em relação a todos os outros. Em outras palavras, todas as suas porções são tão homogêneas, por mais curtas que as imaginemos, que se reduzem todas a uma só, sempre a mesma: e é por isso que sempre reduzimos as dimensões das figuras a comprimentos retos. Em um grau mais elevado de complexidade, a periodicidade é que é solicitada a representar as propriedades contínuas, pois essa periodicidade, ocorrendo no tempo ou no espaço, não passa da divisão de um objeto de pensamento em fragmentos tais que possam substituir-se reciprocamente em certas condições definidas — ou da multiplicação desse objeto sob as mesmas condições.

Por que, de tudo o que existe, somente uma parte pode ser reduzida assim? Há um instante em que a figura se torna tão complexa, em que o acontecimento parece tão novo que é

A mais fácil de se conceber, dificílima de se definir.

Essa passagem inteira é uma tentativa juvenil, e muito infeliz, de descrever as intuições mais simples, *através das quais o mundo das imagens e o sistema dos* conceitos *conseguem unir-se às vezes.*

Eis-nos — em 1930 — no ponto em que essas dificuldades tornam-se prementes. *Em 91 exprimi muito grosseiramente este estado atual, estamos nos desesperando com qualquer explicação* figurada *— e mesmo inteligível.*

[8] Essa palavra aqui não tem o sentido dos matemáticos. Não se trata de inserir em um *intervalo* um infinito enumerável e um infinito não enumerável de valores; trata-se apenas da intuição ingênua, de objetos que lembram leis, leis que falam aos olhos. A existência ou a possibilidade de coisas parecidas é o primeiro *fato*, não o menos surpreendente, dessa ordem.

preciso renunciar a tomá-los harmoniosamente, a buscar sua tradução em valores contínuos. Em que ponto os Euclides pararam no conhecimento das formas? Em que grau da interrupção da continuidade imaginada discordaram? É um ponto final de uma procura em que não podemos deixar de ser tentados pelas doutrinas da evolução. Não queremos confessar que esse limite pode ser definitivo.

o que Langevin espera, e não eu — discussão na Sociedade de filosofia — em 1929.

Em suma, ele cria uma espécie de acomodação à diversidade, à multiplicidade, à instabilidade dos fatos.

O certo é que todas as especulações têm como fundamento e como objetivo a extensão da continuidade com a ajuda de metáforas, de abstrações e de linguagens. As artes utilizam-nas de uma maneira sobre a qual falaremos em breve.

Conseguimos representar o mundo como se ele estivesse deixando-se reduzir aqui e ali em elementos inteligíveis. Algumas vezes nossos sentidos são suficientes, outras vezes os métodos mais engenhosos são empregados, mas sobram vazios. As tentativas permanecem lacunares. O reino de nosso herói é aqui. Ele tem um sentido extraordinário da simetria que transforma tudo em problema. Em qualquer fissura de compreensão introduz-se a produção de seu espírito. Estamos vendo como pode ser cômodo. É como uma hipótese física. Seria preciso inventá-lo, mas ele existe; o homem universal pode agora ser representado. Um Leonardo da Vinci pode existir em nossos espíritos, sem deslumbrá-los demais, na qualidade de uma noção: um devaneio de seu poder pode não se perder muito depressa na bruma de palavras e de epítetos consideráveis, propícios à inconstância do pensamento. Acreditaríamos que ele mesmo ficou satisfeito com tais miragens?

Isso é curiosamente confirmado, 36 anos depois, hoje, em 1930.

A física teórica, a mais ousada e a mais profunda, obrigada a renunciar às imagens, à semelhança visual e motriz, só tem como guia a simetria das fórmulas para conter seu imenso domínio, unificar as leis e torná-las independentes do lugar, da época e do movimento do observador.

Esse espírito *simbólico* guarda a mais ampla coleção de formas, um tesouro sempre claro das atitudes da natureza, uma força sempre iminente e que cresce de acordo com a extensão de seu domínio. É constituído de uma multidão de seres, uma multidão de lembranças possíveis, pela força de reconhecer na superfície do mundo um número extraordinário de coisas distintas, e de arrumá-las de mil maneiras. É dono dos rostos, das anatomias, das máquinas. Sabe do que é feito um sorriso; pode colocá-lo na frente de uma casa, nas sinuosidades de um jardim; desarruma e encrespa os filamentos das águas, as línguas das chamas. Em ramalhetes formidáveis, se sua mão representa as peripécias dos ataques que ele combina, são descritas as trajetórias de milhares de balas que esmagam os revelins de cidades e de praças, assim que são construídas por ele em todos os seus detalhes e fortificadas. Como se as variações das coisas lhe parecessem, na calma, lentas demais, adora as batalhas, as tempestades, o dilúvio. Cresceu vendo-os em seu conjunto mecânico e sentindo-os na independência aparente, ou a vida de seus fragmentos, em um punhado de areia voando loucamente, no pensamento desvairado de cada combatente em que se torcem uma paixão e uma dor íntima[9]. Está no corpinho "tímido e brusco" das crianças, conhece as restrições do gesto dos idosos e das mulheres, a simplicidade do cadáver. Possui o segredo de compor seres fantásticos cuja existência se torna provável, onde o raciocínio que harmoniza suas partes é tão rigoroso que sugere a vida e o natural do conjunto. Faz um Cristo, um anjo, um monstro tomando o que é conhecido, o que se encontra em toda parte, em uma nova ordem, aproveitando a ilusão e a abstração da pintura que só produz uma única qualidade das coisas evocando todas.

Ele vai das precipitações ou das lentidões simuladas pelas quedas de terra e de pedras, das curvaturas maciças às tapeçarias multiplicadas; das fumaças saindo dos tetos às arborescências distantes, às faias gasosas dos horizontes; dos peixes aos pássaros; das faíscas solares do mar aos mil espelhos delgados das folhas de bétula; das escamas aos estrépitos andando nos golfos; das orelhas e dos brincos aos turbilhões condensados nas conchas. Passa da concha ao enrolamento do tumor das ondas, da pele dos pequenos charcos a veias que a aqueceriam, a movimentos elementares de rastejo, às cobras fluidas. Ele vivifica. A água, ao redor do nadador[10], ele a cola como echarpes, como roupas modelando os esforços dos músculos. O ar é fixado no rasto das cotovias, em farrapos de sombra, em fugas espumantes de bolhas que essas rotas

Os esboços dessa espécie muito numerosos nos manuscritos de Leonardo. Vemos aí sua imaginação precisa representar o que a fotografia tornou sensível atualmente.

---

[9] Ver a descrição de uma batalha, do dilúvio etc. no *Tratado sobre a Pintura* e nos manuscritos do Instituto (Ed. Ravaisson-Mollien). Nos manuscritos de Windsor veem-se os desenhos das tempestades, bombardeios etc.

[10] Esboço nos manuscritos do Instituto.

aéreas e sua respiração fina devem desfazer e deixar através das folhas azuladas do espaço, da espessura do cristal vago do espaço.

Ele reconstrói todos os edifícios; é tentado, por todos os meios, a reunir os materiais mais diferentes. Usufrui das coisas distribuídas nas dimensões do espaço; das abóbodas, vigas, cúpulas vigorosas; das galerias e lojas alinhadas; das massas mantidas no ar por seu peso na forma de arcos; dos ricochetes, das pontes; das profundezas do verde das árvores distanciando-se em uma atmosfera onde ele bebe; da estrutura dos voos migratórios cujos triângulos agudos em direção do sul mostram uma combinação racional de seres vivos.

Ele se atira, atreve-se, traduz nessa linguagem universal todos os seus sentimentos com clareza. A abundância de seus recursos metafóricos permite isso. Seu gosto em não terminar o que está contido no fragmento mais leve, no menor estilhaço do mundo, renova suas forças e a coesão de seu ser. Sua alegria acaba em decorações festivas, em invenções deliciosas, e quando sonhar em construir um *homem voador* ele o verá elevando-se para procurar a neve no cimo dos montes e voltando para espalhá-la nas calçadas da cidade, ardentes no calor do verão. Sua emoção se escamoteia na delícia de rostos puros que se dissipam em uma expressão de tristeza, no gesto de um deus que se cala. Seu ódio conhece todas as armas, todos os artifícios do engenheiro, todas as sutilezas do estrategista. Cria armas de guerra formidáveis, que ficam protegidas em fortalezas, as passagens subterrâneas, as saliências, os fossos com eclusas para deformar subitamente o aspecto de uma armadilha; e eu me lembro, saboreando a bela desconfiança italiana do século XVI, que ele construiu torrões onde quatro lances de escadas independentes em torno do mesmo eixo separavam os mercenários de seus chefes, as tropas de soldados a serviço umas das outras.

Ele adora esse corpo do homem e da mulher que pode ser medido a tudo. Sente a altura, e que uma rosa pode vir até o lábio; e que um grande plátano ultrapassa-o vinte vezes, com um arremesso de onde a folhagem desce até seus cabelos; e que preenche com sua forma radiosa uma sala possível, uma

O trabalho de seu pensamento pertence, por tudo isso, a essa lenta transformação da noção do espaço — que, de um quarto vazio, *de um volume isótropo, tornou-se aos poucos um sistema inseparável da matéria que ele* contém *e do tempo.*

concavidade de abóbada deduzida, um lugar natural que conta seus passos. Vigia a queda leve do pé que pousa, o esqueleto silencioso dentro das carnes, as coincidências do andar, todo o jogo superficial de calor e frescor roçando a nudez, brancura difusa ou bronze, fundidas em um mecanismo. E o rosto, esta coisa iluminante, iluminada, a mais particular das coisas visíveis, a mais magnética, a mais difícil de ser olhada sem ler alguma coisa, o possui. Na memória de todo mundo existem algumas centenas de rostos com suas variações, vagamente. Na sua, eles estão em ordem e sucedem-se de uma fisionomia à outra; de uma ironia à outra, de uma erudição a uma menor, de uma bondade a uma divindade, por simetria. Em torno dos olhos, pontos fixos cujo brilho se transforma, ele faz brincar e esticar-se, até dizer tudo, uma máscara em que se confundem uma arquitetura complexa e motores distintos sob a pele uniforme.

Talvez a maior posse de si mesmo afaste o indivíduo de qualquer particularidade além daquela de ser mestre e centro de si?...

Na multidão dos espíritos, este parece como uma daquelas *combinações regulares* de que havíamos falado; ele não parece, como a maioria, ter que se ligar, para ser compreendido, a uma nação, a uma tradição, a um grupo que exerce a mesma arte. O número e a comunicação de seus atos transformam-no em um objeto simétrico, uma espécie de *sistema completo em si mesmo*, ou que se torna assim incessantemente.

Em Nota e Digressão *encontramos o desenvolvimento disso.*

Ele é feito para desesperar o homem moderno, que, desde a adolescência, está voltado para uma especialidade onde acreditamos que deve se tornar supremo por estar envolvido: invoca-se a variedade dos métodos, a quantidade dos detalhes, a adição contínua de fatos e de teorias para conseguir apenas confundir o observador paciente, a contabilidade meticulosa do que existe, o indivíduo que se reduz, não sem mérito — se é que esta palavra tem um sentido! — aos hábitos minuciosos de um instrumento, com aquele para quem esse trabalho é feito, o poeta da hipótese, o edificador de materiais analíticos. No primeiro, a paciência, a direção monótona, a especialidade e todo o tempo. A ausência de pensamento é sua qualidade. Mas o outro deve circular através das separações e dos tabiques. Seu papel é transgredi-los. Gostaria de sugerir aqui uma analogia da especialidade com esses estados de estupefação devidos a uma sensação prolongada aos quais fiz alusão. Mas o melhor argumento é que, nove vezes em dez, qualquer grande novidade em uma ordem é obtida através da intrusão de meios e de noções imprevistas; acabando de atribuir esses progressos à formação de imagens, depois de linguagens, não podemos lograr esta consequência, de que a quantidade dessas linguagens possuídas por um homem influencia singularmente o número das chances que ele pode ter de encontrar outras mais. Seria fácil mostrar que todos os espíritos que serviram de substância a gerações de inventores e argumentadores, e cujos restos alimentaram, durante séculos, a opinião humana, a mania humana de fazer eco, foram mais ou menos universais. Os nomes de Aristóteles, Descartes, Leibniz, Kant, Diderot, são suficientes para provar.

Escreveria hoje que o número de possíveis empregos de uma palavra por um indivíduo é mais importante que o número das palavras de que ele pode dispor.
Cf. Racine, V. Hugo.

Diderot é estranho aqui. Ele só tinha do filósofo o que é preciso ao filósofo da leveza; e que falta, aliás, a muitos deles.

Abordamos agora as alegrias da *construção*. Tentaremos justificar por meio de alguns exemplos as opiniões precedentes e mostrar, em sua aplicação, a possibilidade e a quase necessidade de um efeito geral do pensamento. Gostaria que se visse com que dificuldade os resultados particulares que citarei seriam obtidos se conceitos aparentemente estranhos não fossem empregados em grande número.

O arbitrário criando o necessário...

Aquele que nunca foi apanhado, nem em sonhos!, pelo propósito de um trabalho que ele pode abandonar, pela aventura de uma construção acabada quando os outros veem que ela começa e que não conheceu o entusiasmo ardente um minuto de si mesmo, o veneno da concepção, o escrúpulo, a frieza das objeções internas e essa luta de pensamentos alternativos em que o mais forte e o mais universal deveria triunfar até sobre o hábito, sobre a novidade, sobre aquele que não viu na brancura de seu papel uma imagem perturbada pelo possível e pelo lamento de todos os sinais que não serão escolhidos, nem viu no ar límpido uma construção que não está lá, aquele que nunca foi visitado pela vertigem do distanciamento de um objetivo, pela inquietude dos meios, pela previsão das lentidões e dos desesperos, pelo cálculo das fases progressivas, pelo raciocínio projetado no futuro, designando aí até o que não se deveria raciocinar, este, *então*, não conhece muito, qualquer que seja aliás seu saber, a

Essa independência é a condição da pesquisa formal. *Mas o artista, em* uma outra fase, *tenta restituir a particularidade e mesmo a singularidade que ele havia eliminado de sua atenção primeiramente.*

O instinto é um impulso cuja causa e objetivo estão no infinito, admitindo-se que causa e objetivo *signifiquem alguma coisa nessa espécie.*

riqueza e o recurso e a extensão espiritual iluminada pelo fato consciente de *construir*. E os deuses receberam do espírito humano o dom de *criar* porque, sendo esse espírito periódico e abstrato, ele pode aumentar o que concebe até então não mais conceber.

Construir existe entre um projeto ou uma visão determinada e os materiais escolhidos. Substitui-se uma ordem inicial por uma outra, quaisquer que sejam os objetos ordenados. São pedras, cores, palavras, conceitos, homens etc.; sua natureza particular não muda as condições gerais dessa espécie de música onde ela desempenha ainda apenas o papel do timbre, se continuarmos a metáfora. O espantoso é sentir às vezes a impressão de certeza e de consistência nas construções humanas, formadas pela aglomeração de objetos aparentemente irredutíveis, como se aquele que os dispôs os tivesse conhecido por afinidades secretas. Mas o espanto ultrapassa tudo quando percebemos que o autor, na imensa maioria dos casos, é incapaz de se dar conta, ele próprio, dos caminhos tomados e de que ele é detentor de um poder cujos mecanismos ignora. Nunca pode pretender um sucesso antecipadamente. Através de que cálculos as partes de um edifício, os elementos de um drama, os componentes de uma vitória conseguem ser comparados entre si? Através de que série de análises obscuras a produção de uma obra é realizada?

Em casos parecidos é costume referir-se ao instinto para o esclarecimento, mas o próprio instinto não está muito esclarecido e, aliás, seria preciso recorrer aqui a instintos rigorosamente excepcionais e pessoais, ou seja, à noção contraditória de um "hábito hereditário" que não seria mais habitual do que é hereditário.

Construir, desde que esse esforço leve a algum resultado compreensível, deve evocar uma medida comum dos termos utilizados, um elemento ou um princípio já suposto pelo simples fato de tomar consciência e que pode não ter outra existência além da abstrata ou imaginária. Não podemos imaginar um todo feito de transformações, um quadro, um edifício com múltiplas qualidades, a não ser como o lugar das modalidades de uma única *matéria* ou *lei*, cuja continuidade oculta é afirmada por nós no mesmo instante em que reconhecemos esse edifício como um conjunto, como um domínio limitado de nossa investigação. Eis ainda este postulado psíquico de continuidade que se parece, pelo que sabemos, com o princípio da inércia na mecânica. Isoladas, as combinações puramente abstratas, puramente diferenciais, como as numéricas, podem ser construídas com o auxílio de unidades determinadas; observemos que elas estão na mesma relação com as outras construções possíveis que as porções regulares no mundo, com aquelas irregulares.

Diferenciais — não está empregado no sentido técnico aqui. Eu quis dizer combinações de elementos idênticos.

Existe na arte uma palavra que pode nomear todos os seus modos, todas as fantasias, e que suprime, de uma vez, todas as pretensas dificuldades resultantes de sua oposição ou de sua aproximação com essa natureza nunca definida, não sem motivos: é *ornamento*. Quer queiramos lembrar sucessivamente os grupos de curvas, as coincidências de divisões que cobrem os mais antigos objetos conhecidos, os perfis dos vasos e dos templos; os quadrados, as espirais, os óvalos, as estrias dos antigos; as cristalizações e as paredes voluptuosas dos árabes; as ossaturas e as simetrias góticas; as ondas, o fogo, as flores no lago e o bronze japonês; e, em cada uma dessas épocas, a introdução das semelhanças das plantas, dos animais e dos homens, o aperfeiçoamento dessas semelhanças: a pintura, a escultura. Quer evoquemos a linguagem e sua melodia primitiva, a separação das palavras e da música, a arborescência de cada uma, a invenção dos verbos, da escrita, a complexidade *figurada* das frases que se torna possível, a intervenção tão curiosa das palavras abstratas; e, por outro lado, o sistema dos sons que se abrandam, que se estendem da voz às ressonâncias dos materiais, que se aprofundam através da harmonia, que variam através do uso dos timbres. Quer percebamos, finalmente, o progresso paralelo das formações do pensamento através dos tipos de onomatopeias psíquicas primitivas, das simetrias e dos contrastes elementares, depois as ideias de substâncias, as metáforas, os balbucios da lógica, os formalismos e as entidades, os seres metafísicos...

O ornamento, resposta ao vácuo, compensação do possível, completo de algum modo, anula uma liberdade.

Toda essa vitalidade multiforme pode ser apreciada sob a relação ornamental. As manifestações enumeradas podem ser consideradas como as porções finitas de espaço ou de tempo que contêm diversas variações, que são às vezes objetos caracterizados e conhecidos, mas cujo significado e uso comum são negligenciados para que subsistam apenas a ordem e as reações mútuas. O efeito depende dessa ordem. O efeito é o objetivo ornamental, e a obra adquire assim a característica de um mecanismo que deverá impressionar um público, para fazer surgir as emoções e responderem-se as imagens.

Não se trata aqui de homogeneidade *no sentido técnico da palavra. Apenas quis se dizer que qualidades bem diferentes, uma vez representadas por grandezas, não existem mais para o cálculo e durante o cálculo apenas como números.*

Assim o pintor, durante sua operação, olha as coisas como cores, e as cores, como elementos de seus atos.

Desse ponto de vista, a concepção ornamental está para as artes particulares assim como a matemática está para as outras ciências. Da mesma forma como as noções físicas de tempo, comprimento, densidade, massa etc. são apenas quantidades homogêneas nos cálculos, encontrando sua individualidade somente na interpretação dos resultados, os objetos escolhidos e ordenados com o objetivo de um efeito são como que destacados da maioria de suas propriedades e só conseguem retomá-las, nesse efeito, no espírito desprevenido do espectador. Portanto, é através de uma abstração que a obra de arte pode ser construída, e essa abstração é mais ou menos enérgica, mais ou menos fácil de se definir, dependendo do fato de os elementos tomados emprestados à realidade serem partes dela mais ou menos complexas. Inversamente, é através de uma espécie de indução, de uma produção de imagens mentais que qualquer obra de arte é apreciada; e essa produção deve ser também mais ou menos enérgica, mais ou menos *cansativa*, dependendo do fato de ser solicitada por um simples entrelaçamento em um vaso ou por uma frase interrompida de Pascal.

O pintor dispõe sobre um plano massas coloridas cujas linhas de separação, espessuras, fusões e encontros devem lhe servir como expressão. O espectador só vê uma imagem mais ou menos fiel de carnes, de gestos, de paisagens, como se fosse através de alguma janela da parede do museu. O quadro é julgado dentro do mesmo espírito que julga a realidade. Reclama-se da feiura da imagem, enquanto outros se apaixonam por ela; alguns entregam-se à psicologia mais verbosa; alguns só olham as mãos que lhes parecem sempre inacabadas. O fato é que, por uma insensível exigência, o quadro deve reproduzir as condições físicas e naturais de nosso meio. A gravidade é exercida, a luz se propaga como aqui; e, gradativamente, a anatomia e a perspectiva se classificaram em primeiro lugar nos conhecimentos pictóricos: acredito, contudo, que o método mais seguro para se julgar uma pintura é nada reconhecer primeiro e fazer a cada passo a série de induções necessárias a uma presença simultânea de manchas coloridas em um campo limitado para elevar-se, de metáforas em metáforas, de suposições em suposições, à compreensão do assunto, às vezes à simples consciência do prazer que nem sempre sentimos antecipadamente.

Foi do mesmo modo que eu achei que, para a poesia, deveríamos estudá-la primeiro como pura sonoridade, lê-la e relê-la como uma espécie de música; introduzir o sentido e as intenções na dicção somente quando o sistema dos sons que deve, sob pena de supressão, ser oferecido por um poema, estiver bem apreendido.

Acho que não posso dar um exemplo mais divertido das disposições gerais a respeito da pintura do que a celebridade deste "sorriso da Gioconda", ao qual o epíteto de misterioso parece irrevogavelmente fixado. Essa curva do rosto teve a sorte de suscitar a fraseologia legitimada em todas as literaturas pelos títulos de "Sensações" ou "Impressões" de arte. Ela está submersa em uma imensa quantidade de vocábulos e desaparece entre tantas paráfrases que começam declarando-a *perturbadora* e acabam com uma descrição de *alma* geralmente vaga. Ela mereceria, contudo, estudos menos inebriantes. Leonardo não se servia de observações imprecisas e sinais arbitrários. *A Gioconda* nunca teria sido feita. Ele era guiado por uma sagacidade perpétua.

No fundo da *Santa Ceia*, há três janelas. A do meio, que se abre atrás de Jesus, distingue-se das outras por uma cornija em arco circular. Se prolongarmos essa curva, obteremos uma circunferência cujo centro está sobre o Cristo. Todas as grandes linhas da pintura terminam nesse ponto; a simetria do conjunto é relativa a esse centro e à longa linha da mesa de ágape. O mistério, se é que existe um, é o de saber como julgamos misteriosas essas combinações; e este, receio, pode ser esclarecido.

Não é na pintura, entretanto, que escolheremos o exemplo surpreendente de que precisamos da comunicação entre as diversas atividades do pensamento. A quantidade de sugestões que emanam da necessidade de diversificar e povoar uma superfície, as semelhanças das primeiras tentativas dessa ordem com certas ordens naturais, a evolução da sensibilidade retiniana serão aqui abandonadas por medo de levar o leitor a especulações bem mais áridas. Uma arte mais ampla e quase um ancestral dessa última servirá melhor às nossas intenções.

A palavra *construção*, que usei de propósito para designar com mais força o problema da intervenção humana nas coisas do mundo e para fornecer ao espírito do leitor uma direção para a lógica do assunto, uma sugestão material, essa palavra adquire agora seu significado restrito. A arquitetura se torna nosso exemplo.

O monumento (que compõe a Cidade, que é quase toda a civilização) é um ser tão complexo que nosso conhecimento decifra sucessivamente nele um cenário que faz parte do céu e diversifica depois uma riquíssima textura de motivos, de acordo com a altura, largura e profundidade, infinitamente variados pelas perspectivas; depois uma coisa sólida, resistente, arrojada, com características de animal: uma subordinação, uma armação e, finalmente, uma máquina cujo agente é a gravidade, que conduz de noções geométricas a considerações dinâmicas e até a especulações mais sutis da física molecular da qual ele sugere as teorias, os modelos representativos das estruturas. É através do monumento, ou melhor, entre seus alicerces imaginários feitos para conciliar suas condições entre si, sua apropriação com sua estabilidade, suas proporções com sua situação, sua forma com sua matéria, e para harmonizar cada uma dessas condições consigo mesma, seus milhões de aspectos entre si, seus equilíbrios entre si, suas três dimensões entre si, que recompomos da melhor forma possível o brilho de uma inteligência leonardiana. Ela pode brincar concebendo as sensações futuras do homem que dará uma volta ao redor do edifício, aproximar-se-á, surgirá em uma janela e aquilo que ele verá, acompanhando o peso das cumeeiras conduzido ao longo das paredes e das abóbadas curvas até a fundação; sentindo os esforços contrariados do madeiramento, as vibrações do vento que

Hoje em dia a física não descobre mais edifícios *na matéria. Ela acaba descobrindo o* indescritível *por essência — e o* imprevisto! *Em 1930.*

o importunará; prevendo as formas da claridade livre nas telhas, nas cornijas, e difusa, encarcerada nas salas onde o sol toca os assoalhos. Experimentará e julgará o peso da verga sobre os suportes, a oportunidade do arco, as dificuldades das abóbadas, as cascatas de escadas lançadas de seus patamares e toda a invenção terminada em uma massa durável, decorada, protegida, embebida em vidros, feita para nossas vidas, para conter nossas palavras e de onde saem nossas fumaças.

O problema mais difícil da arquitetura enquanto arte *é a previsão desses aspectos infinitamente variados.*

Normalmente a arquitetura é ignorada. A opinião que se tem dela varia do cenário teatral à casa de aluguel. Peço que se atenham à noção da Cidade para apreciar sua generalidade e que, para conhecer o encanto complexo, lembrem-se da infinidade de seus aspectos; a imobilidade de um edifício é a exceção; o prazer é deslocar-se até movê-lo e desfrutar todas as combinações fornecidas por seus membros que variam: a coluna gira, as profundezas derivam, galerias deslizam, mil visões se evadem dos monumentos, mil acordos.

É uma prova para o monumento, que é terrível para qualquer arquitetura cujo autor só tenha sonhado em fazer um cenário teatral.

(Muitos projetos de uma igreja nunca realizada encontram-se nos manuscritos de Leonardo. Adivinhamos aí geralmente um São Pedro de Roma que o de Michelangelo faz lamentar. Leonardo, ao final do período ogival e no meio da exumação das antiguidades, encontra entre esses dois tipos o grande propósito dos bizantinos; a elevação de uma cúpula sobre cúpulas, as dilatações superpostas de domos multiplicando-se em torno do mais alto, mas com um arrojo e uma ornamentação pura nunca conhecidos pelos arquitetos de Justiniano.)

O ser de pedra existe no espaço: o que denominamos espaço é relativo à concepção dos edifícios possíveis; o edifício arquitetural interpreta o espaço e conduz à hipótese sobre sua natureza, de uma maneira totalmente particular, pois é ao mesmo tempo um equilíbrio de materiais em relação à gravitação, um conjunto estático visível e, em cada um desses materiais, um outro equilíbrio molecular e mal conhecido. Aquele que compõe um monumento pensa primeiro na gravidade e penetra imediatamente depois no obscuro reino atômico. Choca-se com o problema da estrutura: saber que combinações devem ser imaginadas para satisfazer as combinações de resistência, de elasticidade etc. que são exercidas em um espaço dado. Pode-se ver qual é o desenvolvimento lógico da questão, como se passa do domínio arquitetural, tão frequentemente abandonado aos práticos, às mais profundas teorias de física geral e de mecânica.

Graças à docilidade da imaginação, as propriedades de um edifício e as propriedades íntimas de uma substância qualquer instruem-se mutuamente. O espaço, a partir do momento em que queremos imaginá-lo, deixa imediatamente de estar vazio, enche-se de uma quantidade de construções arbitrárias e pode, em qualquer caso, substituir-se pela justaposição de imagens que podemos tornar tão pequenas quanto for necessário. Um edifício, por mais complexo que se possa imaginar, multiplicado e proporcionalmente diminuído, representará o elemento de um meio cujas propriedades dependerão daquelas desse elemento. Encontramo-nos assim presos e deslocando-nos em uma quantidade de estruturas. Observemos ao nosso redor as diferentes maneiras pelas quais o espaço é ocupado, ou seja, formado, concebível, e façamos um esforço na direção das condições implicadas, para serem percebidas com suas qualidades particulares, pelas coisas diversas, um tecido, um mineral, um líquido, uma fumaça, e só obteremos uma ideia nítida aumentando uma partícula dessas texturas e intercalando um edifício tal que sua simples multiplicação reproduza uma estrutura com as mesmas propriedades que aquela considerada... Com a ajuda dessas concepções, podemos circular sem descontinuidade através dos domínios aparentemente tão distintos do artista e do sábio, da construção mais poética e mesmo da mais fantástica até aquela tangível e ponderável. Os problemas da composição e o da análise são recíprocos; e é uma conquista *psicológica* de nossa época o abandono de conceitos muito simples a respeito da constituição da matéria, não menos que da formação das ideias. As meditações substancialistas e as explicações dogmáticas desaparecem, e a ciência de formular hipóteses, nomes, modelos liberta-se das teorias preconcebidas e do ídolo da simplicidade.

Talvez fosse necessário fazer aqui algumas observações sobre o espaço, palavra que muda de sentido de acordo com sua maneira de ver ou de pensar.
O espaço da prática comum absolutamente não é o do físico, que absolutamente não é o do geômetra. Pois não são todas as mesmas operações ou experiências que os definem.
Consequentemente, as propriedades cardinais de semelhança não são igualmente válidas. Não existe infinitamente pequeno em química; e hoje em dia podemos duvidar, na física, da divisibilidade ilimitada do comprimento.
O que significa que as ideias de divisão e de coisa a ser dividida não são mais independentes. A operação não é mais concebível além de um certo ponto.

Acabo de indicar, com uma brevidade que, dependendo do leitor, ser-me-á reconhecida ou desculpada, uma evolução a meu ver considerável. Não saberia exemplificá-la melhor a não ser tomando das obras do próprio Leonardo uma frase sobre a qual diríamos que cada termo se complicou e purificou até que ela se tornou uma noção fundamental do conhecimento moderno do mundo: "O ar", diz ele, "está repleto de infinitas linhas retas e radiosas, entrecruzadas e tecidas sem que uma nunca se sirva do percurso de uma outra, e elas *representam* para cada objeto a verdadeira FORMA de sua razão (de sua explicação)". *L'aria è piena d'infinite linie rette e radiose insieme intersegate e intessute sanza ochupatione luna dellaltra rapresantano aqualunche obieto lauera forma della lor chagione* (Man. A, fol. 2). Essa frase parece conter o primeiro germe da teoria das ondulações luminosas, principalmente se a aproximarmos de algumas outras sobre o mesmo assunto[11]. Ela fornece a imagem do esqueleto de um sistema de ondas no qual todas essas linhas seriam as direções de propagação. Mas não me atenho muito a esses tipos de profecias científicas, sempre suspeitas; muitas pessoas pensam que os antigos haviam inventado tudo. Além disso, uma teoria só é válida através de seus desenvolvimentos lógicos e experimentais. Possuímos aqui somente algumas *afirmações* cuja origem intuitiva é a observação dos raios, das ondas da água e do som. O interesse da citação está em sua forma, que nos fornece uma clareza autêntica sobre um método, o mesmo sobre o qual venho falando durante todo este estudo. Aqui a explicação *ainda* não adquire a característica de uma medida. Ela consiste apenas na emissão de uma imagem, de uma relação mental concreta entre fenômenos, vamos dizer, para sermos mais rigorosos, entre as imagens dos fenômenos. Leonardo parece ter tido consciência dessa espécie de experimentação psíquica, e parece-me que, durante os três séculos depois de sua morte, esse método não foi reconhecido por nenhuma pessoa, sendo que todo mundo se servia dele — necessariamente.

Como eu disse antes, os fenômenos da imagem mental *são muito pouco estudados. Mantenho meu sentimento de sua importância. Afirmo que certas leis próprias a esses fenômenos são essenciais e de uma generalidade extraordinária; que as variações das imagens, as restrições impostas a essas variações, as produções espontâneas de* imagens-respostas, *ou complementares, permitem reunir mundos tão distintos quanto os do sonho, do estado místico, da dedução por analogia.*

[11] Ver o manuscrito A, *Siccome la pietra gittata nell'acqua...* etc.; ver também a curiosa e vigorosa *Histoire des Sciences Mathématiques*, de G. Libri, e o *Essai sur les Ouvrages Mathématiques de Léonard*, de J.-B. Venturi. Paris, ano V (1797).

Acredito também, talvez seja ir longe demais!, que a famosa e secular questão do cheio e do vazio pode ser ligada à consciência ou à inconsciência dessa *lógica imaginativa*. Uma ação a distância é uma coisa inimaginável. É através de uma abstração que podemos determiná-la. Em nosso espírito uma abstração isolada *potest facere saltus*. O próprio Newton, que deu sua forma analítica às ações a distância, conhecia sua insuficiência explicativa. Mas estava reservado para Faraday encontrar na ciência física o método de Leonardo. Após os gloriosos trabalhos matemáticos dos Lagrange, dos D'Alembert, dos Laplace, dos Ampère e de muitos outros, ele suscitou concepções de uma ousadia admirável que foram apenas, literalmente, o prolongamento dos fenômenos observados através de sua imaginação; e sua imaginação era tão extraordinariamente lúcida "que suas ideias podiam ser expressas sob a forma matemática comum e comparadas à dos matemáticos profissionais"[12]. As *combinações regulares* formadas pela limalha em torno dos polos do ímã foram, em seu espírito, os modelos da transmissão das antigas ações a distância. Ele também *via* sistemas de linhas unindo todos os corpos, preenchendo todo o espaço, para *explicar* os fenômenos elétricos e mesmo a gravitação; essas linhas de força nós as apreciamos aqui como as da menor resistência de compreensão! Faraday não era matemático, mas diferencia-va-se dos matemáticos somente através da expressão de seu pensamento, através da ausência dos símbolos da análise. "Faraday via com os olhos do espírito linhas de força atravessando todo o espaço em que os matemáticos viam centros de força atraindo-se a distância; Faraday via um meio onde eles só viam a distância"[13]. Um novo período se abriu para a ciência física depois de Faraday; e quando J. Clerk Maxwell traduziu para a linguagem matemática as ideias de seu mestre, as imaginações científicas se encheram com essas visões dominantes. O estudo do meio que ele havia formado, sede das ações elétricas e lugar das relações intermoleculares, continua sendo a principal ocupação da

Hoje, linhas de universo, *mas não se pode mais vê-las. Talvez ouvi-las?* pois *somente as* trajetórias *sugeridas pelas melodias podem nos dar alguma ideia ou intuição de trajetória no* espaço-tempo. *Um som contínuo representa um ponto.*

---

[12] Clerk Maxwell, prefácio do *Tratado de Eletricidade e de Magnetismo*, tradução de Seligmann-Lui.
[13] Clerk Maxwell.

física moderna. A precisão cada vez maior solicitada para a representação simbólica dos modos de energia, a vontade de *ver* e aquilo que poderíamos denominar a mania cinética provocaram o aparecimento das construções hipotéticas de um imenso interesse lógico e psicológico. Para Lord Kelvin, por exemplo, a necessidade de exprimir as ações naturais mais sutis através de uma ligação mental, desenvolvida até poder se realizar materialmente, é tão intensa que qualquer explicação lhe parece ter que conduzir a um modelo mecânico. Esse espírito substitui o átomo inerte, pontual e fora de moda de Boscovitch e dos físicos do início deste século, um mecanismo já extraordinariamente complexo, tomado na trama do éter que se torna, ele mesmo, uma construção bastante aperfeiçoada para satisfazer as condições muito diversas que ela deve preencher. Esse espírito não faz qualquer esforço para passar da arquitetura cristalina à da pedra ou do ferro; encontra em nossos viadutos, nas simetrias dos paus de bandeira e das cruzetas, as simetrias de resistência que as gipsitas e os quartzos oferecem à compreensão, à clivagem ou, ao contrário, ao trajeto da onda luminosa.

Agora não se trata mais de mecanismo. É um outro mundo.

Esses homens parecem ter tido a intuição dos métodos que indicamos; permitimo-nos mesmo estender esses métodos além da ciência física; acreditamos que não seria absurdo nem totalmente impossível querer criar um modelo da continuidade das operações intelectuais de um Leonardo da Vinci ou de um espírito completamente diferente determinado pela análise das condições a serem preenchidas...

Os artistas e os amantes da arte que folhearem este estudo na esperança de encontrar algumas das impressões obtidas no Louvre, em Florença ou em Milão deverão me desculpar pela decepção. Contudo, acho que não me distanciei muito de sua ocupação favorita, apesar da aparência. Ao contrário, penso que toquei levemente no problema, fundamental para eles, da composição. Surpreenderia muitos, sem dúvida, ao dizer que essas dificuldades relativas ao efeito geralmente são abordadas e resolvidas com a ajuda de noções e de palavras extraordinariamente obscuras que provocam mil dificuldades. Muitos passam seu tempo mudando sua

Nada é mais difícil de entrar no espírito das pessoas, e mesmo nos da crítica, do que essa incompetência do autor a respeito de sua obra, uma vez produzida.

definição do *belo*, da *vida* ou do *mistério*. Dez minutos de simples atenção a si mesmo devem bastar para fazer justiça a esses *idola specus* e para reconhecer a inconsistência de uma união de um substantivo abstrato, sempre vazio, a uma visão sempre pessoal e rigorosamente pessoal. Da mesma forma, a maioria dos desesperos de artistas baseia-se na dificuldade ou na impossibilidade de *restituir* através dos meios de sua arte uma imagem que parece descolorir-se e perder o frescor quando captada em uma frase, em uma tela ou em uma pauta. Mais alguns minutos de *consciência* podem ser consumidos na constatação de que é ilusório querer produzir no espírito de outra pessoa as fantasias do seu próprio. Esse projeto é até quase ininteligível. O que denominamos uma *realização* é um verdadeiro problema de rendimento onde não entra, em qualquer grau, o sentido particular, a chave que cada autor atribui a seus materiais, mas somente a natureza desses materiais e o espírito do público. Edgar Poe, que foi, nesse século literário perturbado, o próprio brilho da confusão e do tumulto poético, e de quem a análise termina às vezes, como a de Leonardo, em sorrisos misteriosos, estabeleceu claramente sobre a psicologia, sobre a probabilidade dos efeitos, o ataque de seu leitor. Desse ponto de vista, qualquer deslocamento de elementos feito para ser notado e julgado depende de algumas leis gerais e de uma apropriação particular, definida antecipadamente para uma categoria prevista de espíritos aos quais se dirigem especialmente; e a obra de arte se torna uma máquina destinada a excitar e a combinar as formações individuais desses espíritos. Adivinho a indignação que pode suscitar uma sugestão assim, totalmente distante do sublime comum; mas a própria indignação será uma boa prova do que estou adiantando, sem que, aliás, isso seja, em nada, uma obra de arte.

Estou vendo Leonardo da Vinci aprofundando essa mecânica, que ele denominava o paraíso das ciências, com a mesma força natural que aplicava na invenção de rostos puros e obscuros. E a mesma extensão luminosa com seus dóceis seres possíveis é o lugar dessas ações que se retardam em obras distintas. Não encontrava paixões diferentes: na última página de seu magro caderno, todo consumido por sua escritura secreta e pelos cálculos aventureiros, onde tateia sua pesquisa preferida, a aviação, ele exclama, fulminando seu trabalho imperfeito, iluminando sua paciência e os obstáculos através da aparição de uma suprema visão espiritual, obstinada certeza: "O grande pássaro levantará seu primeiro voo montado em um grande cisne; enchendo o universo de estupor, enchendo com uma glória todas as obras escritas, louvor eterno ao ninho onde nasceu!". *"Piglierà il primo volo il grande uccello sopra del dosso del suo magnio cecero e empiendo l'universo di stupore, empiendo di sua fama tutte le scritture e grogria eterna al nido dove nacque."*

Eis uma espantosa profecia, que não seria muito importante se fosse apenas uma pura visão do possível, mas que adquire a sublimidade por ser proferida pelo primeiro homem que realmente estudou o problema do voo, que concebia sua solução técnica no começo do século XVI!

Mare nostrum

Ce toit tranquille où marchent des colombes
Entre les pins palpite, entre les tombes.
L'or maritime y compose de feux
La mer, la mer toujours recommencée !
Ô récompense après chaque pensée
Qu'un long regard sur ce lit merveilleux !

Stable beauté, temple simple à Minerve,
Illustre vase et visible réserve
Entre les pins, œil qui gardes en toi
L'éternité sous un voile de flamme ;
Ô plénitude, édifice dans l'âme
Fronton qui souris ce magnifique toit.

Les morts cachés sont bien dans cette terre
Où la chaleur dessèche le mystère
A consumé les ... du tiède
Zénon, Zénon cruel, Zénon d'Élée
les a percés de cette flèche ailée
Qui vole, vibre et qui ne vole pas !

Primeiro esboço manuscrito de *O Cemitério Marinho*.

ACERCA DO *CEMITÉRIO MARINHO*[1]

Não sei se ainda está em voga elaborar longamente os poemas, mantê-los entre o ser e o não ser, suspensos diante do desejo durante anos; cultivar a dúvida, o escrúpulo e os arrependimentos — a tal ponto que uma obra sempre retomada e refeita adquira aos poucos a importância secreta de um trabalho de reforma de si mesmo.

Essa maneira de produzir pouco não era rara nos poetas e em alguns prosadores há quarenta anos. O tempo não contava para eles; o que é divino. Nem o ídolo do Belo, nem a superstição da Eternidade literária estavam arruinados ainda; e a crença na Posteridade não estava totalmente abolida. Existia uma espécie de *Ética da forma* que levava ao trabalho infinito. Aqueles que se dedicavam a ela sabiam muito bem que quanto maior fosse o trabalho, menor o número de pessoas que o concebem e apreciam; esforçavam-se por muito pouco — e como que santamente...

Afastamo-nos, por esse caminho, das condições "naturais" ou ingênuas da Literatura e acabamos confundindo insensivelmente a composição de uma obra do espírito, que é uma coisa *finita*, com a vida do próprio espírito, que é uma força de transformações sempre em ação. Chegamos ao trabalho pelo trabalho. Aos olhos desses amantes de inquietude e de perfeição, uma obra nunca está *acabada* — palavra que, para eles, não tem qualquer sentido —, e sim *abandonada*; e esse abandono que a entrega às chamas ou ao público (seja ele efeito do cansaço ou da obrigação de entregá-lo) é uma espécie de *acidente* para eles, comparável à ruptura de uma reflexão que a fadiga, o aborrecimento, ou alguma outra sensação vem anular.

*

Eu tinha contraído esse mal, esse gosto pervertido pela retomada indefinida e essa benevolência com o estado reversível das obras, na idade crítica em que se forma e se fixa o homem intelectual. Reencontrei-os com todas as suas forças quando, perto dos cinquenta anos, as circunstâncias fizeram com que eu voltasse a compor. Portanto, vivi muito com meus poemas. Durante quase dez anos, eles foram para mim uma ocupação de duração indeterminada — mais um exercício que uma ação, mais uma procura que uma entrega, mais uma manobra de mim mesmo, por mim mesmo, que uma preparação visando o público. Parece que me ensinaram muitas coisas...

[1] Publicado em *La Nouvelle Revue Française*, 1º de março de 1933, pp. 399-411.

Contudo, não aconselho a adoção desse sistema: não tenho qualificação para dar a quem quer que seja o menor conselho, aliás, duvido que isso seja conveniente aos jovens de uma época premente, confusa e sem perspectiva. Estamos em um banco de brumas...

Se falei dessa longa intimidade entre uma obra e um "eu" foi apenas para dar uma ideia da sensação muito estranha que sentia, certa manhã na Sorbonne, escutando o senhor Gustave Cohen desenvolver *ex cathedra* uma explicação do *Cemitério Marinho*.

*

Nunca faltaram comentários sobre o que publiquei, e não posso me queixar do menor silêncio sobre minhas poucas obras. Estou acostumado a ser elucidado, dissecado, empobrecido, enriquecido, exaltado e arruinado — até o ponto de não saber, eu mesmo, *qual* sou eu ou de *quem* se fala; mas ler o que se imprime a seu respeito nada significa perto dessa sensação singular de escutar comentários a seu respeito, na Universidade, diante do quadro-negro, exatamente como um autor morto. Os vivos, na minha época, não existiam para a cátedra; mas não acho absolutamente ruim que as coisas não sejam mais assim. O ensino das Letras retira desse fato o que o ensino da História poderia retirar da análise do presente, ou seja, a suspeita ou o sentimento das *forças* que dão origem aos atos e às formas. O passado é somente o *lugar* das formas sem forças; cabe a nós fornecer-lhe vida e necessidade, supondo nele nossas paixões e nossos valores.

*

Sentia-me como meu *Fantasma*... Sentia-me como um fantasma capturado; e, contudo, por momentos, identificava-me a um desses estudantes que acompanhavam, anotavam e que, de vez em quando, olhavam sorrindo esse fantasma, cujo poema seu mestre lia e comentava, estrofe por estrofe...

Confesso que, *na qualidade de estudante*, tinha pouca reverência pelo poeta — isolado, exposto e constrangido no seu banco. Minha presença estava estranhamente dividida entre diversas maneiras de estar lá.

*

Entre essa diversidade de sensações e de reflexões que me compunham naquele momento na Sorbonne, a dominante era, sem dúvida, a sensação do contraste entre a lembrança do meu trabalho que se reanimava e a figura acabada, a obra determinada e parada à qual a exegese e a análise do senhor Gustave Cohen se aplicavam. Era isso sentir como nosso *ser* se opõe a nosso *parecer*. De um lado, meu poema estudado como um fato acabado, revelando, sob o exame do perito, sua composição, suas intenções, seus meios de ação, sua situação no sistema da história literária; seus laços e provável estado de espírito de seu autor... De outro lado, a memória de meus ensaios, de meus tateios, das interpretações internas, dessas inspirações verbais tão imperiosas que, de repente, impõem uma certa combinação de palavras — como se tal grupo possuísse não sei que força intrínseca... eu ia dizendo: não sei que *vontade* de existência, totalmente oposta à "liberdade" ou ao caos do espírito, que pode às vezes obrigar o espírito a desviar-se de seu propósito, e o poema, a tornar-se completamente diferente do que ia ser, de uma forma que não sonhávamos que devesse ter.

(Vemos por aí que a noção do *Autor* não é simples: ela só o é na *opinião de terceiros*.)

*

Escutando o sr. Cohen ler as estrofes de meu texto e dar a cada uma o seu sentido acabado e o valor de situação no desenvolvimento, sentia-me dividido entre o contentamento de ver que as intenções e as expressões de um poema considerado muito obscuro eram aqui perfeitamente entendidas e expostas, e o sentimento estranho, quase incômodo, ao qual acabo de aludir. Tentarei explicá-lo em algumas palavras, a fim de completar o comentário de um certo poema considerado como um *fato*, através de um apanhado das circunstâncias que acompanharam a produção desse poema, ou daquilo que ele foi, quando estava no estado de desejo e de procura de mim mesmo.

Só intervenho, aliás, para introduzir, a favor (ou pelo subterfúgio) de um caso particular, algumas observações sobre as relações de um poeta com seu poema.

*

Preciso dizer, primeiramente, que o *Cemitério Marinho, tal como é,* é para mim o resultado da *interrupção* de um trabalho interno por um acontecimento fortuito. Certa tarde do ano de 1920, nosso saudoso amigo, Jacques Rivière, tendo vindo visitar-me, encontrou-me em um "estado" desse *Cemitério Marinho,* sonhando em corrigir, em suprimir, em substituir, em agir aqui e ali...

Ele não descansou enquanto não conseguiu lê-lo; e tendo lido, como ficou entusiasmado. Nada é tão decisivo quanto o espírito de um diretor de revista.

Foi assim que, *acidentalmente,* fixou-se a forma dessa obra. Não tenho mérito nisso. Além disso, não posso voltar para qualquer coisa que tenha escrito sem pensar que faria algo totalmente diferente se alguma intervenção estranha ou uma circunstância qualquer não houvesse rompido o encantamento de não terminar. Gosto apenas de trabalhar o trabalho: os começos me aborrecem e desconfio ser perfectível tudo o que vem de primeira. O espontâneo, mesmo excelente, mesmo sedutor, nunca me parece muito *meu*. Não estou dizendo que "eu tenha razão": estou dizendo que sou assim... Não mais que a noção de Autor, aquela do Eu não é simples: um grau de consciência a mais opõe um novo *Mesmo* a um novo *Outro*.

*

A Literatura, portanto, só me interessa *profundamente* na medida em que cultiva o espírito em certas transformações — aquelas nas quais as propriedades excitantes da linguagem desempenham um papel fundamental. Posso, com certeza, prender-me a um livro, lê-lo e relê-lo deliciosamente; mas ele só me possui profundamente se eu encontrar as marcas de um *pensamento de força equivalente àquela da própria linguagem*. A força de submeter o verbo comum a imprevistos sutis sem romper as "formas consagradas", a captura e a redução das coisas difíceis de serem ditas; e, sobretudo, a conduta simultânea da sintaxe, da harmonia e das ideias (que é o problema da poesia mais pura) são, na minha opinião, os objetivos supremos de nossa arte.

*

Essa maneira de sentir é chocante, talvez. Ela faz da "criação" um meio. Leva ao excesso. Mais que isso, ela tende a corromper o prazer ingênuo de *crer*, que dá origem ao prazer ingênuo de produzir e que sustenta qualquer leitura.

Se o autor for um pouco culto demais, se o leitor se tornar ativo, o que acontece com o prazer, o que acontece com a Literatura?

*

Essa escapada para as dificuldades que podem nascer entre a "consciência de si" e o costume de escrever explicará sem dúvida certas *opiniões* que algumas vezes me foram censuradas. Fui acusado, por exemplo, de ter feito diversos textos do mesmo poema, sendo até contraditórios. Essa censura não é muito inteligível para mim, como se pode esperar depois do que acabo de expor. Pelo contrário, ficaria tentado (se seguisse meu sentimento) a convidar os poetas a produzirem, como os músicos, uma diversidade de variações ou de soluções sobre o mesmo tema. Nada me pareceria mais adequado à ideia que gosto de fazer de um poeta e da poesia.

*

O poeta, a meu ver, é reconhecido por seus ídolos e por suas liberdades, que não são aqueles da maioria. A poesia se distingue da prosa por não ter todas as mesmas obrigações nem todas as mesmas permissões que esta última. A essência da prosa é perecer, ou seja, ser "compreendida" — ou seja, ser dissolvida, irremediavelmente destruída, inteiramente substituída pela imagem ou pelo impulso que ela significa de acordo com a convenção da linguagem. Pois a prosa sempre subentende o universo da experiência e dos atos, universo no qual — ou *graças ao qual* — nossas percepções e nossas ações ou emoções devem finalmente corresponder-se ou responder-se de uma única maneira, *uniformemente*. O universo prático se reduz a um conjunto de *objetivos*. Atingido tal objetivo, a palavra expira. Esse universo exclui a ambiguidade, elimina-a; impõe o procedimento pelos caminhos mais curtos e abafa o mais cedo possível os harmônicos de todos os acontecimentos produzidos no espírito.

*

Mas a poesia exige ou sugere um "Universo" bem diferente: universo de relações recíprocas, análogo ao universo dos sons, no qual nasce e movimenta-se o pensamento musical. Nesse universo poético, a ressonância prevalece sobre a casualidade, e a "forma", longe de desvanecer-se em seu efeito, é como que *novamente exigida* por ele. A Ideia reivindica sua voz.

(Resulta daí uma diferença *extrema* entre os momentos de construção da prosa e os momentos de criação da poesia.)

Assim, na arte da Dança, com o estado do dançarino (ou do amante de balés) sendo o objetivo dessa arte, os movimentos e os deslocamentos dos corpos não têm qualquer limite no *espaço* — nenhum objetivo visível; *nada* que os anule ao se juntar; e ninguém pensa em impor a ações coreográficas a lei dos atos *não poéticos,* mas *úteis,* que é a de se fazer *com a maior economia de forças,* e *de acordo com os caminhos mais curtos.*

*

Essa comparação pode provocar o sentimento de que nem a simplicidade, nem a clareza são absolutas na poesia, onde é perfeitamente *razoável* — e até necessário — manter-se na condição mais distante possível daquela da prosa, com o risco de se perder (sem muito arrependimento) tantos leitores quantos forem precisos.

*

Voltaire disse maravilhosamente bem que "a Poesia é feita apenas de belos detalhes". Penso da mesma forma. O universo poético de que falava introduz-se pela quantidade, ou melhor, pela densidade das imagens, das figuras, das consonâncias, dissonâncias, pelo encadeamento dos rodeios e dos ritmos, sendo essencial evitar constantemente o que reconduziria à prosa, seja pelo arrependimento, seja pelo acompanhamento exclusivo da *ideia*...

Em suma, quanto mais adequado estiver um poema à Poesia, menos se pode pensar em prosa sem se perder. Resumir, colocar em prosa um poema é simplesmente desconhecer a essência de uma arte. A necessidade poética é inseparável da forma sensível, e os pensamentos enunciados ou sugeridos por um texto de poema não são de modo algum o objetivo único e fundamental do discurso, e sim *meios* que colaboram *igualmente* com os sons, cadências, número e figuras para provocar, sustentar uma certa tensão ou exaltação, para produzir em nós um *mundo* — ou um *modo de existência* — inteiramente harmônico.

*

Portanto, se me interrogarem, se se inquietarem (como acontece, e às vezes intensamente) sobre o que eu "quis dizer" em tal poema, respondo que não *quis dizer*, e sim *quis fazer*, e que foi a intenção de *fazer* que *quis* o que eu *disse*...

Quanto ao *Cemitério Marinho*, essa intenção primeiramente foi apenas uma imagem rítmica vazia, ou cheia de sílabas inúteis, que veio me obcecar por algum tempo. Notei que essa imagem era decassílaba e refleti um pouco sobre esse tipo tão pouco empregado na poesia moderna; parecia-me pobre e monótono. Era quase insignificante perto do alexandrino, elaborado prodigiosamente por três ou quatro gerações de grandes artistas. O demônio da generalização sugeria que se tentasse levar esse *Dez* à potência do *Doze*. Ele me propôs uma certa estrofe de seis versos e a ideia de uma *composição* baseada no número dessas estrofes e consolidada por uma diversidade de tons e de funções que lhe serão destinados. Entre as estrofes deveriam ser instituídos contrastes ou correspondências. Essa última condição logo exigiu que o poema possível fosse um monólogo do "eu", no qual os temas mais simples e os mais constantes de minha vida afetiva e intelectual, tais como foram impostos à minha adolescência, e associados ao mar e à luz de um certo lugar às margens do Mediterrâneo, fossem chamados, tramados, contrapostos...

Tudo isso conduzia à morte e tocava o pensamento puro. (O verso escolhido de dez sílabas tem alguma relação com o verso dantesco.)

Era preciso que meu verso fosse denso e muito ritmado. Eu sabia que estava me dirigindo para o monólogo mais pessoal e também mais universal que poderia construir. O tipo de verso escolhido, a forma adotada para as estrofes davam-me condições que favoreciam certos "movimentos", permitiam certas mudanças de tom, solicitavam um certo estilo... O *Cemitério Marinho* estava *concebido*. Um trabalho bastante longo veio a seguir.

*

Sempre que eu sonho com a arte de escrever (em verso ou em prosa), o mesmo "ideal" se declara a meu espírito. O mito da "criação" nos seduz a querer fazer alguma coisa de nada. Sonho então que encontro progressivamente minha obra a partir de puras condições de forma, cada vez mais meditadas — tornadas precisas até o ponto proposto ou quase imposto por elas... —, um *tema*, ou, pelo menos, uma família de temas.

Observemos que condições precisas de forma são apenas a expressão da inteligência e da consciência que temos sobre os *meios* dos quais podemos dispor e de seu alcance, bem como de seus limites e de seus defeitos. É por isso que me acontece definir o *escritor* através de uma relação entre um certo "espírito" e a Linguagem...

Mas eu conheço tudo o que há de quimérico em meu "Ideal". A natureza da linguagem se presta muito pouco a combinações contínuas; e, aliás, a formação e os hábitos do leitor moderno, ao qual a alimentação costumeira de incoerência e de efeitos instantâneos torna imperceptível qualquer esmero na estrutura, não aconselham muito a perder-se tão longe de si...

Contudo, apenas o pensamento de construção dessa espécie permanece para mim como a ideia mais *poética*: a ideia de composição.

*

Detenho-me nessa palavra... Ela me levaria a nem sei que distâncias... Nada me surpreendeu mais nos poetas, ou deu-me mais pesar, que o pouco esmero nas composições. Nos líricos mais ilustres, só encontro desenvolvimentos puramente lineares — ou... delirantes —, ou seja, que procedem cada vez mais próximos, sem mais organização sucessiva do que a que nos mostra um rastilho de pólvora sobre o qual corre a chama. (Não estou falando dos poemas nos quais predomina uma narração e intervém a cronologia dos acontecimentos: são obras mistas; óperas, e não sonatas ou sinfonias.)

Mas minha surpresa dura apenas o tempo de lembrar-me de minhas próprias experiências e das dificuldades quase desanimadoras que encontrei em minhas tentativas de *compor* na ordem lírica. E que, nesse caso, o detalhe tem importância essencial a todo instante, e a previsão mais bela e mais culta deve harmonizar-se com a incerteza das criações. No universo lírico, cada instante deve consumir uma aliança indefinível do sensível e do significativo. Resulta daí que a composição é, de alguma forma, contínua e não pode se isolar em um outro tempo que não aquele da execução. Não há um tempo para o "conteúdo" e um tempo da "forma"; e a composição nesse gênero se opõe não somente à desordem ou à desproporção, mas também à *decomposição*. Se o sentido e o som (ou se o conteúdo e a forma) podem ser facilmente dissociados, o poema se *decompõe*.

Consequência fundamental: as "ideias" que aparecem em uma obra poética não desempenham o mesmo papel, não são absolutamente *valores da mesma espécie* que as "ideias" da prosa.

Eu disse que o *Cemitério Marinho* se propôs primeiramente a meu espírito, sob a forma de uma composição, através de estrofes de seis versos de dez sílabas. Essa determinação permitiu que eu distribuísse com grande facilidade em minha obra o que ela devia conter de sensível, de afetivo e de abstrato para sugerir, transportada para o universo poético, a meditação sobre um certo *eu*.

A exigência dos contrastes a serem produzidos e de uma espécie de equilíbrio a ser observado entre os momentos desse *eu* levou-me (por exemplo) a introduzir em um ponto alguma alusão à filosofia. Os versos onde aparecem os argumentos famosos de Zenão de Eleia — (mas animados, confundidos, arrastados pelo arrebatamento de qualquer dialética, como uma enxárcia completa é arrastada por um golpe brusco de borrasca) — têm a função de compensar, através de uma tonalidade metafísica, o sensual e o "demasiadamente humano" de estrofes antecedentes; determinam também com maior precisão *a pessoa que fala* — um amante de abstrações; opõem finalmente ao que existiu de especulativo e de muito atento nele a força reflexa atual, cujo esforço quebra e dissipa um estado de fixidez sombria e como que complementar do esplendor reinante; ao mesmo tempo que subverte um conjunto *de julgamentos* sobre todas as coisas humanas, inumanas e sobre-humanas. Corrompi algumas imagens de Zenão exprimindo a rebelião contra a duração e a acuidade de uma meditação que provoca, de maneira muito cruel, o sentimento de desvio entre o *ser* e o *conhecer* desenvolvido pela consciência da consciência. A *alma* ingenuamente quer esgotar o infinito de Eleate.

Mas eu só tive a intenção de tomar da filosofia um pouco da sua *cor*.

*

As diversas observações precedentes podem dar uma ideia das reflexões de um autor na presença de um comentário sobre sua obra. Ele vê nela aquilo que ela deveria ser e aquilo que poderia ter sido, bem mais do que aquilo que ela é. O que pode haver então de mais interessante para ele do que o resultado de um exame escrupuloso e as impressões de um olhar estranho? Não é em mim que se compõe a unidade real de minha obra. Eu escrevi uma "partitura" — mas só posso escutá-la quando executada pela alma e pelo espírito de outra pessoa.

É por isso que o trabalho do senhor Cohen (abstração feita das coisas muito amáveis que nele se encontram) para mim é singularmente precioso. Ele procurou minhas intenções com um cuidado e um método notáveis, aplicou a um texto contemporâneo a mesma ciência e a mesma precisão que costuma mostrar em seus estudos eruditos sobre história literária. Delineou a arquitetura desse poema tão bem quanto realçou o detalhe — assinalou, por exemplo, as repetições de termos que revelam as tendências, as frequências características de um espírito. (Certas palavras soam em nós, entre todas as outras, como harmônicos de nossa natureza mais profunda...) Finalmente, fico-lhe muito reconhecido por ter me explicado tão lucidamente a seus jovens alunos.

Quanto à interpretação da *letra*, já me expliquei antes sobre esse ponto; mas nunca será demais insistir: *não há sentido verdadeiro de um texto*. Não há autoridade do autor. Seja o que for que tenha *pretendido dizer*, escreveu o que escreveu. Uma vez publicado, um texto é como uma máquina que qualquer um pode usar à sua vontade e de acordo com seus meios: não é evidente que o construtor a use melhor que os outros. Além disso, se ele conhece bem o que quis fazer, esse conhecimento sempre perturba, nele, a perfeição daquilo que fez.

Água-forte de Valéry para *O Cemitério Marinho*.

QUESTÕES DE POESIA[1]

Há cerca de quarenta e cinco anos, vi a poesia sofrer muitas agressões, ser submetida a experiências de uma extrema diversidade, experimentar caminhos totalmente desconhecidos, voltar às vezes a certas tradições; participar, em suma, das bruscas flutuações e do regime de novidade frequente que parecem ser características do mundo atual. A riqueza e a fragilidade das combinações, a instabilidade dos gostos e as transmutações rápidas de valores; finalmente, a crença nos extremos e o desaparecimento do durável são traços dessa época, que seriam ainda bem mais sensíveis se não respondessem com muita exatidão à nossa própria sensibilidade, que se torna cada vez mais obtusa.

Nessa última metade do século, uma sucessão de fórmulas ou de modelos poéticos se pronunciaram, desde o tipo estrito e facilmente definível do Parnaso até as produções mais corrompidas e as tentativas realmente mais livres. É conveniente, e importante, juntar a esse conjunto de invenções certas retomadas frequentemente muito felizes: empréstimos feitos aos séculos XVI, XVII e XVIII de formas puras ou eruditas, cuja elegância é, talvez, imprescritível.

*

Todos esses requintes foram instituídos na França; o que é bastante notável, uma vez que esse país é considerado pouco poético, apesar de ter produzido muitos poetas famosos. É certo que, há cerca de trezentos anos, os franceses foram instruídos a menosprezar a verdadeira natureza da poesia e a deixar-se enganar por caminhos que levam ao extremo oposto de sua morada. Vou mostrá-lo facilmente daqui a pouco. Isso explica por que os acessos de poesia que se produziram de vez em quando entre nós tiveram que se produzir sob forma de revolta ou de rebelião; ou então, ao contrário, concentram-se em um pequeno número de cabeças ardentes, ciumentas de suas secretas certezas.

Mas, nessa mesma nação pouco cantante, uma surpreendente riqueza de invenções líricas se manifestou durante o último quarto de século. Aproximadamente em 1875, com Victor Hugo ainda vivo, com Leconte de Lisle e os seus alcançando a glória, vimos nascer os nomes de Verlaine, de Stéphane Mallarmé, de Arthur Rimbaud, esses três Reis Magos da poética moderna, portadores de presentes tão preciosos e de perfumes tão

[1] Publicado em *La Nouvelle Revue Française*, 1º de janeiro de 1935, pp. 53-70.

raros que o tempo passado desde então não alterou o brilho nem a força desses dons extraordinários.

A extrema diversidade de suas obras, aliada à variedade de modelos oferecidos pelos poetas da geração precedente, permitiu e permite conceber, sentir e praticar a poesia em uma quantidade admirável de formas muito diferentes. Hoje em dia existem, sem dúvida, aqueles que ainda seguem Lamartine; outros prolongam Rimbaud. O mesmo pode mudar de gosto e de estilo, queimando aos vinte anos o que adorava aos dezesseis; não sei que transmutação íntima faz deslizar de um mestre a outro o poder de encantar. O amante de Musset se refina e abandona-o por Verlaine. Aquele, alimentado precocemente com Hugo, dedica-se totalmente a Mallarmé.

Essas passagens espirituais em geral são feitas em um certo *sentido* ao invés de outro, que é muito menos provável: deve ser raríssimo que o "Barco Ébrio" conduza por fim a "O Lago". Em compensação, não se pode perder, pelo amor da pura e dura "Herodíades", o gosto pela "Prece de Ester".

Esses desamores, essas paixões súbitas ou golpes de misericórdia, essas convenções e substituições, essa possibilidade de *sensibilizar-se* sucessivamente pela ação de poetas incompatíveis são fenômenos literários de primeira importância. Portanto, nem falemos deles.

Mas, do que falamos quando falamos em "Poesia"?

Admira-me não existir um campo de nossa curiosidade no qual a observação das *próprias coisas* seja mais descuidada.

Sei muito bem que o mesmo acontece com todas as matérias em que se possa temer que o olhar totalmente puro dissipe ou desencante seu objeto. Vi, não sem interesse, o descontentamento excitado pelo que escrevi há algum tempo sobre a História e que se reduzia a simples constatações que todo mundo pode fazer. Essa pequena agitação era muito natural e fácil de se prever, visto ser mais fácil reagir do que refletir, e que esse mínimo deve necessariamente prevalecer no maior número de espíritos. Quanto a mim, abstenho-me sempre de acompanhar esse arrebatamento de ideias que foge do *objeto* observável e, de sinal em sinal, irrita o sentimento particular... Acho que é preciso desaprender a considerar apenas o que o costume e, principalmente, a mais poderosa de todas, a linguagem, oferece-nos para consideração. É preciso tentar se deter em outros pontos além daqueles indicados pelas *palavras*, ou seja, *pelos outros*.

Portanto, vou tentar mostrar como o uso trata a Poesia e como faz dela o que ela não é, em detrimento do que ela é.

*

Quase nada pode ser falado sobre a "Poesia" que não seja diretamente inútil a todas as pessoas em cujas vidas íntimas essa força singular que faz desejá-la ou produzir-se pronuncia-se como um apelo inexplicável de seu ser ou então como sua resposta mais pura.

Essas pessoas sentem a necessidade daquilo que geralmente não serve para coisa alguma e, às vezes, percebem não sei que rigor em certos arranjos de *palavras* totalmente arbitrários a outros olhos.

As mesmas não se deixam convencer facilmente a amar o que não amam, nem a não amar o que amam — que foi, outrora e recentemente, o principal esforço da crítica.

*

Quanto àqueles que não sentem com muita força a presença nem a ausência da Poesia, ela é para eles, sem dúvida, apenas uma coisa abstrata e misteriosamente admitida: coisa tão inútil quanto se quiser — embora uma tradição que convém ser respeitada atribua a essa entidade um desses valores indeterminados, como flutuam alguns no espírito público. A importância conferida a algum título de nobreza em uma nação democrática pode servir de exemplo aqui.

Imagino, sobre a essência da Poesia, que ela tenha, de acordo com as diversas naturezas dos espíritos, valor nulo ou importância infinita: o que a assimila ao próprio Deus.

*

Entre esses homens sem grande apetite de Poesia, que não sentem necessidade dela e que não a teriam inventado, quer a má sorte que se inclua um grande número daqueles cujo fardo ou destino é julgá-la, discorrer sobre ela, estimular e cultivar o gosto por ela; e, em suma, conceder o que não têm. Frequentemente eles dedicam a isso toda sua inteligência e todo seu zelo: o que nos faz temer pelas consequências.

Sob o nome magnífico e discreto de "Poesia", eles são inevitavelmente conduzidos ou obrigados a considerar todos os outros objetivos além daquele com que pensam se ocupar. Tudo lhes serve, sem que sequer duvidem, para fugir do essencial ou para iludi-lo inocentemente. Tudo o que não for esse essencial é bom para eles.

Enumeram-se, por exemplo, os meios aparentes usados pelos poetas; salientam-se frequências ou ausências no vocabulário; denunciam-se as imagens favoritas; assinalam-se semelhanças entre um e outro e empréstimos. Alguns tentam restituir seus desígnios secretos e ler, com uma transparência duvidosa, intenções ou alusões na obra. Escrutam naturalmente, com uma complacência que demonstra como se extraviam, o que sabemos (ou acreditamos saber) da vida dos autores como se fosse possível um dia conhecer dela a verdadeira dedução íntima e, aliás, como se as belezas de expressão, a concordância deliciosa, sempre... *providencial*, de termos e de sons fossem efeitos muito naturais das vicissitudes encantadoras ou patéticas de uma existência. Mas todo mundo é feliz e infeliz; e os extremos da alegria, como os da dor, não foram recusados aos mais grosseiros e às almas menos cantantes. *Sentir* não significa *tornar sensível* — e, menos ainda, *belamente sensível*...

*

Não é admirável que sejam procuradas e encontradas tantas maneiras de tratar de um assunto sem ao menos roçar o princípio, demonstrando através do método empregado, dos modos de atenção aplicados e até através do trabalho infligido, um pleno e perfeito desconhecimento da verdadeira *questão*?

Além disso: na quantidade de trabalhos eruditos que há séculos foram consagrados à Poesia, vemos maravilhosamente poucos (e digo "poucos" para não ser absoluto) que não implicam uma negação de sua existência. As características mais sensíveis, os problemas mais reais dessa arte tão complexa são como que exatamente ofuscados pelo gênero de olhares que se fixam nelas.

*

O que se faz? Trata-se o poema como se fosse divisível (*e como se devesse sê-lo*) em um *discurso de prosa* que se basta e consiste-se por si; e, por outro lado, em *um trecho de uma música particular*, mais ou menos próxima da música propriamente dita, tal como a voz humana pode produzi-la; mas a nossa não se eleva até o canto que, de resto, pouco conserva as *palavras*, atendo-se apenas às *sílabas*.

Quanto ao *discurso de prosa* — ou seja, discurso que, colocado em outros termos, preencheria a mesma função —, ele também é dividido, por sua vez. Considera-se que ele se decompõe em um texto pequeno (que pode se reduzir, às vezes, a uma palavra ou ao título da obra) por um lado, e em uma quantidade qualquer de *palavras acessórias* por outro; ornamentos, imagens, figuras, epítetos, "belos detalhes", cuja característica comum é a de poderem ser introduzidos, multiplicados, suprimidos *ad libitum*...

E quanto à *música de poesia*, essa *música particular* de que eu falava, para uns ela é imperceptível; para a maioria, desprezível; para alguns, o objeto de pesquisas abstratas, às vezes eruditas, geralmente estéreis. Sei que foram feitos esforços dignos contra as dificuldades dessa matéria; mas temo que as forças tenham sido mal aplicadas. Nada mais enganador que os métodos denominados "científicos" (e as medidas ou os registros, em particular) que sempre permitem que se responda com "um fato" a uma questão, mesmo absurda ou mal formulada. O valor desses métodos (como o da lógica) depende da maneira como são utilizados. As estatísticas, os traços sobre a cera, as observações cronométricas invocadas para resolver questões de origem ou de tendência totalmente "subjetivas" enunciam bem *alguma coisa*; mas, nesse caso, seus oráculos, longe de nos tirarem de dificuldades e encerrarem qualquer discussão, apenas introduzem, sob a forma e o aparato do material da física, uma metafísica completa, ingenuamente disfarçada.

Por mais que contemos os passos da deusa, que observemos a frequência e o comprimento *médio*, não obteremos o segredo de sua graça instantânea. Até hoje não constatamos que a louvável curiosidade que se consumiu escrutando os mistérios da música feita para a linguagem "articulada" tenha nos proporcionado produções de importância nova e essencial. Ora, tudo está lá. A única garantia do saber real é o poder: poder de fazer ou poder de predizer. Todo o resto é Literatura...

Contudo, devo reconhecer que essas pesquisas que considero pouco frutíferas têm, pelo menos, o mérito de buscar a precisão. A intenção é excelente... O *quase* contenta facilmente nossa época, em todas as ocasiões em que a *matéria* não está em jogo. Nossa época se encontra, portanto, ao mesmo tempo mais precisa e mais superficial que qualquer outra: mais precisa apesar dela mesma, mais superficial por si mesma. O acidente é mais precioso para ela que a substância. As pessoas a divertem, e o homem a aborrece; e ela receia em todas as coisas esse aborrecimento bem-aventurado que, nas épocas mais tranquilas e como que mais vazias, nos produzia profundos, difíceis e desejáveis leitores. Quem, e para quem, pesaria hoje suas menores palavras? E que Racine interrogaria seu Boileau particular a fim de obter licença para substituir a palavra *infortunado* pela palavra *miserável* em tal verso? — o que não foi permitido.

*

Já que resolvi resgatar um pouco a Poesia de tanta prosa e do espírito de prosa que a sobrecarrega e oculta com conhecimentos completamente inúteis ao conhecimento e ao domínio de sua natureza, posso observar bem os efeitos que esses trabalhos produzem em muitos espíritos de nossa época. Ocorre que o hábito da extrema exatidão atingida em alguns campos (familiar à maioria por causa das muitas aplicações na vida prática) tende a tornar inúteis, se não insuportáveis, muitas especulações tradicionais, muitas teses ou teorias que, sem dúvida, podem nos ocupar ainda, irritar um pouco o intelecto, fazer-nos escrever, e até folhear, diversos livros excelentes; mas sobre a qual sentimos, por outro lado, que nos bastaria um olhar ligeiramente mais ativo, ou algumas questões imprevistas, para ver transformarem-se em simples possibilidades verbais as miragens abstratas, os sistemas arbitrários e as vagas perspectivas. De hoje em diante, todas *as ciências que têm para si apenas o que elas dizem* encontram-se "virtualmente" depreciadas pelo desenvolvimento daquelas cujos resultados são experimentados e utilizados a todo instante.

Imaginemos então os julgamentos que podem nascer em uma inteligência acostumada a algum rigor quando são propostas certas "definições" e certos "desenvolvimentos" que pretendem introduzi-la na compreensão das Letras e particularmente da Poesia. Que valor atribuir aos raciocínios feitos sobre o "Classicismo", o "Romantismo", o "Simbolismo" etc. quando estivermos cuidando de estabelecer a relação entre as características singulares e as qualidades de execução que fixam o preço e garantem a conservação de tal obra *no estado vivo* e as pretensas ideias gerais e tendências "estéticas" que se presume serem designadas por esses belos nomes? São termos abstratos e convencionados: mas convenções são nada menos que "cômodas", já que o desacordo dos autores sobre seus significados é, de alguma forma, regra; e já que parecem feitas para provocá-lo e fornecer o pretexto para dissensões infinitas.

*

Fica muito claro que todas essas classificações e visões cavalheirescas nada acrescentam ao prazer de um leitor capaz de amor, nem aumentam em um profissional a compreensão dos meios que os mestres prepararam: elas não ensinam a ler nem a escrever. Além disso, elas desviam e dispersam o espírito dos problemas reais da arte; ao mesmo tempo que permitem a muitos cegos discorrerem admiravelmente sobre a cor. Quantas leviandades foram escritas pela graça da palavra "Humanismo", e quantas tolices para fazer as pessoas acreditarem na invenção da "Natureza" por Rousseau!... É verdade que, uma vez adotadas e absorvidas pelo público, entre mil visões que o ocupam inutilmente, essas aparências de pensamentos adquirem uma forma de existência e fornecem pretexto e matéria a uma grande quantidade de combinações de uma certa *originalidade* escolar. Engenhosamente descobre-se um *Boileau* em *Victor Hugo*, um romântico em *Corneille*, um "psicólogo" ou um realista em *Racine*... São todas coisas que não são verdadeiras nem falsas — e que, aliás, não podem sê-lo.

*

Admito que não se faça caso da literatura em geral e da poesia em particular. Esse é um assunto particular, a beleza; a impressão de reconhecê-la e senti-la em tal momento é um acidente mais ou menos frequente em uma existência, como acontece com a dor e a volúpia; mas mais casual ainda. Nunca é certo que um tal objeto nos seduzirá; nem que, havendo agradado (ou desagradado) uma vez, agradará (ou desagradará) na vez seguinte. Essa incerteza que frustra todos os cálculos e todos os cuidados e que permite todas as combinações das obras com os indivíduos, todas as rejeições e todas as idolatrias, faz com que os destinos das obras participem dos caprichos, das paixões e variações de qualquer pessoa. Se alguém aprecia realmente um poema, sabemo-lo através do que ele comenta a respeito como se fosse uma afeição pessoal — se é que ele fala a respeito. Conheci homens tão ciumentos do que admiravam perdidamente que suportavam mal a ideia de que outros estivessem apaixonados e até de que conhecessem, imaginando seu amor prejudicado pela divisão. Preferiam esconder a propagar seus livros prediletos, tratando-os (em detrimento da glória geral dos autores e em proveito de seu culto) como os sábios maridos do Oriente tratavam suas esposas, cercando-as de segredo.

*

Mas se quisermos, como quer o uso, fazer das Letras uma espécie de instituição de utilidade pública, associar à celebridade de uma nação — que é, em suma, um *valor de Estado* — títulos de "obras-primas", que devem ser inscritas junto aos nomes de suas vitórias; e se, transformando em meios de educação instrumentos de prazer intelectual, atribuímos a essas criações um emprego importante na formação e classificação dos jovens, ainda é preciso tomar cuidado para não se corromper dessa forma o sentido próprio e verdadeiro da arte. Essa corrupção consiste em substituir a precisão *absoluta* do prazer ou do interesse direto excitado por uma obra por precisões inúteis e externas ou opiniões convencionais, em fazer dessa obra um *reagente* que sirva ao controle pedagógico, uma matéria com desenvolvimentos parasitas, um pretexto para problemas absurdos...

Todas essas intenções colaboram para o mesmo efeito: esquivar-se das questões reais, organizar uma confusão...

Quando vejo o que se faz com a Poesia, o que se pergunta, o que se responde a seu respeito, a ideia que se dá nos estudos (e quase em toda parte), meu espírito, que se acredita (em consequência sem dúvida da natureza íntima dos espíritos) o espírito mais simples possível, espanta-se "até o limite do espanto".

Ele se diz: nada vejo em tudo isso que me permita ler melhor este poema, *executá-lo* melhor para meu prazer; nem conceber mais distintamente sua estrutura. Incitam-me a algo totalmente diferente e nada existe que não seja procurado para desviar-me do *divino*. Ensinam-me datas, biografias, entretêm-me com disputas, com doutrinas que não me preocupam quando se trata de canto e da arte sutil da voz portadora de ideias... Onde está então o essencial nessas propostas e nessas teses? O que é feito do que se observa imediatamente em um texto, das sensações que ele está destinado a produzir? Ainda haverá tempo de se tratar da vida, dos amores e das opiniões de um poeta, de seus amigos e inimigos, de seu nascimento e de sua morte, quando tivermos avançado bastante no *conhecimento poético* de seu poema, ou seja, quando estivermos transformados no instrumento da coisa escrita, de maneira que nossa voz, nossa inteligência e todos os meios de nossa sensibilidade se tenham composto para dar vida e presença poderosa ao ato de criação do autor.

A característica superficial e inútil dos estudos e dos ensinamentos com a qual acabo de me surpreender aparece com a menor questão precisa. Enquanto escuto essas dissertações, às quais não faltam os "documentos" nem as sutilezas, não posso me impedir de pensar que nem sei o que é uma *Frase*... Meu ponto de vista sobre o que entendo por um *Verso* é divergente. Li ou forjei vinte "definições" de *Ritmo*, sendo que não adoto qualquer uma delas. Que estou dizendo!... Se me demoro somente para perguntar-me o que é uma *Consoante*, eu me interrogo; consulto; e só obtenho aparências de conhecimento nítido, distribuído em vinte opiniões contraditórias...

Se eu ousar agora informar-me sobre esses empregos, ou melhor, sobre esses abusos da linguagem agrupados sob o nome vago e geral de "figuras", nada encontro além de vestígios muito desprezados da análise bastante imperfeita tentada pelos antigos nesses fenômenos "retóricos". Ora, essas figuras, tão desprezadas pela crítica dos modernos, desempenham um papel de primeira importância não somente na poesia declarada e organizada, mas também naquela poesia perpetuamente ativa que atormenta o vocabulário fixado, dilata ou restringe o sentido das palavras, opera sobre elas através das simetrias ou conversões, altera a todo instante os valores dessa moeda fiduciária; e, ora pela boca do povo, ora pelas necessidades imprevistas da expressão técnica, ora sob a pena hesitante do escritor, dá origem a essa variação da língua que a torna insensivelmente diferente. Ninguém parece ter ao menos tentado retomar essa análise. Ninguém procura no exame profundo dessas substituições, dessas observações contraídas, desses equívocos refletidos e desses expedientes tão vagamente definidos até aqui pelos gramáticos, as propriedades que eles supõem e que não podem ser muito diferentes daquelas que às vezes são salientadas pelo gênio geométrico e sua arte de criar instrumentos de pensamento cada vez mais flexíveis e penetrantes. O Poeta, sem saber, movimenta-se em uma ordem de relações e de transformações *possíveis*, na qual ele só percebe ou busca os efeitos momentâneos e particulares que lhe são importantes em tal estado de sua operação interior.

Concordo que as pesquisas desse tipo são terrivelmente difíceis e que sua utilidade só pode se manifestar a pouquíssimos espíritos; e concordo que é menos abstrato, mais fácil, mais "humano", mais vivo, desenvolver considerações sobre as "fontes", as "influências", a "psicologia", os "meios" e as "inspirações" poéticas do que se ater aos problemas orgânicos da expressão e de seus efeitos. Não nego o valor nem contesto o interesse de uma literatura que tem a própria Literatura como cenário, e os autores como personagens; mas devo constatar que não encontrei aí muita coisa que pudesse me servir positivamente. Isso é bom para conversas, discussões, conferências, exames ou teses, e todos os assuntos externos desse gênero, cujas exigências são bem diferentes daquelas do colóquio impiedoso entre o *querer* e o *poder* de alguém. A Poesia forma-se ou comunica-se no abandono mais puro ou na espera mais profunda: se a tomarmos como objeto de estudo, é por esse lado que se deve olhar: é no ser, e muito pouco nos seus ambientes.

Como é surpreendente, diz-me ainda meu espírito de simplicidade, que uma época que estimula até um ponto inacreditável, na fábrica, no canteiro de obras, na areia, no laboratório ou nos escritórios, a disseminação do trabalho, a economia e a eficácia dos atos, a pureza e a limpeza das operações, rejeite nas artes as vantagens da experiência adquirida, recuse invocar algo além da improvisação, do fogo do céu, do recurso ao acaso sob diversos nomes lisonjeiros!... Em nenhuma época se marcou, se exprimiu, se afirmou e até se proclamou mais fortemente o menosprezo por aquilo que garante a perfeição própria das obras, lhes dá através das ligações de suas partes a unidade e a consistência da forma, e todas as qualidades que os lances mais felizes não lhe podem conferir. Mas nós somos instantâneos. Metamorfoses demais e revoluções de todo tipo, muitas transmutações rápidas de gostos em desgostos e de coisas ridículas em coisas sem preço, muitos valores diversos demais dados simultaneamente acostumam-nos ao contentamento com os primeiros termos de nossas impressões. E como, em nossa época, sonhar com a duração, especular sobre o futuro, querer *legar*? Parece-nos inútil tentar resistir ao "tempo" e oferecer a desconhecidos que viverão dentro de duzentos anos modelos que possam emocioná-los. Achamos quase inexplicável que tantos homens importantes tenham pensado em nós e tenham, talvez, se tornado grandes homens exatamente por ter pensado nisso. Finalmente, tudo nos parece tão precário e tão instável em tudo, tão necessariamente acidental, que acabamos transformando em acidentes a sensação e a consciência menos sustentadas, a substância de muitas obras.

Em suma, estando abolida a superstição da posteridade; dissipada a preocupação com o dia seguinte; com a composição, a economia dos meios, a elegância e a perfeição tornando-se imperceptíveis a um público menos sensível e mais ingênuo do que antes, é muito natural que a arte da poesia e que a compreensão dessa arte sejam (como tantas outras coisas) afetadas a ponto de impedir qualquer previsão e até qualquer imaginação de seu destino, mesmo próximo. O destino de uma arte está ligado, de um lado, a seus meios materiais; de outro lado, aos espíritos que possam se interessar por ela e que encontrem aí a satisfação de uma necessidade verdadeira. Até aqui, e desde a mais alta antiguidade, a leitura e a escrita eram os únicos meios de troca, bem como os únicos métodos de trabalho e de conservação da expressão através da linguagem. Não se pode mais responder por seu futuro. Quanto aos espíritos, já se vê que são solicitados e seduzidos por tantos prestígios imediatos, tantos excitantes diretos que lhe dão, sem esforço, as sensações mais intensas e representam-lhes a própria vida e a natureza totalmente presente, que podemos duvidar se nossos netos encontrarão o menor sabor nas graças antiquadas de nossos poetas mais extraordinários e de qualquer poesia em geral.

Sendo meu propósito mostrar, pela maneira em que é geralmente considerada a Poesia, o quanto ela é normalmente desconhecida — vítima lamentável das inteligências às vezes mais fortes, mas que não têm qualquer sentido para ela —, devo prosseguir e dedicar-me a algumas explicações precisas.

Citarei primeiro o grande D'Alembert: "*Aqui está, parece-me*", escreve, "*a lei rigorosa, mas justa, que nosso século impõe aos poetas: ele só reconhece como sendo ainda bom em versos o que consideraria excelente em prosa*".

Essa sentença é daquelas cujo inverso é exatamente o que pensamos que se deve pensar. Seria suficiente para um leitor de 1760 fazer o contrário para encontrar o que *devia* ser procurado e apreciado na sequência muito próxima dos tempos. Não estou dizendo que D'Alembert se tenha enganado, nem seu século. Digo que ele acreditava falar de Poesia enquanto pensava, com esse nome, em uma coisa totalmente diferente.

Deus sabe se, desde o enunciado desse "*Teorema de D'Alembert*", os poetas se consumiram para contradizê-lo!...

Alguns, compelidos pelo instinto, fugiram, em suas obras, para o mais distante da prosa. Desfizeram-se até, felizmente, da eloquência, da moral, da história, da filosofia e de tudo o que se desenvolve no intelecto somente à custa das *espécies da palavra*.

Outros, um pouco mais exigentes, tentaram, através de uma análise cada vez mais sutil e precisa do desejo e do prazer poético e de seus meios, construir uma poesia que nunca pudesse ser reduzida à expressão de um pensamento nem ser, portanto, traduzida, sem se perder em outras palavras. Perceberam que a transmissão de um estado poético que conduz todo o ser sensível é uma coisa diferente que a de uma ideia. Compreenderam que o sentido literal de um poema não é, e não realiza, toda sua finalidade; que ele não é, portanto, necessariamente *único*.

*

Contudo, apesar das pesquisas e das criações admiráveis, o hábito adquirido de julgar os versos de acordo com a prosa e sua função, de avaliá-los, de alguma forma, *conforme a quantidade de prosa que contêm*; o temperamento nacional tendo-se tornado cada vez mais *prosaico* desde o século XVI; os erros espantosos de ensino literário; a influência do teatro e da poesia dramática (ou seja, da *ação* que é essencialmente *prosa*) perpetuam muitos absurdos e muitas práticas que testemunham a ignorância mais estrepitosa das condições da poesia.

Seria fácil organizar uma tabela dos "critérios" do espírito antipoético. Tratar-se-ia da lista das maneiras de analisar um poema, de julgá-lo e de falar dele, que constituem manobras diretamente opostas aos esforços do poeta. Transportadas para o ensino, onde são regras, essas operações inúteis e bárbaras tendem a arruinar o sentido poético desde a origem até a noção do prazer que ele poderia dar.

Distinguir no verso o conteúdo e a forma; um tema e um desenvolvimento; o som e o sentido; considerar a rítmica, a métrica e a prosódia como natural e facilmente separáveis da *própria expressão verbal*, das próprias *palavras e da sintaxe*; eis aí outros sintomas de não compreensão ou de insensibilidade em matéria poética. *Colocar*, ou fazer *com que um poema seja colocado em prosa; fazer de um poema um material de instrução ou de exames* não são os menores atos de heresia. É uma verdadeira perversão esforçar-se assim para tomar em sentido oposto os princípios de uma arte quando se trataria, ao contrário, de introduzir os espíritos em um universo de linguagem que absolutamente não é o sistema comum das trocas de sinais por atos ou ideias. O poeta dispõe das palavras de uma maneira completamente diferente da que faz o uso e a necessidade. São as mesmas palavras, sem dúvida, mas de forma nenhuma os mesmos valores. É exatamente o não-uso, o *não-dizer* "*que chove*" que é a sua função; e tudo o que afirma, tudo o que demonstra que ele não fala em prosa é bom para ele. As rimas, a inversão, as figuras desenvolvidas, as simetrias e as imagens, tudo isso, criações ou convenções, são igualmente meios de se opor à tendência prosaica do leitor (como as "regras" famosas da arte poética têm o efeito de lembrar incessantemente ao poeta o *universo complexo* dessa arte). A impossibilidade de reduzir à prosa sua obra, a de *dizer* ou de *compreendê-la como prosa* são condições essenciais de existência, fora das quais essa obra não tem *poeticamente* qualquer sentido.

*

Após tantas propostas negativas, eu deveria agora entrar no positivo do tema; mas acharia pouco decente preceder uma antologia de poemas em que aparecessem as tendências e os modos de execução mais diferentes com uma exposição de ideias totalmente pessoais, apesar de meus esforços para conservar e compor apenas observações e raciocínios que podem ser refeitos por todo mundo. Nada mais difícil do que não sermos nós mesmos, ou do que sê-lo apenas até onde o quisermos.

PRIMEIRA AULA DO CURSO DE POÉTICA[1]

Senhor Ministro,
Senhor Administrador,
Senhoras e Senhores,

Para mim é uma sensação muito estranha e muito emocionante subir nesta tribuna e começar uma carreira totalmente nova em uma idade em que tudo nos aconselha a abandonar a ação e a renunciar ao trabalho.

Agradeço, Senhores Professores, pela honra prestada ao acolher-me entre os Senhores e pela confiança que demonstraram, primeiramente na proposta que lhes foi submetida de instituir uma matéria intitulada *Poética* e, em seguida, naquele que a submeteu.

Os Senhores talvez tenham pensado que certas matérias, que não são propriamente objeto da ciência, e que não podem sê-lo em vista de sua natureza quase interior e de sua estreita dependência em relação às próprias pessoas que se interessam por elas, podiam, contudo, se não ser ensinadas, pelo menos comunicadas de alguma maneira como o fruto de uma experiência individual, que tem a duração de toda uma vida, e que, consequentemente, a idade era uma espécie de condição que, nesse caso muito particular, podia ser justificada.

Minha gratidão dirige-se também a meus colegas da Academia Francesa que se juntaram aos Senhores para apresentar minha candidatura.

Agradeço finalmente ao Senhor Ministro da Educação Nacional por haver concordado com a transformação desta cadeira, bem como por haver submetido ao Senhor Presidente da República o decreto de minha nomeação.

Senhores, eu nem poderia começar a explicação de minha tarefa se não testemunhasse antes meus sentimentos de reconhecimento, de respeito e de admiração pelo meu ilustre amigo, Senhor Joseph Bédier. Não há necessidade de lembrar aqui a glória e os méritos insignes do sábio e do escritor, honra das Letras francesas, e não preciso falar de sua suave e persuasiva autoridade de administrador. Mas é difícil deixar de falar que foi ele, Senhores Professores, concordando com alguns dos Senhores, quem pensou naquilo que está se realizando hoje. Ele me seduziu com o encanto de sua Casa, que estava deixando, e foi quem me persuadiu a aceitar o fato de que eu poderia ocupar o lugar com o qual

---

[1] Aula inaugural do curso de poética no Collège de France em 10 de dezembro de 1937, publicado como folheto pelo autor e professores do Collège de France, 1938, e na *Introduction à la Poètique*, Paris: Gallimard, 1938.

nada me levava a sonhar. Finalmente, foi em alguma conversa com ele que a própria rubrica desta cadeira desprendeu-se de nossa troca de questões e reflexões.

Meu primeiro cuidado deve ser o de explicar o nome "Poética", restabelecido por mim em um sentido totalmente primitivo, que não é o de seu uso. Ele me ocorreu e pareceu-me ser o único conveniente para designar o gênero de estudos que estou me propondo a desenvolver neste curso.

Ouve-se normalmente esse termo em todas as exposições ou compilações de regras, de convenções ou de preceitos relativos à composição dos poemas líricos e dramáticos ou à construção dos versos. Mas podemos achar que ele já envelheceu o suficiente nesse sentido, com o próprio objeto, para dar-lhe um outro emprego.

Todas as artes admitiam, recentemente, ser submetidas, de acordo com a natureza de cada uma, a certas formas ou modos obrigatórios que se impunham a todas as obras do mesmo gênero e que podiam e deviam ser ensinadas como acontece com a sintaxe de uma linguagem. Não se admitia que os efeitos passíveis de serem produzidos por uma obra, por mais fortes ou felizes que fossem, fossem garantia suficiente para justificar essa obra e assegurar-lhe um valor universal. Reconheceu-se muito cedo que em cada arte havia práticas a serem recomendadas, observâncias e restrições favoráveis ao maior sucesso do desígnio do artista, e que era de seu interesse conhecê-las e respeitá-las.

Mas, aos poucos, em nome da autoridade de homens muito ilustres, a ideia de uma espécie de legalidade introduziu-se e substituiu as recomendações de origem empírica do início. Racionalizou-se e o rigor da regra formou-se. Ela foi expressa em fórmulas precisas; a crítica se armou; e seguiu-se esta consequência paradoxal, de que uma disciplina das artes, que opunha aos impulsos do artista dificuldades racionais, conheceu uma grande e durável reputação por causa da extrema facilidade que ela fornecia para o julgamento e a classificação das obras, através da simples referência a um código ou a um cânone bem definido.

Uma outra facilidade resultava dessas regras formais para aqueles que sonhavam em produzir. Condições muito rígidas, e mesmo muito severas, dispensam o artista de uma série de decisões das mais delicadas, aliviando-o de muitas responsabilidades em matéria de forma, ao mesmo tempo que o excitam às vezes a invenções às quais uma total liberdade nunca o levaria.

Mas, deplorando-a ou deleitando-se com ela, a era de autoridade nas artes há muito tempo está terminada, e a palavra "Poética" só desperta agora a ideia de prescrições incômodas e antiquadas. Acreditei então poder resgatá-la em um sentido que leve em conta a etimologia, sem ousar, contudo, relacioná-la ao radical grego — *poético* —, do qual a fisiologia se serve quando fala de funções hematopoéticas ou galactopoéticas. Mas é, finalmente, a noção bem simples *de fazer* que eu queria exprimir. O fazer, o *poïein*, do qual desejo me ocupar, é aquele que termina em alguma obra e que eu acabarei restringindo, em breve, a esse gênero de obras que se convencionou chamar de *obras do espírito*. São aquelas que o espírito quer fazer para seu próprio uso, empregando para esse fim todos os meios físicos que possam lhe servir.

Como o ato físico do qual eu falava, todas as obras podem ou não levar à meditação sobre essa produção e originar ou não uma atitude interrogativa mais ou menos pronunciada, mais ou menos exigente, que a transforma em problema.

Um estudo assim não é uma imposição. Podemos julgá-lo inútil e podemos até achar que essa pretensão é quimérica. Além disso: certas pessoas acharão essa pesquisa não apenas inútil, mas também prejudicial; e talvez até sintam-se obrigadas a considerá-la assim. Admite-se, por exemplo, que um poeta possa legitimamente temer alterar suas virtudes originais, sua força imediata de produção pela análise que fizer. Instintivamente ele se recusa a aprofundá-las de outra forma que não através do exercício de sua arte e a dominá-las completamente através do raciocínio demonstrativo. Poder-se-ia acreditar que nosso ato mais simples, nosso gesto mais familiar não poderia ser realizado, e que o menor de nossos poderes seria um obstáculo se tivéssemos que trazê-lo à mente e conhecê-lo a fundo para exercê-lo.

Aquiles não pode vencer a tartaruga se estiver sonhando com o espaço e com o tempo.

Contudo, pode acontecer, ao contrário, que se adquira por essa curiosidade um interesse tão vivo, que se atribua uma importância tão grande em segui-la, que sejamos levados a considerar com mais complacência, e até com maior paixão, *a ação que faz* do que a *coisa feita*.

É neste ponto, Senhores, que minha tarefa deve se diferenciar necessariamente daquela realizada pela História da Literatura de um lado, e pela Crítica dos textos e das obras do outro lado.

A História da Literatura procura as circunstâncias externamente atestadas, nas quais as obras foram compostas, manifestaram-se e produziram seus efeitos. Ela nos informa sobre os autores, sobre as vicissitudes de suas vidas e obras, na qualidade de coisas visíveis e que deixaram vestígios que podem ser levantados, coordenados e interpretados. Ela recolhe as tradições e os documentos.

Não preciso lembrar-lhes com que erudição e que originalidade de opiniões esse ensinamento foi aqui mesmo ministrado por seu eminente colega, Senhor Abel Lefranc. Mas o conhecimento dos autores e de sua época, o estudo da sucessão dos fenômenos literários pode apenas levar-nos a conjecturar sobre o que deve ter se passado no íntimo daqueles que fizeram o que foi preciso para conseguir inscrever-se nos anais da História das Letras. Se o conseguiram foi pelo concurso de duas condições que sempre podem ser consideradas como independentes: uma é necessariamente a própria produção da obra; a outra, a produção de um certo *valor* da obra por aqueles que a conheceram, experimentaram a obra produzida, que lhe impuseram a fama e garantiram a transmissão, a conservação, a vida posterior.

Acabo de usar os termos "valor" e "produção". Vou parar aí um instante.

Se quisermos fazer uma exploração no campo do espírito criador, não devemos ter medo de nos demorar um pouco nas considerações mais gerais, que são aquelas que nos permitirão um avanço sem sermos obrigados a voltar sobre nossos passos e que nos oferecerão também o maior número de analogias, ou seja, o maior número de expressões aproximadas para a descrição de fatos e de ideias que escapam, pela própria natureza na maioria das vezes, de qualquer tentativa de definição direta. E por isso faço a observação sobre este empréstimo de algumas palavras tomadas da Economia: será cômodo, talvez, reunir sob os únicos nomes *produção* e *produtor* as diversas atividades e os diversos personagens com que teremos de nos ocupar se quisermos tratar do que têm em comum, sem distinção entre suas diferentes espécies. Também será cômodo, antes de especificar que falamos de leitor, ou de ouvinte ou de espectador, misturar todos esses cúmplices das obras de todos os gêneros, sob o nome econômico de *consumidor*.

Quanto à noção de valor, sabe-se que ela desempenha no universo do espírito um papel de primeira importância, comparável ao que desempenha no mundo econômico, embora o valor espiritual seja muito mais sutil que o econômico, pois está ligado a necessidades infinitamente mais variadas e não enumeráveis, como o são as necessidades da existência fisiológica. Se ainda conhecemos a *Ilíada*, e se o ouro permaneceu, depois de tantos séculos, um corpo (mais ou menos simples) mas bastante extraordinário e geralmente venerado, é porque a raridade, a inimitabilidade e algumas outras propriedades distinguem o ouro e a *Ilíada*, tornando-os objetos privilegiados, padrões de *valor*.

Sem insistir em minha comparação econômica, é claro que a ideia de trabalho, as ideias de criação e de acúmulo de riquezas, de oferta e de demanda, apresentam-se muito naturalmente no campo que nos interessa.

Tanto pelas semelhanças como pelas diferentes aplicações, essas noções de mesmos nomes lembram-nos que em duas ordens de fatos, que parecem muito distantes entre si, se colocam problemas da relação das pessoas com o meio social. Aliás, como existe uma analogia econômica, e pelos mesmos motivos, existe também uma analogia política entre os fenômenos da vida intelectual organizada e os da vida pública. Existe uma política completa do poder intelectual, uma política interna (entenda-se muito interna) e uma política externa, sendo esta última da competência da História literária, da qual ela deveria constituir um dos principais objetos.

Política e Economia assim generalizadas são então noções que, desde o nosso primeiro olhar para o universo do espírito, e quando podíamos esperar considerá-lo como um sistema perfeitamente isolável durante a fase de formação das obras, se impõem e parecem profundamente presentes na maior parte dessas criações, e sempre iminentes na vizinhança desses atos.

No próprio seio do pensamento do erudito ou do artista mais absorvido em sua procura, e que parece o mais retraído em sua própria esfera, em colóquio com o que há de mais *seu* e de mais impessoal, existe não sei que pressentimento das reações externas que serão provocadas pela obra em formação: o homem dificilmente está sozinho.

Essa ação de presença deve sempre ser suposta sem medo de errar: mas ela está tão sutilmente composta com os outros fatores da obra, às vezes disfarçando-se tão bem, que é quase impossível isolá-la.

Sabemos, contudo, que o verdadeiro sentido de tal escolha ou de tal esforço de um criador está frequentemente *fora* da própria criação e resulta de uma preocupação mais ou menos consciente do efeito que será produzido e de suas consequências para o produtor. Assim, durante o trabalho, o espírito vai e volta incessantemente do Mesmo para o Outro; e modifica o que é produzido por seu ser mais interior, através dessa sensação particular do julgamento de terceiros. E então, em nossas reflexões sobre uma obra, podemos tomar uma ou outra dessas duas atitudes que se excluem. Se pretendemos proceder com o máximo rigor admitido por tal matéria, devemos nos obrigar a separar com muito cuidado nossa procura da geração de uma obra de nosso estudo sobre a produção de seu valor, ou seja, dos efeitos que podem ser originados aqui ou ali, nesta ou naquela cabeça, nesta ou naquela época.

Para demonstrar isso, basta observar aqui que o que se pode realmente saber, ou acreditar saber, em todos os campos é apenas o que podemos ou *observar* ou *fazer* nós mesmos, e que é impossível reunir, em um mesmo estado e na mesma consideração, a observação do espírito que produz a obra e a observação do espírito que produz algum valor para essa obra. Não há olhar capaz de observar ao mesmo tempo essas duas funções; produtor e consumidor são dois sistemas essencialmente separados. A obra para um é o *termo*; para o outro, a *origem* de desenvolvimentos que podem ser tão estranhos entre si quanto quisermos.

É preciso concluir que qualquer julgamento anunciando uma relação de três termos entre o produtor, a obra e o consumidor — e os julgamentos desse gênero não são raros na crítica — é um julgamento ilusório que não pode ter qualquer sentido, sendo arruinado assim que se aplica a reflexão. Podemos considerar apenas a relação da obra com seu produtor, ou então a relação da obra com aquele que é modificado por ela, uma vez pronta. A ação do primeiro e a reação do segundo nunca podem ser confundidas. As ideias que ambos fazem da obra são incompatíveis.

Resultam daí surpresas muito frequentes, sendo algumas vantajosas. Há mal-entendidos criadores. E há uma grande quantidade de efeitos — e dos mais fortes — que exigem a ausência de qualquer correspondência direta entre as duas atividades interessadas. Tal obra, por exemplo, é o fruto de longos cuidados e reúne uma quantidade de tentativas, de repetições, de eliminações e de escolhas. Exigiu meses, e até anos, de reflexão e pode supor também a experiência e as aquisições de uma vida inteira. Ora, o efeito dessa obra será declarado em alguns instantes. Um olhar bastará para apreciar um monumento considerável, para sentir o choque. Em duas horas, todos os cálculos do poeta trágico, todo o trabalho consumido para ordenar sua peça e formar cada verso um por um; ou então todas as combinações de harmonia e de instrumentos construídas pelo compositor; ou então todas as meditações do filósofo e os anos durante os quais ele atrasou, reteve seus pensamentos, esperando perceber e aceitar a ordem definitiva, todos esses atos de fé, todos esses atos de escolha, todas essas transações mentais vêm, finalmente, no estado de obra concluída, comover, surpreender, deslumbrar ou desconcertar o espírito do *Outro*, bruscamente submetido à excitação dessa enorme carga de trabalho intelectual. Existe, nesse caso, uma ação de *desmedida*.

Pode-se (muito grosseiramente, entenda-se) comparar esse efeito ao da queda, em alguns minutos, de uma massa que tivesse sido erguida, fragmento por fragmento, para o alto de uma torre, sem que se considerasse o tempo nem o número de viagens.

Obtém-se assim a impressão de uma força sobre-humana. Mas o efeito, os Senhores sabem, nem sempre se produz; acontece, nesse mecanismo intelectual, de a torre ser muito alta, a massa, muito grande e de observar-se um resultado nulo ou negativo.

Suponhamos, ao contrário, o grande efeito produzido. As pessoas que o sentiram e que foram como que vencidas pela força, pelas perfeições, pelo número de lances felizes, de belas surpresas acumuladas não podem, nem *devem*, imaginar todo o trabalho interno, as possibilidades consideradas, os longos levantamentos de elementos favoráveis, os raciocínios delicados, cujas conclusões adquirem a aparência de adivinhações, em uma palavra, a quantidade de vida interior que foi tratada pelo químico do espírito produtor ou selecionada no caos mental por um demônio a Maxwell; e essas pessoas são então levadas a imaginar um ser com imensos poderes, capaz de criar esses prodígios sem outro efeito além daquele que é necessário para emitir-se o que quer que seja.

O que a obra produz em nós, portanto, é incomensurável com nossas próprias faculdades de produção instantânea. Aliás, certos elementos da obra que vieram ao autor através de algum acaso favorável serão atribuídos a uma virtude singular de seu espírito. E assim que o consumidor, por sua vez, torna-se produtor: produtor, primeiramente, do valor da obra; e, em seguida, em virtude de uma aplicação imediata do princípio de casualidade (que, no fundo, é apenas a expressão ingênua de um dos meios de produção pelo espírito), torna-se produtor do valor do ser imaginário que fez o que ele admira.

Talvez, se os grandes homens fossem tão conscientes quanto grandes, não houvesse grandes homens por si mesmos.

Assim, e é onde eu queria chegar, esse exemplo, embora muito particular, faz-nos entender que a independência ou a ignorância recíproca dos pensamentos e das condições do produtor e do consumidor é quase essencial para o efeito das obras. O segredo e a surpresa frequentemente recomendados pelos estratégicos em seus trabalhos ficam aqui naturalmente garantidos.

Em resumo, quando falamos de obras do espírito, entendemos ou o final de uma certa atividade, ou a origem de uma outra certa atividade, e isso provoca duas ordens de modificações incomunicáveis, sendo que cada uma exige de nós uma acomodação incompatível com a outra.

Estamos considerando, portanto, uma obra como um *objeto*, puramente objeto, ou seja, colocando de nós mesmos apenas o que se pode aplicar indistintamente a todos os objetos: atitude bastante marcada pela ausência de qualquer produção de valor.

Que poder temos sobre esse objeto que, dessa vez, não tem qualquer poder sobre nós? Mas temos um poder sobre ele. Podemos medi-lo de acordo com sua natureza espacial ou temporal, contar as palavras de um texto ou as sílabas de um verso; constatar que tal livro foi publicado em tal época; que esta composição de um quadro é uma cópia daquela outra; que há um hemistíquio em Lamartine que existe em Thomas, e que tal página de Victor Hugo pertence, desde 1645, a um obscuro Père François. Podemos salientar que tal raciocínio é um paralogismo; que este soneto está incorreto; que o desenho deste braço é um desafio à anatomia e tal emprego de palavras, insólito. Tudo isso é o resultado de operações que podemos comparar a operações puramente materiais, já que elas se relacionam a maneiras de superposição da obra, ou de fragmentos da obra, a algum modelo.

Esse tratamento das obras do espírito não as distingue de todas as obras possíveis. Coloca-as e retém-nas no âmbito das coisas e impõe-lhes uma existência *definível*. Eis o ponto que é preciso lembrar:

Tudo o que podemos definir logo se distingue do espírito produtor, opondo-se a ele. O espírito faz, ao mesmo tempo, o equivalente com uma matéria sobre a qual pode operar ou com um instrumento com o qual pode operar.

Aquilo que ele definiu bem, o espírito coloca então fora de seu alcance, e é nisso que mostra conhecer-se e confiar apenas em si mesmo.

Essas distinções na noção de obra, que acabo de propor, e que a dividem, não através da procura de sutileza, mas através da referência mais fácil a observações imediatas, tendem a pôr em evidência a ideia que me servirá para introduzir minha análise da produção das obras do espírito.

Tudo o que eu disse até aqui restringe-se a algumas palavras: *a obra do espírito só existe como ato*. Fora desse ato, o que permanece é apenas um objeto que não oferece qualquer relação particular com o espírito. Transportem a estátua que vocês admiram para o país de um povo suficientemente diferente do nosso: ela não passa de uma pedra insignificante. Um Partenon não passa de uma pequena carreira de mármore. E quando o texto de um poeta é utilizado como compilação de dificuldades gramaticais ou de exemplos, ele deixa imediatamente de ser uma *obra do espírito*, visto que o uso que se faz é inteiramente estranho às condições de sua produção, e que lhe é recusado, por outro lado, o valor de consumo que dá um sentido a essa obra.

Um poema sobre o papel nada mais é do que uma escrita submetida a tudo o que se pode fazer de uma escrita. Mas, entre todas as suas possibilidades, existe uma, e uma apenas, que coloca finalmente esse texto nas condições em que ele adquirirá força e forma de ação. Um poema é um discurso que exige e que provoca uma ligação contínua entre a *voz que existe* e a *voz que vem* e *que deve vir*. E essa voz deve ser tal que se imponha e excite o estado afetivo do qual o texto seja a única expressão verbal. Eliminem a voz e a voz que é necessária, tudo se torna arbitrário. O poema transforma-se em uma sequência de sinais que só estão ligados por estarem materialmente traçados uns depois dos outros.

Por esses motivos não deixarei de condenar a prática detestável que consiste em abusar das obras mais bem-feitas para criar e desenvolver o sentimento da poesia nos jovens, em tratar os poemas como coisas, em cortá-los como se a composição nada fosse, em permitir, se não em exigir, que sejam recitados da forma que se conhece, empregados como provas de memória ou de ortografia; em uma palavra, em fazer abstração do essencial dessas obras, daquilo que as torna o que são, e não algo totalmente diferente, e que lhes dá sua virtude própria e sua necessidade.

É a execução do poema que é o poema. Fora dela, essas sequências de palavras curiosamente reunidas são fabricações inexplicáveis.

As obras do espírito, poemas ou outras, relacionam-se apenas ao *que faz nascer o que as fez nascer elas mesmas*, e absolutamente a nada mais. Sem dúvida podem manifestar-se divergências entre as interpretações poéticas de um poema, entre as impressões e os significados, ou melhor, entre as ressonâncias provocadas em um outro pela ação da obra. Mas eis que essa observação banal deve tomar, com a reflexão, uma importância de primeira grandeza: essa diversidade possível dos efeitos legítimos de uma obra é a própria marca do espírito. Ela corresponde, aliás, à pluralidade de caminhos oferecidos ao autor durante seu trabalho de produção. É que qualquer ato do próprio espírito está sempre como que acompanhado por uma certa atmosfera de indeterminação mais ou menos sensível.

Perdoem-me essa expressão. Não encontro outra melhor.

Coloquemo-nos no estado para o qual nos transporta uma obra, daquelas que nos obrigam a desejá-las mais, quanto mais as possuímos, ou quanto mais elas nos possuem. Encontramo-nos então divididos entre sentimentos nascentes, cuja alternância e contraste são bem notáveis. Sentimos, por um lado, que a obra que age em nós convém-nos tão proximamente que não podemos concebê-la de outra forma. Mesmo em alguns casos de supremo contentamento, sentimos que estamos nos transformando de alguma maneira profunda para sermos aquele cuja sensibilidade é capaz de tal plenitude de delícia e de compreensão imediata. Mas sentimos com a mesma intensidade, e como que através de um outro sentido, que o fenômeno que causa e desenvolve em nós esse estado, que nos inflige sua força, poderia não existir, e até que não deveria existir, classificando-se no improvável.

Enquanto nosso prazer ou nossa alegria está forte, forte como um fato, a existência e a formação do meio, da obra geradora de nossa sensação parecem-nos acidentais. Essa existência parece o efeito de um acaso extraordinário, de um dom suntuoso do destino, e é onde (não esqueçamos de observá-lo) uma analogia particular revela-se entre este efeito de uma obra de arte e aquele de certos aspectos da natureza: acidente geológico ou combinações passageiras de luz e vapor no céu da noite.

Às vezes não podemos imaginar que um certo homem como nós seja o autor de uma graça tão extraordinária, e a glória que lhe damos é a expressão de nossa impotência.

Mas qualquer que seja o detalhe desses jogos ou desses dramas que ocorrem no produtor, tudo deve se acabar na obra visível e encontrar através desse mesmo fato uma determinação final absoluta. Esse fim é o resultado de uma sequência de modificações internas, tão desordenadas quanto quisermos, mas que devem necessariamente resolver-se no momento em que a mão age, em um comando único, feliz ou não. Ora, essa mão, essa ação externa, resolve necessariamente, bem ou mal, o estado de indeterminação de que falava. O espírito que produz parece estar em outra parte, procurando imprimir em sua obra características completamente opostas às suas próprias. Ele parece estar fugindo, em uma obra, da instabilidade, da incoerência, da inconsequência que reconhece em si e que constituem seu regime mais frequente. E, portanto, age contra as intervenções em todos os sentidos e de todas as espécies pelas quais deve passar a todo instante. Reabsorve a variedade infinita dos incidentes: repugna as substituições medíocres de imagens, de sensações, de impulsos e de ideias que atravessam as outras ideias. Luta com o que é obrigado a admitir, produzir ou emitir; e, em suma, contra sua natureza e sua atividade acidental e instantânea.

Durante sua meditação, ele mesmo murmura em torno de seu próprio ponto de referência. Tudo é bom para que se divirta. Saint Bernard observa: "*Odoratus impedit cogitationem*". Mesmo na cabeça mais sólida, a contradição é a regra; a consequência correta é a exceção. E a própria correção é um artifício do lógico, artifício que consiste, como todos aqueles inventados pelo espírito contra si mesmo, em materializar os elementos do pensamento, o que ele chama de "conceitos", sob a forma de círculos ou de campos, em dar uma duração independente das vicissitudes do espírito a esses objetos intelectuais, pois a lógica, afinal, é apenas uma especulação sobre a permanência das observações.

Mas eis uma circunstância bem surpreendente: esta dispersão sempre iminente é importante e colabora com a produção da obra quase tanto quanto a própria concentração. O espírito da obra, que luta contra sua mobilidade, contra sua inquietude constitucional e sua diversidade própria, contra a dissipação ou a degradação natural de qualquer atitude especializada, encontra, por outro lado, nessa mesma condição, recursos incomparáveis. A instabilidade, a incoerência, a inconsequência de que eu falava, que são para ele dificuldades e limites no seu trabalho de construção ou de composição contínua, são também tesouros de possibilidades nos quais ele pressente a riqueza nas proximidades do próprio momento em que se consulta. Para ele, são reservas das quais tudo pode esperar, razões para acreditar que a solução, o sinal, a imagem, a palavra que falta estão mais próximas do que pode imaginar. Ele sempre pode pressentir na penumbra a verdade ou a decisão procurada, que sabe estar à mercê de um nada, desse mesmo obstáculo insignificante que parecia distraí-lo e distanciá-lo indefinidamente.

Às vezes, o que desejamos ver surgir em nosso pensamento (e até uma simples lembrança) é como um objeto precioso que conservaríamos e apalparíamos através de um tecido que o recobrisse e escondesse de nossos olhos. Ele é e não é nosso, e o menor incidente desvenda-o. Às vezes invocamos o que deveria ser, tendo-o definido através de condições. Solicitamo-lo, parados diante de não sei que conjunto de elementos que nos são igualmente iminentes e do qual nenhum se destaca ainda para satisfazer nossa exigência. Imploramos a nosso espírito uma manifestação de desigualdade. Apresentamo-nos nosso desejo como se opõe um ímã à confusão de um pó composto, da qual um grão de ferro desembaraçar-se-á de repente. Parece haver nessa ordem das coisas mentais algumas relações muito misteriosas *entre o desejo e o acontecimento*. Não quero dizer que o desejo do espírito crie uma espécie de campo bem mais complexo que um campo magnético, com o poder de solicitar o que nos convém. Essa imagem é apenas uma maneira de exprimir um fato de observação, para o qual voltarei mais tarde. Mas quaisquer que sejam a nitidez, a evidência, a força, a beleza do acontecimento espiritual que termina com nossa espera, que acaba com nosso pensamento ou dissipa a nossa dúvida, nada é ainda irrevogável. Aqui o instante seguinte tem poder absoluto sobre o produto do instante anterior. É porque o espírito reduzido a sua única substância não dispõe do acabado, e porque não pode absolutamente ligar-se a ele próprio.

Quando dizemos que nossa opinião sobre tal assunto é definitiva, dizemo-lo para que ela fique assim: nós apelamos aos outros. O som de nossa voz garante-nos muito mais do que esse firme propósito interno que ela pretende sonoramente que formemos. Quando acreditamos ter acabado algum pensamento, nunca nos sentimos seguros de que poderemos retomá-lo sem aperfeiçoar ou arruinar o que havíamos capturado. E por onde a vida do espírito divide-se contra si mesma, tão logo aplique-se a uma obra. Qualquer obra exige ações voluntárias (embora sempre comporte uma quantidade de constituintes nos quais o que denominamos *vontade* não participa). Mas nossa vontade, nosso poder expresso, quando tenta voltar-se para nosso próprio espírito e fazer-se obedecer, sempre reduz-se a uma simples pausa, à manutenção ou então à renovação de algumas condições.

Na verdade, só podemos agir diretamente sobre a liberdade do sistema de nosso espírito. Baixamos o grau dessa liberdade, mas, quanto ao resto, quero dizer, quanto às modificações e às substituições possibilitadas por esse embargo, esperamos simplesmente que aquilo que desejamos produza-se, pois só podemos esperar. *Não temos qualquer meio para atingir exatamente em nós o que desejamos obter.*

Pois essa exatidão, esse resultado esperado, e nosso desejo são da mesma substância mental e talvez incomodem-se reciprocamente através de sua atividade simultânea. Sabe-se que frequentemente acontece de a solução desejada chegar após um tempo de desinteresse no problema, como a recompensa da liberdade dada a nosso espírito.

O que acabo de dizer, e que se aplica mais especialmente ao produtor, é verdadeiro também para o consumidor da obra. Neste, a produção do valor, que será, por exemplo, a compreensão, o interesse excitado, o esforço que ele despenderá para uma posse mais completa da obra, ocasionará observações análogas.

Atento-me à página que devo escrever ou à que quero entender, entro, em ambos os casos, em uma fase de menor liberdade. Mas nos dois casos, essa restrição de minha liberdade pode apresentar duas formas completamente opostas. Algumas vezes, minha própria tarefa estimula-me a persegui-la e, longe de senti-la como uma punição, como um desvio do curso mais natural de meu espírito, entrego-me a ela e avanço com tanta vivacidade no caminho fixado pelo meu propósito que a sensação do cansaço diminui até o momento em que realmente obnubila de repente o pensamento, confundindo o jogo de ideias para reconstituir a desordem das trocas normais de curta duração, o estado de indiferença dispersiva e repousante.

Mas outras vezes a coação fica em primeiro plano, a manutenção da direção, cada vez mais penosa, o trabalho torna-se mais sensível que seu efeito, o meio opõe-se ao fim, e a tensão do espírito deve ser alimentada por recursos cada vez mais precários e cada vez mais estranhos ao objeto ideal, cuja força e ação devem ser conservadas à custa de um cansaço rapidamente insuportável. Nesse caso, existe um grande contraste entre duas aplicações de nosso espírito. Ele vai me servir para mostrar aos Senhores que o cuidado tomado ao especificar que era preciso considerar as obras apenas como ato de produção ou de consumo estava apenas adequado ao que se pode observar; enquanto, por outro lado, ele nos fornece o meio para se fazer uma distinção muito importante entre as obras do espírito.

Entre essas obras, o uso cria uma categoria denominada obras de arte. Não é fácil tornar preciso esse termo, se é que necessitamos fazê-lo. Primeiramente nada distingo, *reprodução* das obras, que me obrigue nitidamente a criar uma categoria da obra de arte. Encontro quase sempre nos espíritos atenção, tateios, clareza inesperada e noites obscuras, improvisações e tentativas, ou repetições muito insistentes. Em todos os lares do espírito, há fogo e cinzas; a prudência e a imprudência; o método e seu contrário; o acaso sob mil formas. Artistas, eruditos, todos identificam-se no detalhe dessa vida estranha do pensamento. Pode-se dizer que, a todo instante, a diferença funcional dos espíritos em ação é indiscernível. Mas se pousarmos o olhar sobre os efeitos das obras acabadas, descobrimos em algumas uma particularidade que as agrupa, opondo-as a todas as outras. Essa obra, colocada à parte, divide-se em partes inteiras, sendo que cada uma comporta algo capaz de criar um desejo e de satisfazê-lo. A obra oferece-nos em cada uma de suas partes o *alimento* e *o excitante* ao mesmo tempo. Ela desperta continuamente em nós uma sede e uma fonte. Como recompensa do que lhe cedemos de nossa liberdade, dá-nos o amor pelo cativeiro que nos impõe e o sentimento de uma espécie deliciosa de conhecimento imediato; e tudo isso despendendo, para *nossa grande alegria*, nossa própria energia, evocada por ela de uma maneira tão adequada ao rendimento mais favorável de nossos recursos orgânicos, que a sensação do esforço se torna, ela mesma, inebriante, e sentimo-nos possuidores para sermos magnificamente possuídos.

Portanto, quanto mais nos dermos, mais iremos querer nos dar, acreditando receber. A ilusão de agir, de exprimir, de descobrir, de entender, de resolver, de vencer anima-nos.

Todos esses efeitos, que chegam algumas vezes ao prodígio, são absolutamente instantâneos, como tudo o que dispõe de sensibilidade; atacam pelo caminho mais curto os pontos estratégicos que comandam nossa vida afetiva, coagem, através dela, nossa disponibilidade intelectual, aceleram, suspendem ou até regularizam os diversos funcionamentos, cuja harmonia ou desarmonia dá-nos finalmente todas as modulações da sensação de viver, desde a calmaria absoluta até a tempestade.

O timbre do violoncelo, sozinho, exerce em muitas pessoas um verdadeiro domínio visceral. Há palavras cuja frequência em um autor revela-nos estarem dotadas de ressonância de uma qualidade completamente diferente nele e, em consequência, de uma força positivamente criadora, que normalmente não possuem. Esse é o exemplo dessas avaliações pessoais, desses *grandes valores para um só*, que certamente desempenham um lindo papel em uma produção do espírito onde a singularidade é um elemento de primeira importância.

Essas considerações servir-nos-ão para esclarecer um pouco a constituição da poesia, que é bastante misteriosa. É estranho que nos empenhemos em formar um discurso que deve observar condições simultâneas perfeitamente heteróclitas: *musicais, racionais, significativas*, *sugestivas*, que exigem uma ligação contínua ou conservada entre um ritmo e uma sintaxe, entre o *som* e o *sentido*.

Essas partes não têm relação concebível entre si. Precisamos dar a ilusão de uma intimidade profunda. *Para que tudo isso?* A observância dos ritmos, das rimas, da melodia verbal impede os movimentos diretos de meu pensamento, e eis que já não posso dizer o que quero... Mas o *que é então que quero?* Eis a questão.

Concluímos que, nesse caso, é preciso querer o que se deve querer, para que o pensamento, a linguagem e suas convenções, que foram tomadas emprestadas à vida exterior, o ritmo e as entonações da voz, que são diretamente coisas do ser, concordem, e que esse acordo exige sacrifícios recíprocos, sendo o mais notável aquele que o pensamento deve fazer.

Explicarei um dia como essa alteração é marcada na linguagem dos poetas, e que há uma linguagem poética na qual as palavras não são as palavras do uso prático e livre. Não se associam mais de acordo com as mesmas tendências; estão carregadas com dois valores simultaneamente comprometidos e de importância equivalente: o som e o efeito psíquico instantâneo. Elas evocam então esses números complexos dos geômetras, e o agrupamento da *variável fonética* com a *variável semântica* dá origem a problemas de prolongamento e de convergência que os poetas resolvem de olhos vendados, mas eles os resolvem (e isto é essencial) de vez em quando... *De vez em quando*, eis a grande expressão! Eis a incerteza, eis a irregularidade dos momentos e dos indivíduos. Esse é o nosso fato fundamental. Será preciso voltar a ele com mais tempo, pois toda arte, poética ou não, consiste em defender-se contra essa irregularidade do momento.

Tudo o que acabo de esboçar nesse exame sumário da noção geral da obra deve me levar a indicar-lhes finalmente a determinação que escolhi com o intuito de explorar o imenso campo da produção das obras do espírito. Tentamos, em alguns instantes, dar aos Senhores uma ideia da complexidade dessas questões, nas quais se pode dizer que tudo intervém ao mesmo tempo e nas quais se combinam o que existe de mais profundo no homem com diversos fatores externos.

Tudo isso se resume nesta fórmula: na produção da obra, a ação vem sob a influência do indefinível.

Uma ação voluntária que, em cada uma das artes, é muito complexa, que pode exigir longos trabalhos, cuidados dos mais abstratos, conhecimentos muito precisos, vem adaptar-se na operação da arte a um estado do ser absolutamente irredutível em si, a uma expressão acabada que não se relaciona com qualquer objeto localizável que possamos determinar e atingir através de um sistema de atos uniformemente determinados; e isso, conduzindo a essa obra, cujo efeito deve ser reconstituir em alguém um estado análogo — não digo semelhante (visto nunca sabermos muita coisa sobre ele), mas análogo ao estado inicial do produtor.

Assim, por um lado, *o indefinível* e, por outro, uma *ação* necessariamente acabada; por um lado, um *estado*, às vezes uma única sensação produtora de valor e de impulso, estado cuja única característica é não corresponder a qualquer termo acabado de nossa experiência; por outro lado, o *ato*, ou seja, a determinação essencial, já que um ato é uma escapada miraculosa para fora do mundo fechado do possível e uma introdução no universo do fato; e esse ato, frequentemente produzido contra o espírito, com todas as suas exatidões; saído do instável, como Minerva totalmente armada, produzida pelo espírito de Júpiter, velha imagem ainda repleta de sentido!

No artista acontece realmente — é o caso mais favorável — de o mesmo movimento interno de produção dar-lhe ao mesmo tempo e indistintamente o impulso, o objetivo exterior imediato e os meios ou os dispositivos técnicos da ação. Geralmente estabelece-se um regime de execução durante o qual há uma troca mais ou menos viva entre as exigências, ou conhecimentos, as intenções, os meios, todo o mental e o instrumental, todos os elementos de ação — de uma ação cujo excitante não está situado no mundo em que estão situados os objetivos da ação comum e, consequentemente, não pode dar ensejo a uma previsão que determine a fórmula dos atos a serem realizados para atingi-la com segurança.

E é finalmente representando-me esse fato tão notável (embora muito pouco notado, parece-me), a *execução de um ato* como resultado, saída, determinação final de um estado inexprimível em termos acabados (ou seja, que anula exatamente a sensação de origem), que adotei a resolução de tomar como forma geral deste curso o tipo mais generalizado possível da ação humana. Achei que era preciso fixar a qualquer preço uma linha simples, uma espécie de via geodésica através das observações e das ideias de uma matéria inumerável, sabendo que, em um estudo até agora, que eu saiba, não abordado em seu conjunto, é ilusório procurar uma ordem intrínseca, um desenvolvimento sem repetição que permita enumerar problemas de acordo com o progresso de uma variável, pois essa variável não existe.

Visto que o espírito está em causa, tudo está em causa; tudo é desordem e qualquer reação contra a desordem é da mesma espécie que ela. É porque essa desordem é, aliás, a condição de sua fecundidade: ela contém a promessa, já que essa fecundidade depende mais do inesperado que do esperado, e mais do que ignoramos, e porque ignoramos, que daquilo que sabemos. Como poderia ser de outra forma? O campo que estou tentando percorrer é ilimitado, mas tudo se reduz às proporções humanas assim que tomamos o cuidado de mantermo-nos em nossa própria experiência, nas observações feitas por nós mesmos, através daquilo por que passamos. Esforço-me para nunca esquecer que cada um é a medida das coisas.

POESIA E PENSAMENTO ABSTRATO[1]

Frequentemente opõe-se a ideia de Poesia à de Pensamento e, principalmente, de "Pensamento Abstrato". Fala-se em "Poesia e Pensamento Abstrato" como se fala no Bem e no Mal, Vício e Virtude, Calor e Frio. A maioria acredita, sem muita reflexão, que as análises e o trabalho do intelecto, os esforços de vontade e de exatidão em que o espírito participa não concordam com essa simplicidade de origem, essa superabundância de expressões, essa graça e essa fantasia que distinguem a poesia, fazendo com que seja reconhecida desde as primeiras palavras. Se encontramos profundidade em um poeta, essa profundidade parece ter uma natureza completamente diferente da de um filósofo ou de um sábio. Alguns chegam a pensar que a meditação sobre sua arte, o rigor do raciocínio aplicado à cultura das rosas, só pode perder um poeta, já que o principal e o mais encantador objeto de seu desejo deve ser comunicar a impressão de um estado nascente (e felizmente nascente) de emoção criadora que, pela virtude da surpresa e do prazer, possa subtrair indefinidamente o poema de toda reflexão crítica posterior.

É possível que essa opinião contenha alguma parte de verdade, embora sua simplicidade me faça suspeitar ser de origem escolar. Tenho a impressão de que aprendemos e adotamos essa antítese antes de qualquer reflexão e de que a encontramos totalmente estabelecida em nós no estado de contraste verbal, como se representasse uma relação nítida e real entre duas noções bem definidas. É preciso confessar que o personagem sempre apressado em acabar, que denominamos *nosso espírito,* tem um fraco pelas simplificações desse gênero, que lhe dão todas as facilidades para formar numerosas combinações e julgamentos, para desdobrar sua lógica e desenvolver seus recursos retóricos, para realizar, em suma, sua função de espírito da maneira mais brilhante possível.

Contudo, esse contraste clássico e como que cristalizado pela linguagem sempre pareceu-me brutal demais e, ao mesmo tempo, cômodo demais, estimulando-me a examinar mais de perto a coisa em si.

Poesia, Pensamento abstrato. Isso é dito rapidamente, e logo acreditamos ter dito algo suficientemente claro e suficientemente preciso para poder prosseguir, sem necessidade de voltar em nossas experiências; para construir uma teoria ou instituir uma discussão, da qual essa oposição, tão sedutora por sua simplicidade, será o pretexto, o argumento e a substância. Pode-se até estabelecer uma metafísica completa — pelo menos uma

---

[1] Conferência na Oxford University, publicada em folheto com esta menção: *The Zabaroff Lecture for 1939*, at the Clarendon Press, Oxford, 1939.

"psicologia" — sobre essa base, e criar um sistema da vida mental, do conhecimento, da invenção e da produção das obras do espírito, que deverá reencontrar necessariamente, como sua consequência, a mesma dissonância terminológica que lhe serviu de germe...

Quanto a mim, tenho a estranha e perigosa mania de querer, em qualquer matéria, começar pelo começo (ou seja, por *meu* começo individual), o que vem a dar em recomeçar, em refazer uma estrada completa, como se tantos outros já não a houvessem traçado e percorrido...

Essa estrada é a que nos é oferecida ou imposta pela *linguagem*.

Em qualquer questão, e antes de qualquer exame sobre o conteúdo, olho para a linguagem; tenho o costume de agir como os médicos que purificam primeiro suas mãos e preparam seu campo operatório. É o que chamo de *limpeza da situação verbal*. Perdoem-me essa expressão que compara as palavras e as formas do discurso às mãos e aos instrumentos de um cirurgião.

Afirmo que é preciso tomar cuidado com os primeiros contatos de um problema com nosso espírito. É preciso tomar cuidado com as primeiras palavras que pronunciam uma questão em nosso espírito. Uma questão nova está, primeiramente, no estado da infância em nós; ela balbucia: só encontra termos estranhos, totalmente carregados com valores e associações acidentais; é obrigada a tomá-los emprestados. Mas, ao proceder assim, altera insensivelmente nossa verdadeira necessidade. Renunciamos, sem saber, ao nosso problema original e acreditamos ter escolhido finalmente uma opinião só nossa, esquecendo que essa escolha se exerceu apenas sobre uma coleção de opiniões, que é a obra mais ou menos cega do resto dos homens e do acaso. Existem programas de partidos políticos assim, sendo que nenhum é (e não pode ser) aquele que responderia exatamente à nossa sensibilidade e a nossos interesses. Se escolhemos um, tornamo-nos aos poucos o homem de que precisa esse programa e esse partido.

As questões de filosofia e de estética estão tão ricamente obscurecidas pela quantidade, pela diversidade, pela antiguidade das procuras, das discussões, das soluções que se produziram dentro dos limites de um vocabulário muito restrito, no qual cada autor explora as palavras de acordo com suas tendências, que o conjunto desses trabalhos me dá a impressão de um quarteirão especialmente reservado a espíritos profundos no Inferno dos antigos. Lá existem Danaides, Ixions, Sísifos que trabalham eternamente, enchendo tonéis sem fundo, erguendo a rocha que desaba, ou seja, redefinindo a mesma dúzia de palavras cujas combinações constituem o tesouro do Conhecimento Especulativo.

Permitam-me acrescentar uma última observação e uma imagem a essas considerações preliminares. Aqui está a observação: vocês já notaram, certamente, esse fato curioso, de que tal *palavra*, perfeitamente clara quando a ouvem ou empregam na linguagem *normal*, não oferecendo a menor dificuldade quando comprometida no andamento rápido de uma frase comum, torna-se magicamente problemática, introduz uma resistência estranha, frustra todos os esforços de definição assim que vocês a retiram de circulação para examiná-la à parte, procurando-lhe um sentido após tê-la subtraído à sua função momentânea? É quase cômico perguntar-se o que significa ao certo um termo que se utiliza a todo instante e obter satisfação total. Por exemplo: escolhi durante o voo a palavra Tempo. Essa palavra era totalmente límpida, precisa, honesta e fiel em seu serviço, enquanto desempenhava sua parte em um propósito e era pronunciada por alguém que queria dizer alguma coisa. Mas ei-la sozinha, presa pelas asas. Ela se vinga. Faz-nos acreditar que tem mais sentidos que funções. Era apenas um *meio* e ei-la transformada em *fim*, transformada no objeto de um terrível desejo filosófico. Permuta-se em enigma, em abismo, em tormento para o pensamento...

Acontece o mesmo com a palavra Vida e com todas as outras.

Esse fenômeno, facilmente observável, adquiriu um grande valor crítico para mim. Fiz dele, aliás, uma imagem que me representa bastante bem essa estranha condição de nosso material verbal.

Cada palavra, cada uma das palavras que nos permitem atravessar tão rapidamente o espaço de um pensamento e acompanhar o impulso da ideia que constrói, por si mesma, sua expressão, parece-me uma dessas pranchas leves que jogamos sobre uma vala ou sobre um fenda na montanha e que suportam a passagem de um homem em movimento rápido. Mas que ele passe sem pesar, que passe sem se deter — e, principalmente, que não se divirta dançando sobre a prancha fina para testar a resistência!... A ponte frágil imediatamente oscila ou rompe-se, e tudo se vai nas profundezas. Consultem sua experiência; e constatarão que só compreendemos os outros, e que só compreendemos a nós mesmos, graças à *velocidade de nossa passagem pelas palavras*. Não se deve de forma alguma oprimi-las, sob risco de se ver o discurso mais claro decompor-se em enigmas, em ilusões mais ou menos eruditas.

Mas como fazer para pensar — quero dizer: para *repensar*, para aprofundar o que parece merecer ser aprofundado — se tomamos a linguagem como essencialmente provisória, como é provisória a nota de dinheiro ou o cheque, nos quais o que denominamos "valor" exige o esquecimento de sua verdadeira natureza, que é a de um pedaço de papel geralmente sujo? Esse papel passou por tantas mãos... Mas as palavras passaram por tantas bocas, por tantas frases, por tantos usos e abusos que as precauções mais delicadas se impõem para evitar uma enorme confusão em nossos espíritos, entre o que pensamos e tentamos pensar e o que o dicionário, os autores e, de resto, todo o gênero humano, desde a origem da linguagem querem que pensemos...

Vou me precaver, então, de confiar no que esses termos *Poesia e Pensamento abstrato* me sugerem assim que são pronunciados. Mas vou me voltar para mim mesmo. Procurarei aí minhas verdadeiras dificuldades e minhas reais observações de meus verdadeiros estados, encontrarei aí meu racional e meu irracional; verei se a oposição alegada existe, e como existe no estado vivo. Confesso ter o costume de distinguir nos problemas do espírito aqueles que eu teria inventado e que exprimem uma necessidade real sentida por meu pensamento, e os outros, que são os problemas alheios. Entre estes últimos, há muitos (vamos colocar quarenta por cento) que me parecem não existir, ser apenas aparências de problemas: *eu não os sinto*. E quanto ao resto, há muitos que me parecem mal enunciados... Não estou dizendo que tenho razão. Estou dizendo que vejo em mim o que se passa quando tento substituir as fórmulas verbais por valores e significados não verbais que sejam independentes da linguagem adotada. Encontro aí impulsos e imagens ingênuas, produtos brutos de minhas necessidades e de minhas experiências pessoais. *É a minha própria vida que se espanta*, é ela que deve me fornecer, se puder, minhas respostas, pois é somente nas reações de nossa vida que pode residir toda a força e como que a necessidade de nossa verdade. O pensamento que emana dessa vida nunca se serve com ela mesma de certas palavras que lhe pareçam boas apenas para o uso externo; nem de outras, nas quais não veja o conteúdo e que só pode enganá-lo sobre sua força e valor reais.

Observei, portanto, em mim mesmo, esses estados que posso denominar *Poéticos*, já que alguns dentre eles finalmente acabaram em poemas. Produziram-se sem causa aparente, a partir de um acidente qualquer; desenvolveram-se segundo sua natureza e, nesse caso, encontrei-me isolado durante algum tempo de meu regime mental mais frequente. Depois, tendo terminado meu ciclo, voltei a esse regime de trocas normais entre minha vida e meus pensamentos. Mas aconteceu que *um poema tinha sido feito*, e que o ciclo, na sua realização, deixava alguma coisa atrás de si. Esse ciclo fechado é o ciclo de um ato que como que provocou e restituiu externamente uma força de poesia...

Observei outras vezes que um incidente não menos insignificante causava — ou parecia causar — uma excursão completamente diferente, um desvio de natureza e de resultados opostos. Por exemplo, uma aproximação brusca de ideias, uma analogia me tomava, como o toque de uma trombeta de caça no interior de uma floresta faz com que se preste atenção e orienta virtualmente todos os nossos músculos, que se sentem coordenados em direção a algum ponto do espaço e da profundeza das folhagens. Mas, dessa vez, em lugar de um poema, era uma análise dessa sensação intelectual súbita que se apoderava de mim. Absolutamente não eram versos que se destacavam mais ou menos facilmente de minha permanência nesta fase; mas alguma proposição que se destinava a incorporar-se a meus hábitos de pensamento, alguma fórmula que devia doravante servir de instrumento a pesquisas posteriores...

Peço desculpas por expor-me assim diante de todos vocês; mas acho mais útil contar aquilo por que passamos do que simular um conhecimento independente de qualquer pessoa e uma observação sem observador. Na verdade, não existe teoria que não seja um fragmento cuidadosamente preparado de alguma autobiografia.

Minha intenção aqui não é a de ensinar-lhes o que quer que seja. Nada direi que vocês não saibam; mas direi talvez em uma outra ordem. Não lhes ensinarei que um poeta nem sempre é capaz de raciocinar através de uma *regra de três*; nem que um lógico nem sempre é incapaz de considerar nas palavras outra coisa além de conceitos, classificações e simples pretextos para silogismos.

Acrescentarei mesmo, sobre esse ponto, esta opinião paradoxal: que se o lógico nunca pudesse ser algo além de lógico, ele não seria e não poderia ser um lógico; e que se o outro nunca fosse algo além de poeta, sem a menor esperança de abstrair e de raciocinar, ele não deixaria atrás de si qualquer traço poético. Penso sinceramente que se todos os homens não pudessem viver uma quantidade de outras vidas além da sua, eles não poderiam viver a sua.

Minha experiência me mostrou, portanto, que o mesmo *eu* tem aspectos muito diferentes, que se torna abstrato ou poeta através de especializações sucessivas, das quais cada uma é um desvio do estado puramente disponível e superficialmente em harmonia com o meio externo, que é o estado médio de nosso ser, o estado de indiferença das trocas.

Vejamos primeiramente no que pode consistir a perturbação inicial e *sempre acidental* que vai construir em nós o instrumento poético e, principalmente, quais são seus efeitos. O problema pode ser colocado sob esta forma: a Poesia é uma arte da Linguagem; certas combinações de palavras podem produzir uma emoção que outras não produzem, e que denominamos *poética*. Qual é essa espécie de emoção?

Eu a reconheço em mim nesta característica de que todos os objetos possíveis do mundo comum, externo ou interno, os seres, os acontecimentos, os sentimentos e os atos, permanecendo o que são normalmente quanto às suas aparências, encontram-se de repente em uma relação indefinível, mas maravilhosamente ajustada ao gosto de nossa sensibilidade geral. Isso significa que as coisas e esses seres conhecidos — ou melhor, as ideias que os representam — transformam-se em algum tipo de valor. Eles se chamam entre si, associam-se de forma completamente diferente da dos meios normais; acham-se (permitam-me esta expressão) *musicalizados*, tendo se tornado ressonantes um pelo outro e como que harmonicamente correspondentes. O universo poético assim definido apresenta grandes analogias com o que podemos supor do universo do sonho.

Já que essa palavra *sonho* se introduziu nesse discurso, direi de passagem que, nos tempos modernos, a partir do romantismo, se formou uma confusão bastante explicável entre a noção de sonho e a de poesia. Nem o sonho, nem o devaneio são necessariamente poéticos; eles podem sê-lo: mas figuras formadas *ao acaso*, somente *por acaso* são figuras harmoniosas.

Entretanto, nossas lembranças de sonhos nos ensinam, através de uma experiência comum e frequente, que nossa consciência pode ser invadida, enchida, inteiramente saturada pela produção de uma *existência*, cujos objetos e seres parecem ser os mesmos que os da véspera; mas seus significados, suas relações e seus meios de variação e de substituição são completamente diferentes e representam-nos, sem dúvida, como símbolos e alegorias, as flutuações imediatas de nossa sensibilidade *geral*, não controlada pelas sensibilidades de nossos sentidos *especializados*. É quase da mesma maneira que o *estado poético* se instala, desenvolve-se e, finalmente, desagrega-se em nós.

Isso significa que esse *estado de poesia* é perfeitamente irregular, inconstante, involuntário, frágil, e que o perdemos, assim como o obtemos, *por acidente*. Mas esse estado não basta para se fazer um poeta, como não basta ver um tesouro no sonho para encontrá-lo, ao despertar, brilhando ao pé da cama.

Um poeta — não se choquem com a minha proposição — não tem por função fazer sentir novamente o estado poético: isso é um assunto privado. Reconhece-se o poeta — ou, pelo menos, cada um reconhece o seu — pelo simples fato de que ele transforma o leitor em "inspirado". A inspiração é, positivamente falando, uma atribuição gratuita feita pelo leitor a seu poeta: o leitor nos oferece os méritos transcendentes das forças e das graças que se desenvolvem nele. Ele procura e encontra em nós a causa admirável de sua admiração.

Mas o efeito de poesia e a síntese artificial desse estado por alguma obra são coisas totalmente distintas; tão diferentes quanto uma sensação e uma ação. Uma ação contínua é bem mais complexa que qualquer produção instantânea, principalmente quando ela deve ser exercida em um campo tão convencional como o da linguagem. Aqui vocês veem manifestar-se em minhas explicações esse famoso PENSAMENTO ABSTRATO que o uso opõe à POESIA. Voltaremos a ele daqui a pouco. Enquanto isso, quero contar-lhes uma história real, para fazer com que sintam como eu senti, e da maneira mais curiosamente nítida, toda a diferença que existe entre o estado ou a emoção poética, mesmo criadora e original, e a produção de uma obra. É uma observação muito impressionante que fiz a mim mesmo há cerca de um ano.

Tinha saído de casa para descansar de algum trabalho enfadonho através da caminhada e dos olhares variados que ela atrai. Enquanto ia pela rua em que moro, fui *tomado*, de repente, por um ritmo que se impunha e que logo me deu a impressão de um funcionamento estranho. Como se alguém estivesse usando minha *máquina de viver*. Um outro ritmo veio então reforçar o primeiro, combinando-se com ele; e estabeleceram-se não sei que relações *transversais* entre essas duas leis (estou explicando da maneira que posso). Isso estava combinando o movimento de minhas pernas andando e não sei que canto que eu murmurava, ou melhor, que se murmurava *através de mim*. Essa composição se tornou cada vez mais complicada e logo ultrapassou em complexidade tudo o que eu podia produzir racionalmente de acordo com minhas faculdades rítmicas comuns e utilizáveis. Nesse momento, a sensação de estranheza da qual falei tornou-se quase penosa, quase inquietante. Não sou músico; ignoro totalmente a técnica musical; e eis que estava preso por um desenvolvimento de diversas partes, de uma complicação com a qual nenhum poeta sonhou algum dia. Dizia-me então que havia erro de pessoa, que essa graça enganava-se de cabeça, já que eu nada podia fazer com esse dom — que, em um músico, teria sem dúvida tomado valor, forma e duração, enquanto essas partes, que se misturavam e desligavam-se, ofereciam-me inutilmente uma produção, cuja continuação culta e organizada maravilhava e desesperava minha ignorância.

Depois de vinte minutos, o encanto se desvaneceu bruscamente; deixando-me, na margem do Sena, tão perplexo quanto a pata da Fábula que viu sair um cisne do ovo que havia chocado. Depois que o cisne voou, minha surpresa se transformou em reflexão. Eu sabia que a caminhada frequentemente me entretém em uma viva emissão de ideias e que ocorre uma certa reciprocidade entre meu passo e meus pensamentos, com meus pensamentos modificando meu passo; com meu passo excitando meus pensamentos — o que, afinal, é notável mas relativamente compreensível. Ocorre, sem dúvida, uma harmonização de nossos diversos "tempos de reação", e é interessante supor que exista uma modificação recíproca possível entre um regime de ação, que é puramente muscular, e uma produção variada de imagens, de julgamentos e de raciocínios. Mas, no caso de que estou falando, aconteceu que meu movimento de caminhada se propagou para a minha consciência através de um sistema de ritmos bastante engenhoso ao invés de provocar em mim esse nascimento de imagens, de palavras internas e de atos visuais que denominamos *ideias*. Quanto às ideias, são coisas de uma espécie que me é familiar; são coisas que sei observar, provocar, manobrar... *Mas não posso dizer o mesmo de meus ritmos inesperados.*

Em que seria preciso pensar? Imaginei que a produção mental durante a caminhada devia corresponder a uma excitação geral que se consumia em um lado de meu cérebro; essa excitação se satisfazia, suavizava-se como podia e, contanto que dissipasse energia, pouco importava-lhe que fossem ideias, ou lembranças, ou ritmos cantarolados distraidamente. Naquele dia, ela se consumiu em intuição rítmica que se desenvolveu antes que despertasse, em minha consciência, a *pessoa que sabe que ela não sabe música*. Acho que é a mesma coisa que acontece quando a pessoa que não pode voar ainda não está em vigor naquele que sonha estar voando.

Peço desculpas por essa longa história real — pelo menos tão real quanto pode ser uma história dessa ordem. Observem que tudo o que eu disse, ou pensei dizer, passa-se entre o que denominamos o *Mundo externo*, o que denominamos *Nosso Corpo* e o que denominamos *Nosso Espírito* — e solicita uma certa colaboração confusa dessas três grandes forças.

Por que contei isso? Para pôr em evidência a diferença profunda que existe entre a produção espontânea através do espírito — ou melhor, através do *conjunto de nossa sensibilidade* — e a fabricação das obras. Na minha história, a substância de uma obra musical me foi dada liberalmente; mas sua organização, que a teria prendido, fixado, redesenhado, faltava-me. O grande pintor Degas muitas vezes me contou essa frase de Mallarmé, tão justa e tão simples. Degas às vezes fazia versos, e deixou alguns deliciosos. Mas constantemente encontrava grandes dificuldades nesse trabalho acessório de sua pintura. (Aliás, era homem de introduzir em qualquer arte a dificuldade possível.) Um dia disse a Mallarmé: "Sua profissão é infernal. Não consigo fazer o que quero e, no entanto, estou cheio de ideias...". E Mallarmé lhe respondeu: "Absolutamente não é com ideias, meu caro Degas, que se fazem os versos. É com *palavras*".

Mallarmé tinha razão. Mas quando Degas falava de ideias, pensava em discursos internos ou em imagens que, afinal, pudessem ser exprimidas em *palavras*. Mas essas palavras, mas essas frases íntimas que ele chamava de suas ideias, todas essas intenções e percepções do espírito — nada disso faz versos. Há, portanto, algo mais, uma modificação, uma transformação, brusca ou não, espontânea ou não, trabalhosa ou não, que se interpõe necessariamente entre esse pensamento produtor de ideias, essa atividade e essa multiplicidade de questões e de resoluções internas; e depois, esses discursos tão diferentes dos discursos comuns, os versos, extravagantemente ordenados, que não atendem a qualquer necessidade, a não *ser às necessidades que devem ser criadas por eles mesmos*; que sempre falam apenas de coisas ausentes, ou de coisas profunda e secretamente sentidas; estranhos discursos, que parecem feitos por *outro* personagem que não aquele que os diz, e dirigir-se a *outro* que não aquele que os escuta. Em suma, é uma *linguagem dentro de uma linguagem*.

Vamos ver um pouco esses mistérios.

A poesia é uma arte da linguagem. A linguagem, contudo, é uma criação da prática. Observemos primeiramente que qualquer comunicação entre os homens só adquire alguma firmeza na prática e através da verificação que nos é dada pela prática. *Eu peço fogo a vocês. Vocês me dão fogo*: vocês me compreenderam.

Mas, ao pedir-me fogo, vocês puderam pronunciar essas poucas palavras sem importância com uma certa entonação e um certo timbre de voz — com uma certa inflexão e uma certa lentidão ou uma certa precipitação que pude observar. Compreendi suas palavras, já que, sem mesmo pensar, estendi-lhes o que pediam, o fogo. E, contudo, eis que o assunto não acabou. Coisa estranha: o som e como que a imagem de sua pequena frase reaparecem em mim, repetem-se em mim, como se estivessem se divertindo em mim; e eu gosto de me escutar repetindo-a, repetindo essa pequena frase que quase perdeu o sentido, que deixou de servir e que, no entanto, quer viver ainda, mas uma vida totalmente diferente. Ela adquiriu um valor; e adquiriu-o *em detrimento de seu significado finito*. Criou a necessidade de ser ouvida ainda... Eis-nos às próprias margens do estado de poesia. Essa experiência minúscula nos bastará para descobrir muitas verdades.

Ela nos mostrou que a linguagem pode produzir duas espécies de efeitos completamente diferentes. Alguns, cuja tendência é provocar o que é preciso para anular inteiramente a própria linguagem. Estou falando a vocês, e se vocês entenderam minhas palavras, essas mesmas palavras são abolidas. Se vocês entenderam, isso quer dizer que essas palavras desapareceram de seus espíritos, são substituídas por uma contraparte, por imagens, relações, impulsos; e vocês terão então algo com o que retransmitir essas ideias e essas imagens em uma linguagem que pode ser bem diferente daquela que receberam. *Compreender* consiste na substituição mais ou menos rápida de um sistema de sonorização, de durações e de sinais por algo totalmente diferente que é, em suma, uma modificação ou uma reorganização interna da pessoa a quem se fala. E eis a comprovação dessa proposta: é que a pessoa que não compreendeu *repete*, ou pede que *lhe repitam* as palavras.

Em consequência, a perfeição de um discurso cujo único objetivo é a compreensão consiste evidentemente na facilidade com a qual a palavra que o constitui transforma-se em algo diferente, e a *linguagem*, primeiramente em *não-linguagem*; e em seguida, se quisermos, em uma forma de linguagem diferente da forma primitiva.

Em outros termos, nos empregos práticos ou abstratos da linguagem, a forma, ou seja, o físico, o sensível e o próprio ato do discurso não se conserva; não sobrevive à compreensão; desfaz-se na clareza; agiu; desempenhou sua função; provocou a compreensão; viveu.

E, ao contrário, tão logo essa forma sensível adquire, através de seu próprio efeito, uma importância tal que se imponha e faça-se respeitar; e não apenas observar e respeitar, mas desejar e, portanto, retomar — então alguma coisa de novo se declara: estamos insensivelmente transformados e dispostos a viver, a respirar, a pensar de acordo com um regime e sob leis que não são mais de ordem prática — ou seja, nada do que se passar nesse estado estará resolvido, acabado, abolido por um ato bem determinado. Entramos no universo poético.

Permitam-me fortalecer essa noção de *universo poético* lembrando uma noção parecida, mas ainda mais fácil de ser explicada por ser muito mais simples, a noção de *universo musical*. Peço-lhes que façam um pequeno sacrifício: o de reduzir por um instante a faculdade de ouvir. Um simples sentido, como o da audição, oferecerá tudo aquilo de que precisamos para nossa definição, dispensando-nos de entrar em todas as dificuldades e sutilezas às quais nos levariam à estrutura convencional da linguagem comum e suas complicações históricas. Vivemos, através do ouvido, no mundo dos ruídos. É um conjunto geralmente incoerente e alimentado irregularmente por todos os incidentes mecânicos que podem ser interpretados por esse ouvido, à sua maneira. Mas o próprio ouvido destaca desse caos um outro conjunto de ruídos particularmente observáveis e simples — ou seja, bem reconhecíveis por nosso sentido e que lhe servem de referência. São elementos que mantêm relações entre si, tão sensíveis quanto esses mesmos elementos. O intervalo entre dois desses ruídos privilegiados é tão nítido quanto cada um deles. São os *sons*, e essas unidades sonoras estão aptas a formar combinações claras, implicações sucessivas ou simultâneas, encadeamentos e cruzamentos que podem ser denominados *inteligíveis*: é por isso que na música existem possibilidades abstratas. Mas voltarei ao meu assunto.

Limito-me a observar que o contraste entre o ruído e o som é aquele entre o puro e o impuro, entre a ordem e a desordem; que esse discernimento entre as sensações puras e as outras permitiu a constituição da música; que essa constituição pôde ser controlada, unificada, codificada graças à intervenção da ciência física, que soube adaptar a medida à sensação e obter o resultado essencial de ensinar-nos a produzir essa sensação sonora de maneira constante e idêntica, por meio de instrumentos que são, na verdade, *instrumentos de medida*.

Assim, o músico se encontra em posse de um sistema perfeito de meios bem definidos, que fazem com que sensações correspondam exatamente a atos. Resulta de tudo isso que a música formou um campo próprio absolutamente seu. O mundo da arte musical, mundo dos sons, está bem separado do mundo dos ruídos. Enquanto um *ruído* se limita a estimular em nós um acontecimento isolado qualquer — um cachorro, uma porta, um carro... —, *um som produzido evoca, por si só, o universo musical*. Nesta sala em que estou falando, onde vocês ouvem o ruído de minha voz, se um diapasão ou um instrumento bem afinado começasse a vibrar, imediatamente, assim que fossem afetados por esse ruído excepcional e puro que não pode ser confundido com os outros, vocês teriam a sensação de um começo, o começo de um mundo; uma atmosfera diferente seria imediatamente criada, uma nova ordem seria anunciada, e vocês mesmos *se organizariam* inconscientemente para acolhê-la. O universo musical, portanto, estava em vocês, com as suas razões e proporções — como, em um líquido saturado de sal, um universo cristalino espera o choque molecular de um minúsculo cristal para *manifestar-se*. Não vou me atrever a dizer: a ideia cristalina de tal sistema...

E eis a contraprova de nossa experiência: se, em uma sala de concerto, enquanto a sinfonia soa e domina, acontece de cair uma cadeira, de uma pessoa tossir, de uma porta se fechar, imediatamente temos a impressão de alguma ruptura. Alguma coisa indefinível, da natureza de um encanto ou de um cálice de Veneza, foi quebrada ou rachada...

O Universo poético não é tão forte e facilmente criado. Ele existe, mas o poeta é privado das imensas vantagens possuídas pelo músico. Ele não tem diante de si, pronto para o uso da beleza, um conjunto de meios feito expressamente para sua arte. Ele tem que tomar emprestada a *linguagem* — a voz pública, essa coleção de termos e de regras tradicionais e irracionais, extravagantemente criados e transformados, extravagantemente codificados e muito diversamente ouvidos e pronunciados. Nesse caso, nenhum físico determinou as relações entre esses elementos; nenhum diapasão, nenhum metrônomo, nenhum construtor de escala e teóricos da harmonia. Mas, ao contrário, as flutuações fonéticas e semânticas do vocabulário. Nada puro; mas sim uma mistura de excitações auditivas e psíquicas perfeitamente incoerentes. Cada palavra é uma montagem instantânea de um *som* e de um *sentido*, sem qualquer relação entre eles. Cada frase é um ato tão complexo que ninguém, creio eu, pôde até agora dar uma definição sustentável. Quanto ao uso desse meio, quanto às modalidades dessa ação, vocês conhecem a diversidade dos seus usos e a confusão que às vezes resulta. Um discurso pode ser lógico, pode estar carregado de sentidos, mas sem ritmo e sem qualquer medida. Ele pode ser agradável ao ouvido e perfeitamente absurdo ou insignificante; pode ser claro e inútil; vago e delicioso. Mas, para que se imagine sua estranha multiplicidade, que é apenas a multiplicidade da própria vida, basta enumerar todas as ciências que foram criadas para se ocupar dessa diversidade, cada uma estudando algum dos aspectos. Pode-se analisar um texto de muitas formas diferentes, pois ele é alternadamente julgável pela fonética, pela semântica, pela sintaxe, pela lógica, pela retórica, pela filologia, sem omitir a métrica, a prosódia e a etimologia...

Eis o poeta brigando com essa matéria verbal, obrigado a especular sobre o som e o sentido ao mesmo tempo; a satisfazer não somente a harmonia, o período musical, mas também as condições intelectuais e estéticas variadas, sem contar as regras convencionais...

Vejam que esforço exigiria a empreitada do poeta, se fosse preciso resolver *conscientemente* todos esses problemas...

É sempre interessante tentar reconstituir uma de nossas atividades complexas, uma dessas ações completas que exigem de nós uma especialização ao mesmo tempo mental, sensorial e motora, supondo que somos obrigados, para realizar essa ação, a conhecer e a organizar todas as funções que sabemos desempenharem aí um papel. Mas se essa tentativa ao mesmo tempo imaginativa e analítica é grosseira, ela sempre nos ensina algo. Quanto a mim, que, confesso, presto muito mais atenção na formação ou na fabricação das obras que nas próprias obras, tenho o hábito ou a mania de só apreciar as obras como ações. Um poeta é, a meu ver, um homem que, a partir de um incidente, sofre uma transformação oculta. Ele se afasta de seu estado normal de disponibilidade geral e vejo construir-se nele um agente, um sistema vivo, produtor de versos. Como nos animais vemos de repente manifestar-se um caçador hábil, um construtor de ninhos, um de pontes, um perfurador de túneis e de galerias, vemos manifestar-se no homem esta ou aquela organização composta que aplica suas funções em alguma obra determinada. Pensem em uma criancinha: a criança que fomos trazia consigo diversas possibilidades. Após alguns meses de vida, aprendeu ao mesmo tempo, ou quase, a falar e a andar. Adquiriu dois tipos de ação. Significa que agora ela possui duas espécies de possibilidades cujas circunstâncias acidentais de cada instante tirarão o que puderem em resposta às suas necessidades ou às suas imaginações diversas. Tendo aprendido a usar as pernas, descobrirá que pode não só andar, mas também correr; e não só andar e correr, mas também dançar. É um grande acontecimento. Ela inventou e descobriu ao mesmo tempo uma espécie de *utilidade de segunda ordem* para seus membros, uma generalização de sua fórmula de movimento. Efetivamente, enquanto o andar é, em suma, uma atividade bastante monótona e pouco perfectível, essa nova forma de ação, a Dança, permite uma infinidade de criações e de variações ou configurações.

Mas, no que diz respeito à palavra, ela não encontrará um desenvolvimento análogo? Ela avançará dentro das possibilidades de sua faculdade de falar; descobrirá que há muito mais a se fazer com ela do que apenas pedir doces e negar as pequenas faltas cometidas. Adquirirá o poder do raciocínio; criará ficções que a divertirão quando estiver sozinha; repetirá palavras de que gostará pela estranheza e mistério.

Assim, paralelamente ao *Andar* e à *Dança*, colocar-se-ão e distinguir-se-ão nela os tipos divergentes da *Prosa* e da *Poesia*.

Esse paralelo me impressionou e seduziu há muito tempo; mas alguém o tinha visto antes de mim. Malherbe, segundo Racan, utilizava-o. Na minha opinião, isto é mais que uma simples comparação. Vejo aí uma analogia substancial e tão fecunda quanto às encontradas na física, quando se observa a identidade das fórmulas que representam a medida de fenômenos bem diferentes na aparência. Eis como se desenvolve efetivamente nossa comparação.

O andar, como a prosa, visa um objeto preciso. É um ato dirigido para alguma coisa à qual é nossa finalidade juntarmo-nos. São circunstâncias pontuais, como a necessidade de um objeto, o impulso de meu desejo, o estado de um corpo, de minha visão, do terreno etc. que ordenam ao andar seu comportamento, prescrevem-lhe sua direção, sua velocidade e dão-lhe um *prazo limitado*. Todas as características do andar são deduzidas dessas condições instantâneas que se combinam *singularmente* todas as vezes. Não existem deslocamentos através do andar que não sejam adaptações especiais, mas abolidas e como que absorvidas todas as vezes pela realização do ato, pelo objetivo atingido.

A dança é totalmente diferente. É, sem dúvida, um sistema de atos; mas que têm seu fim em si mesmos. Não vão a parte alguma. Se buscam um objeto, é apenas um objeto ideal, um estado, um arrebatamento, um fantasma de flor, um extremo de vida, um sorriso — que se forma finalmente no rosto de quem o solicitava ao espaço vazio.

Não se trata, portanto, de fazer uma operação limitada, cuja finalidade está situada em algum lugar no ambiente que nos cerca; mas sim de criar e de manter, ao exaltá-lo, um certo *estado*, através de um movimento periódico que pode ser executado no mesmo lugar; movimento que se desinteressa quase inteiramente da visão, mas excitado e regulado pelos ritmos auditivos.

Mas por mais diferente que seja a dança do andar e dos movimentos utilitários, notem esta observação infinitamente simples, a de que ela se serve dos mesmos órgãos, dos mesmos ossos, dos mesmos músculos, diferentemente coordenados e excitados.

É aqui que reunimos a prosa e a poesia, no seu contraste. Prosa e poesia servem-se das mesmas palavras, da mesma sintaxe, das mesmas formas e dos mesmos sons ou timbres, mas diferentemente coordenados e excitados. A prosa e a poesia distinguem-se, portanto, através da diferença de certas ligações e associações feitas e desfeitas em nosso organismo psíquico e nervoso, enquanto os elementos desse modo de funcionamento são idênticos. É por isso que devemos nos precaver de raciocinar sobre a poesia como se faz com a prosa. O que é verdadeiro para uma não tem mais sentido, em muitos casos, quando se quer encontrá-lo na outra. Mas eis a grande e decisiva diferença. Quando o homem que anda atingiu seu objetivo — como eu disse antes —, quando atingiu o lugar, o livro, a fruta, o objeto que lhe causava desejo e cujo desejo tirou-o de seu repouso, no mesmo instante essa posse anula definitivamente todo o seu ato; o efeito devora a causa, o fim absorveu o meio; e qualquer que tenha sido o ato, permanece apenas o resultado. Acontece exatamente a mesma coisa com a linguagem útil: a linguagem que acabou de me servir para exprimir meu propósito, meu desejo, meu comando, minha opinião, e essa linguagem que preencheu sua função desvanece-se assim que chega. Emiti-a para que perecesse, para que se transformasse radicalmente em outra coisa nos seus espíritos; e saberei que fui compreendido através desse fato extraordinário, o de que meu discurso não existe mais: está inteiramente substituído por seu *sentido* — ou seja, por imagens, impulsos, reações ou atos que pertencem a vocês: em suma, por uma modificação interna de vocês.

Resulta daí que a perfeição dessa espécie de linguagem, cujo único destino é ser compreendida, consiste evidentemente na facilidade com que se transforma em algo totalmente diferente.

O poema, ao contrário, não morre por ter vivido: ele é feito expressamente para renascer de suas cinzas e vir a ser indefinidamente o que acabou de ser. A poesia reconhece-se por esta propriedade: ela tende a se fazer reproduzir em sua forma, ela nos excita a reconstituí-la identicamente.

Essa é uma propriedade admirável e característica entre todas.

Gostaria de lhes dar uma imagem simples. Pensem em um pêndulo oscilando entre dois pontos simétricos. Suponham que uma dessas posições extremas representa a forma, as características sensíveis da linguagem, o som, o ritmo, as entonações, o timbre, o movimento — em uma palavra, a *Voz* em ação. Associem, por outro lado, ao outro ponto, ao ponto conjugado do primeiro, todos os valores significativos, as imagens, as ideias; as excitações do sentimento e da memória, os impulsos virtuais e as formações de compreensão — em uma palavra, tudo o que constitui o *conteúdo*, o sentido de um discurso. Observem então os efeitos da poesia em vocês mesmos. Acharão que, em cada verso, o significado produzido em vocês, longe de destruir a forma musical comunicada, reclama essa forma. O pêndulo vivo que desceu do *som* em direção ao *sentido* tende a subir de novo para o seu ponto de partida sensível, como se o próprio sentido proposto ao seu espírito não encontrasse outra saída, outra expressão, outra resposta além da própria música que o originou.

Assim, entre a forma e o conteúdo, entre o som e o sentido, entre o poema e o estado de poesia manifesta-se uma simetria, uma igualdade de importância, de valor e de poder que não existe na prosa; que se opõe à lei da prosa — que decreta a desigualdade dos dois constituintes da linguagem. O princípio essencial da mecânica poética — ou seja, das condições de produção do estado poético através da palavra — é, a meu ver, essa troca harmoniosa entre a expressão e a impressão.

Vamos introduzir aqui uma pequena observação que denominarei "filosófica", o que significa simplesmente que é dispensável.

Nosso pêndulo poético vai de nossa sensação em direção a alguma ideia ou a algum sentimento, e volta em direção a alguma lembrança da sensação e à ação virtual que reproduziria essa sensação. Ora, o que é sensação está essencialmente *presente*. Não há outra definição de presente além da própria sensação, completada talvez pelo impulso de ação que modificaria essa sensação. E, ao contrário, o que é propriamente pensamento, imagem, sentimento é sempre, de alguma maneira, *produção de coisas ausentes*. A memória é a substância de qualquer pensamento. A previsão e suas tentativas, o desejo, o projeto, o esboço de nossas esperanças, de nossos temores são a principal atividade interna de nossos seres.

O pensamento é, em suma, o trabalho que origina em nós o que não existe, que lhe empresta, queiramos ou não, nossas forças atuais, que nos faz tomar a parte pelo todo, a imagem pela realidade e que nos dá a ilusão de ver, de agir, de suportar, de possuir independentemente de nosso querido velho corpo, que largamos na poltrona, com seu cigarro, esperando retomá-lo bruscamente ao toque do telefone ou sob a ordem, não menos alheia, de nosso estômago que reclama algum subsídio...

Entre a Voz e o Pensamento, entre o Pensamento e a Voz, entre a Presença e a Ausência oscila o pêndulo poético.

Resulta dessa análise que o valor de um poema reside na indissolubilidade do som e do sentido. Ora, eis uma condição que parece exigir o impossível. Não há qualquer relação entre o som e o sentido de uma palavra. A mesma coisa se chama *HORSE* em inglês, *IPPOS* em grego, *EQVVS* em latim e *CHEVAL* em francês; mas nenhuma operação sobre qualquer um desses termos me dará a ideia do animal em questão; nenhuma operação sobre essa ideia me levará a qualquer uma dessas palavras — caso contrário saberíamos facilmente todas as línguas, a começar pela nossa.

E, contudo, a tarefa do poeta é nos dar a sensação de união íntima entre a palavra e o espírito.

É preciso considerar que esse é um resultado exatamente maravilhoso. Digo *maravilhoso*, embora não seja excessivamente raro. Digo *maravilhoso* no sentido que damos a esse termo quando pensamos nos prestígios e nos prodígios da antiga magia. Não se deve esquecer que a forma poética foi, durante séculos, destinada ao serviço dos encantamentos. Aqueles que se entregavam a essas estranhas operações deviam necessariamente acreditar no poder da palavra e muito mais na eficácia do som dessa palavra do que em seu significado. As fórmulas mágicas frequentemente são privadas de sentido; mas não se pensava que sua força dependesse de seu conteúdo intelectual.

Mas vamos escutar agora estes versos:

"*Mère des Souvenirs, Maîtresse des maîtresses...* "

ou então:

"*Sois sage, ô ma douleur, et tiens-toi plus tranquille...*"

Essas palavras agem em nós (pelo menos em alguns de nós) sem ensinar-nos muita coisa. Ensinam-nos talvez que nada têm para ensinar; que exercem pelos mesmos meios, que em geral nos ensinam algo, uma função completamente diferente. Elas agem em nós como um acorde musical. A impressão produzida depende muito da ressonância, do ritmo, do número dessas sílabas, mas resulta também da simples aproximação dos significados. No segundo verso, o acorde das ideias vagas de Sabedoria e Dor, e a terna solenidade da entonação produzem o inestimável valor de um encanto: o *ser momentâneo* que fez o verso não conseguiria fazê-lo se estivesse em um estado onde a forma e o conteúdo houvessem sido propostos separadamente a seu espírito. Ao contrário, ele estava em uma fase especial do seu campo de existência psíquica, durante a qual o som e o sentido da palavra adquirem ou mantêm a mesma importância — o que está excluído dos hábitos da linguagem prática, bem como das necessidades da linguagem abstrata. O estado em que a indivisibilidade do som e do sentido, o desejo, a espera, a possibilidade da combinação íntima e indissolúvel entre eles são exigidos e solicitados ou fornecidos e, às vezes, ansiosamente esperados, é um estado relativamente raro. É raro, primeiramente, porque tem contra si todas as exigências da vida; em seguida porque se opõe à simplificação grosseira e à especialização crescente das observações verbais.

Mas esse estado de modificação íntima em que todas as propriedades de nossa linguagem são indistinta mas harmoniosamente convocadas não basta para produzir esse objeto completo, essa composição de belezas, essa compilação de acasos felizes para o espírito que nos é oferecida por um nobre poema.

Assim obtemos apenas fragmentos. Todas as coisas preciosas que se encontram na terra, o ouro, os diamantes, as pedras que serão lapidadas estão disseminadas, semeadas, avarentamente escondidas em uma quantidade de rocha ou de areia, onde o acaso às vezes faz com que sejam descobertas. Essas riquezas nada seriam sem o trabalho humano que as retira da noite maciça em que dormiam, que as monta, modifica, organiza em enfeites. Esses fragmentos de metal engastados em uma matéria disforme, esses cristais de aparência esquisita devem adquirir todo seu brilho através do trabalho inteligente. É um trabalho dessa natureza que realiza o verdadeiro poeta. Diante de um poema, sente-se bem que há pouca chance de que um homem, por mais bem-dotado que seja, possa improvisar para sempre, sem outro trabalho além daquele de escrever ou de ditar um sistema contínuo e completo de criações felizes. Como os vestígios do esforço, as repetições, as correções, a quantidade de tempo, os dias ruins e os desgostos desapareceram, apagados pela suprema volta do espírito para sua obra, algumas pessoas, vendo apenas a perfeição do resultado, considerá-la-ão o resultado de uma espécie de prodígio, denominado por elas INSPIRAÇÃO. Fazem, portanto, do poeta, uma espécie de *médium* momentâneo. Se fôssemos nos deleitar desenvolvendo rigorosamente a doutrina da inspiração pura, as consequências seriam bem estranhas. Acharíamos, por exemplo, que esse poeta que se limita a transmitir o que recebe, a comunicar a desconhecidos o que sabe do desconhecido não precisa então compreender o que escreve, o que lhe é ditado por uma voz misteriosa. Ele poderia escrever poemas em uma língua que ignorasse.

Na verdade, existe no poeta um tipo de energia espiritual de natureza especial: ela se manifesta nele revelando-o a si mesmo em certos minutos de preço infinito. Infinito para ele... Estou dizendo: *infinito para ele*; pois a experiência ensina que esses instantes que nos parecem de valor universal às vezes não têm futuro e levam-nos finalmente a meditar sobre a sentença: *o que vale apenas para um nada vale*. É a lei implacável da Literatura.

Mas todos os poetas verdadeiros são necessariamente críticos de primeira ordem. Para duvidar disso é preciso não imaginar tudo o que é o trabalho do espírito, essa luta contra a desigualdade dos momentos, o acaso das associações, as distrações, as diversões externas. O espírito é terrivelmente variável, enganando e sendo enganado, fértil em problemas insolúveis e em soluções ilusórias. Como uma obra notável sairia desse caos se o caos que tudo contém não contivesse também algumas ocasiões sérias de conhecer-se e de escolher em si o que merece ser retirado do próprio instante e cuidadosamente empregado?

Isso não é tudo. Todo poeta verdadeiro é muito mais capaz do que se pensa geralmente de raciocínio exato e de pensamento abstrato.

Mas não é preciso procurar sua filosofia real no que ele diz de mais ou menos filosófico. Na minha opinião, a filosofia mais autêntica não está tanto nos objetos de nossa reflexão quanto no próprio ato do pensamento e em sua manobra. Retirem da metafísica todos os termos favoritos ou especiais, todo o vocabulário tradicional e talvez constatem que não empobreceram o pensamento. Talvez vocês, ao contrário, tenham-no suavizado, revigorado, e estarão livres dos problemas dos outros para ter que tratar apenas com suas próprias dificuldades, com suas surpresas que nada devem a pessoa alguma e das quais sentem verdadeira e imediatamente a aguilhoada intelectual.

Muitas vezes, contudo, como ensina a História literária, a poesia se dedicou a enunciar teses ou hipóteses, e a linguagem *completa*, que é a sua, a linguagem cuja *forma*, ou seja, a ação e a sensação da *Voz*, tem a mesma força que o *conteúdo*, ou seja, a modificação final de um *espírito*, foi utilizada para comunicar ideias "abstratas" que são o contrário das ideias independentes de sua forma — ou que pensamos ser assim. Grandes poetas às vezes se aventuraram a isso. Mas seja qual for o talento que se consome nessas realizações tão nobres, ele não pode fazer com que a atenção colocada no acompanhamento das ideias deixe de concorrer com aquela que acompanha o canto. O *DE NATVRA RERVM*, nesse caso, está em conflito com a natureza das coisas. O estado do leitor de poesias não é o estado do leitor de pensamentos puros. O estado do homem que dança não é o do homem que avança em um terreno difícil, no qual fez o levantamento topográfico e a prospecção geológica.

Eu disse, entretanto, que o poeta tem seu pensamento abstrato e, se quisermos, sua filosofia: e disse que ele se exercia em seu próprio ato de poeta. Disse isso porque observei-o não só em mim como também em alguns outros. Nesse caso, como antes, não tenho outra referência, outra pretensão ou outro pretexto além de recorrer à minha própria experiência ou então à observação mais comum.

Pois bem, observei com a mesma frequência com que trabalhei como poeta que meu trabalho exigia de mim não apenas aquela presença do universo poético do qual falei, mas também uma quantidade de reflexões, de decisões, de escolhas e de combinações sem as quais todos os dons possíveis da Musa ou do Acaso continuariam sendo materiais preciosos em um canteiro de obras sem arquiteto. Ora, um arquiteto não é necessariamente construído de material precioso. Um poeta, portanto, na qualidade de arquiteto de poemas, é muito diferente daquilo que é como produtor desses elementos preciosos com os quais toda a poesia deve ser composta, mas cuja composição se distingue e exige um trabalho mental totalmente diferente.

Um dia alguém me disse que o lirismo é entusiasmo, e que as odes dos grandes líricos foram escritas para sempre com a velocidade da voz do delírio e do vento do espírito soprando em uma tempestade...

Respondi-lhe que estava absolutamente certo; mas que esse não era um privilégio da poesia, e que todo mundo sabia que, para se construir uma locomotiva, é indispensável que o construtor tome a velocidade de oitenta milhas por hora para executar seu trabalho.

Na verdade, um poema é uma espécie de máquina de produzir o estado poético através das palavras. O efeito dessa máquina é incerto pois nada é garantido em matéria de ação sobre nossos espíritos. Mas qualquer que seja o resultado e sua incerteza, a construção da máquina exige a solução de muitos problemas. Se o termo máquina os choca, se minha comparação mecânica parece grosseira, observem que a duração de composição de um poema, mesmo bem curto, pode absorver anos, enquanto a ação do poema em um leitor será realizada em alguns minutos. Em alguns minutos esse leitor receberá o choque de criações, de aproximações, de vislumbres de expressão acumulados durante meses de procura, de espera, de paciência e de impaciência. Ele poderá atribuir à inspiração muito mais do que ela pode dar. Imaginará o personagem que seria preciso para se criar sem parar, sem hesitar, sem retocar essa obra poderosa e perfeita que o transporta para um mundo em que as coisas e os seres, as paixões e os pensamentos, as sonoridades e os significados procedem da mesma energia, permutam-se e correspondem-se de acordo com as leis de ressonância excepcionais, pois essa só pode ser uma forma excepcional de excitação que realiza a exaltação simultânea de nossa sensibilidade, de nosso intelecto, de nossa memória e de nosso poder de ação verbal, tão raramente concedidos no curso normal de nossa vida.

Talvez eu deva chamar a atenção agora para o fato de que a execução de uma obra poética — se formos considerá-la como o engenheiro citado há pouco pode considerar o projeto e a construção de sua locomotiva, ou seja, tornando explícitos os problemas que devem ser resolvidos — pareceria impossível. Em nenhuma arte o número das condições e das funções independentes a serem coordenadas é maior. Não vou infligir-lhes uma demonstração minuciosa dessa proposta. Limito-me a lembrar-lhes o que eu disse a respeito do som e do sentido, que só têm entre si uma ligação de pura convenção e que se trata, no entanto, de fazer a colaboração da maneira mais eficiente possível. As palavras evocam frequentemente, por causa de sua dupla natureza, aquelas quantidades complexas manobradas com tanto amor pelos geômetras.

Felizmente, não sei que virtude reside em certos momentos de certos seres, que simplifica as coisas e reduz as dificuldades insuperáveis de que eu falava à medida das forças humanas.

O poeta desperta no homem através de um acontecimento inesperado, um incidente externo ou interno: uma árvore, um rosto, um "motivo", uma emoção, uma palavra. E às vezes é uma vontade de expressão que começa a partida, uma necessidade de traduzir o que se sente; mas às vezes é, ao contrário, um elemento de forma, um esboço de expressão que procura sua causa, que procura um sentido no espaço de minha alma... Observem bem esta dualidade possível de entrada em jogo: às vezes, alguma coisa quer se exprimir, às vezes, algum meio de expressão quer alguma coisa para servir.

Meu poema *O Cemitério Marinho* começou em mim através de um certo ritmo, que é o do verso francês de dez sílabas, cortado em quatro e seis. Ainda não tinha a menor ideia para preencher essa forma. Aos poucos fixaram-se palavras flutuantes determinando gradativamente o tema, e o trabalho (um longuíssimo trabalho) impôs-se. Um outro poema, *A Pítia*, ofereceu-se primeiramente através de um verso de oito sílabas, cuja sonoridade se compôs por si mesma. Mas esse verso supunha uma frase da qual ele era uma parte, e essa frase supunha, se tinha existido, muitas outras frases. Um problema desse tipo admite uma infinidade de soluções. Mas em poesia as condições métricas e musicais restringem muito a indeterminação. Eis o que aconteceu: meu fragmento se comportou como um fragmento vivo, pois, submerso no meio (sem dúvida nutritivo) que lhe era oferecido pelo desejo e pela espera de meu pensamento, ele proliferou e gerou tudo o que lhe faltava: alguns versos acima dele e muitos versos abaixo.

Peço desculpas por ter escolhido os exemplos em minha pequena história; mas eu não poderia buscá-los em outra parte.

Talvez achem minha concepção do poeta e do poema muito singular? Mas tentem imaginar o que supõe o menor de nossos atos. Imaginem tudo o que deve se passar no homem que emite uma pequena frase inteligível e avaliem tudo o que é preciso para que um poema de Keats ou de Baudelaire venha a se formar sobre uma página vazia, diante do poeta.

Considerem também que, entre todas as artes, a nossa é talvez a que coordena o máximo de partes ou de fatores independentes: o som, o sentido, o real e o imaginário, a lógica, a sintaxe e a dupla invenção do conteúdo e da forma... e tudo isso por intermédio desse meio essencialmente prático, perpetuamente alterado, profanado, desempenhando todos os ofícios, a *linguagem comum*, da qual devemos tirar uma Voz pura, ideal, capaz de comunicar sem fraquezas, sem aparente esforço, sem atentado ao ouvido e sem romper a esfera instantânea do universo poético, uma ideia de algum *eu* maravilhosamente superior a Mim.

Paul Valéry em sua mesa de trabalho, na rua de Villejust.

PAUL VALÉRY,
O ALQUIMISTA DO ESPÍRITO

Aguinaldo Gonçalves

I

Dispor-se a escrever a propósito de um pensamento que tenha as dimensões do olhar semiológico de Paul Valéry implica inscrever-se num campo de possibilidades combinatórias que transcende qualquer expectativa crítica. Para que isso seja possível, deve-se estar munido de uma convicção acima de qualquer suspeita. Chamo de convicção a um certo grau de consciência que possua a forma de um debuxo, cujas linhas enformem uma disponibilidade para um complexo modo de pensar. A não existência de tal convicção representará a destituição, por engano, das marcas definidoras de um pensamento, demovendo-as de sua verdadeira estrutura. Sendo assim, o que quero dizer é que este texto é um ensaio. Ensaio no sentido de esboço, ensaio no sentido de marcar alguns passos de uma dança que possa realizar-se em si mesma e tocar, com certa harmonia, os pontos chaves de um ritmo que acompanha os movimentos harmônicos do pensamento crítico de Paul Valéry. "Numa certa idade, acabamos olhando a vida como a vida de um outro. Consideramos o desenho que ela forma no passado como um dos desenhos possíveis que poderiam ter sido traçados pelo mesmo indivíduo." Esse comentário, presente na abertura de Souvenirs Poétiques, *texto copiado por um ouvinte durante uma conferência pronunciada em Bruxelas a 9 de janeiro de 1942, e não incluído nas* Obras Completas, *determina a sua própria visão das coisas, mesmo quando diz respeito às realizações de sua vida. Os fatos vividos são vistos como um desenho possível, ou um dos possíveis desenhos que poderiam ser traçados pelo próprio indivíduo. Dentro dessa lucidez por ele revelada, percebendo-se como outro ou podendo se perceber como "outro eu", é que afirmo ser este texto o ensaio de um desenho, em que se torna impossível alhear-me de mim mesmo, ao mergulhar na esfera prismática de Paul Valéry. Talvez esse pensamento abstrato que conduz o seu rigor crítico se deva à versatilidade em relação a seus campos de interesse. Estudioso das ciências exatas, estabeleceu sempre associações entre as linguagens artísticas e a linguagem da Física e da Matemática. Seu estilo, consequentemente, constitui-se de certa tensão entre o método cartesiano e a paixão provocada pelo movimento simbólico da mensagem artística. Valéry demonstrou-se adverso ao espontaneísmo expressivo, mas soube reconhecer, com aprimorada argúcia, o trabalho de artistas que se mantiveram no rigor da construção. Se, por um lado, manifestou verdadeiro fascínio pela poesia de Mallarmé, impregnou-se até as raízes pelo trabalho de Degas, a quem dedicou um de seus mais longos ensaios. Seu trabalho crítico compôs um complexo e coerente sistema de linguagens. Esse sistema comporta uma infinidade de leituras, é claro, mas é indiscutivelmente marcado por um estilo único demarcado entre a "infinidade de outras", que, segundo ele, poderia ter tido. Entretanto, foi esse estilo, marcado por certo tom solene, sempre se iniciando como água que escorre pela vidraça, que nos foi seduzindo ao longo dos anos, desde o primeiro contato com um dos ensaios presentes neste volume,* Poésie et Pensée Abstraite, *até os textos sobre filosofia e política que vim a ler em tempos mais recentes. Impressiona-me em Valéry sua lucidez mediante o objeto com que lida. Mergulha em águas claras, perscruta de dentro, ou melhor, não desvela ao leitor a sua perquirição crítica, não revela os passos da busca do conhecimento, as marcas ficam no seu rascunho. O que nos apresenta é uma intimidade crítica. Revela-se integrado à presa, familiar, e é desse ângulo que vai compondo o outro objeto, o trabalho de metalinguagem crítica. Alguns de seus ensaios li várias vezes, em tempos distintos, do mesmo modo que se lê tantas vezes um poema ou um quadro. Nesse sentido é que insisto na existência de um estilo nessa forma de composição crítica e, nesse estilo, um mistério. Dir-se-ia um mistério de construção, a mesma que tantas vezes citou e sobre a qual discorreu para explicitar seu modo de ver a obra de arte. O mesmo método que entendeu como primordial no processo de criação e que usou em suas próprias obras, sobretudo em* O Cemitério Marinho, *esse mesmo método é reconhecido na sua invenção crítica e se faz valer para o detalhe (um ensaio isolado) ou para o conjunto de ensaios que compõem a sua obra. A inclusão, nesta coletânea, de um ensaio sobre Valéry pareceu-me, de princípio, desnecessária. Num segundo momento, como seu leitor obsessivo, passei a acreditar neste registro possível, nesta forma de sincretismo crítico que, embora de pouca utilidade aos leitores iniciados do crítico francês, poderá contribuir aos não iniciados como pedra de toque, ou como estímulo à entrada neste universo de aprendizagem que transcende a esfera do conhecimento sobre* artes *e conduz ao* conhecimento.

Não posso negar, por outro lado, um profundo desejo de homenagem a esse escritor ou a esta obra. Homenagem solitária, por isso solidária. Guardadas as proporções, Valéry também homenageou tantos artistas, desde clássicos como Virgílio, renascentistas como Da Vinci, românticos como Goethe, simbolistas como Verlaine e Mallarmé, modernos como Marcel Proust. Nada mais justo que, neste posfácio à tradução brasileira, um leitor amante de Valéry tente registrar na escritura a sua homenagem. Para lembrar as palavras de Buffon, para quem "o estilo é o próprio homem", a profusão escritor-obra ganha relevo nestas nossas considerações sobre o escritor francês. Pertencentes à mesma geração, entretanto tão distintos nos seus temperamentos e nas suas produções, Paul Valéry e Marcel Proust, frutos do simbolismo na Literatura e nas Artes, tocam, muitas vezes, nos mesmos pontos que envolvem o trabalho de criação e apresentam grandes similaridades de perspectivas. Valéry, como Proust, também foi leitor de Bergson e entendia que de nada adianta remontar o passado, valer-se da memória (voluntária para Bergson e Proust) para refazer caminhos percorridos ou episódios vividos. Tudo depende, para ele, das operações do espírito e das sensações sobre tudo aquilo visto, vivido e percorrido pelas ações mundanas. Esse modo de ver e de processar os elementos da experiência controlado por um profundo rigor de construção conduz o seu temperamento criador, operacionalizado na sua poesia e estendido à sua crítica, que supera os limites da palavra, alcançando as outras esferas da Arte. Entretanto, tudo pode ser compreendido de outro modo: a sua concepção criadora parece ter surgido de outras formas de arte e "transferidas" para a arte da palavra. Em Histórias D'Anphion, *o poeta e crítico francês revela o papel que a arquitetura ocupou no seu pensamento, no início de sua formação. Para ele, foi a arquitetura um de seus primeiros amores durante sua adolescência, despertando-lhe, com paixão, a imaginação para o ato de construir. A própria ideia de* construção, *que é a passagem da desordem para a ordem e o uso do arbitrário para atender certa necessidade, fixava-se no pensamento de Valéry como o tipo de ação mais bela e mais complexa a que um homem se pudesse propor. "Um edifício terminado nos expõe, num único olhar, uma soma das intenções, das invenções, dos conhecimentos e das forças que sua existência implica; ele manifesta à luz a obra combinada do querer, do saber e do poder do homem." Marcado por essa primeira paixão nos movimentos da adolescência inconstante, Paul Valéry passou a ser seduzido pela poesia. Entretanto, aquelas marcas da arquitetura continuaram lhe soando fundo e talvez nelas residiram sempre uma espécie de embasamento condutor para o seu pensamento estético. Dentre as marcas, destacam-se certo gosto pelo sólido, um certo modelo de construção do real, e certa desconfiança das causas da ruína que a realidade fazia agir sobre todas as coisas e, em particular, sobre as obras do espírito. Daí talvez Valéry, em tantas passagens de sua obra crítica, aludir à forma de recomposição mimética da arte e elucidar esse fenômeno, valendo-se de uma espécie de processo metonímico, seja no modo de ver o mundo, seja no modo de entender sua reconstrução na arte. Todo o seu método jamais deixa de conter uma extrema consciência do poético, dimensão mobilizadora do rigor cartesiano de seu espírito. Essa estrutura abstrata determina o pensamento intersemiótico de Valéry: nele se comportam os vários sistemas artísticos, dentro de suas especialidades e dos meios de que se valem para a construção de seus mundos de sentidos.*

II

Valéry desvendou-se como ponto alto de sua potencialidade analítico-crítica no estudo que realizou sobre Leonardo da Vinci. Através desse estudo, pode-se notar uma espécie de síntese de sua força e de sua capacidade de conviver com um sistema plural de linguagens. Leonardo da Vinci atingiu a dimensão da forma *na dinâmica do pensamento puro. Valéry mimetizou-se na profusão de palavras. No seu estudo, o escritor francês se torna o alquimista do espírito. Do seu pensamento ao de Da Vinci só um ponto se consagra: a construção de relações abstratas. No meu modo de ler e entender o conjunto de ensaios de Valéry, diria que nada se equipara* à Introdução ao método de Leonardo da Vinci. *A confluência de ideias, a articulação dos assuntos, a condução do pensamento, tudo constitui uma espécie de sistema fechado, em que as polaridades se tocam e o mundo se abre no ponto extremo de sua dificuldade. Não é difícil, entretanto, compreender a profunda similaridade e as grandes correspondências entre os dois pensadores. Dentre tantas, a permanente transmutação entre os elementos do mundo físico e as dimensões metafísicas do mundo; as relações entre a lógica científica do plano real e a insuficiência desse plano que só consegue se completar nas dimensões artísticas conseguidas por um trabalho de construção dos signos. "O certo é que todas as especulações têm como fundamento e como objetivo a extensão da continuidade com a ajuda de metáforas, de abstrações e de linguagens. As artes utilizam-nas de uma maneira sobre a qual falaremos em breve." Como se tivesse um bisturi entre os dedos, ele consegue, sem nunca nos decepcionar, abrir cada fibra do mundo das referências tangíveis e imaginárias e decompor, aos nossos olhos, a natureza construída. Esse fenômeno, em si, determina as irregularidades regulares não só das coisas e dos seres, mas também demonstra as noções de Tempo e de Espaço, mediante a consciência. Esta reside no Homem e só nele e, por isso, só esse animal sensível e inteligente torna-se capaz de agir sobre a Natureza e recriá-la, apontando para a sua insuficiência.*

"Seguirei seu movimento na unidade bruta e na densidade do mundo, onde tornará a natureza tão familiar que irá imitá-la para atingi-la, e acabará na dificuldade de conceber um objeto que ela não contenha."

A última parte desse comentário traz, se não a base, o núcleo do pensamento estético de Valéry. Pensando sobre o modo de pensar e de criar de Leonardo da Vinci, ele acaba por nos dar a chave de suas preocupações: as complexas relações entre a unidade bruta da realidade sensível e a realidade da arte como resultado do metamorfoseamento em mundo dos signos. A natureza fenomenológica da arte emerge no seu profundo modo de compreender este eterno movimento entre o mundo das coisas e o mundo de sua representação. A absorção do artista na esfera paradisíaca da Natureza em busca de uma total identidade acaba por desconstruí-la, fragmentá-la e transformá-la em signos. Como signos que não mais podem simplesmente refletir o objeto imitado, um outro Universo se recompõe, novo e refratário. Universo esse estranho e mobilizador da nossa convencional dimensão sobre a natureza dos seres e das coisas. Lembro-me aqui, dentre outros pensadores, das palavras de um contemporâneo de Valéry: André Gide. Numa conferência preparada em 1901, para ser proferida na Exposição dos Artistas Independentes, em Paris, denominada, "Les Limites de l'Art", Gide discute de modo certeiro essas questões que envolvem as relações entre a Natureza e a Arte. Para ele, se no universo referencial o homem se submete àquilo que é disposto pela natureza, na obra de arte, ao contrário, Deus propõe a natureza e o homem a dispõe através dos recursos que fazem um artista ser um artista.

III

Ao iniciar este texto, afirmei que dispor-se a escrever a propósito de um pensamento que tivesse as dimensões do olhar semiológico de Paul Valéry implicaria inscrever-se num campo de possibilidades combinatórias que transcendesse qualquer expectativa crítica. Pois bem, neste ponto em que alguns movimentos já foram delineados, outros pedem para ser traçados. Parto, então, para o próximo contorno. Como guia, elejo um dos trabalhos mais interessantes do crítico francês: Degas. Danse. Dessin. *A leitura que Valéry realiza sobre o homem e sobre a obra de Edgar Degas pode-se dizer que figurativiza o seu pensamento estético. Como se sabe, Edgar Degas enquanto desenhista, escultor e pintor depurou seu estilo num plano de sensibilidade e de inteligência muito próprio. Para ele, "não pode haver um modo novo de ver sem um modo novo de pensar". A concepção que tem de "realidade" e de "imagem" revela-se peculiar e justifica inclusive a natureza privilegiada dos desenhos e não das cores. Seus tons pastel parecem denunciar esse limite tênue entre a realidade do quadro e o espaço real representado. Seu mecanismo criador se baseia nesses "pedaços" de realidade iconizados e indiciados por esboços e traços rápidos sugerindo movimento em ritmo revelador de camadas profundas e mutáveis da condição humana. É uma espécie de "resguardo do essencial", que acaba por se desvendar dialeticamente em suas pinceladas.*

O espaço da vida se infiltra como um inadvertido invasor no espaço do quadro que o absorve e o transmuda em relações dinâmicas de puras imagens. No ensaio em questão, um dos mais intensos que produziu, Valéry instaura na linguagem crítica uma gama de consciência estética aliada a certa sabedoria, em que conjuga a produção plástica do pintor das bailarinas às produções escritas ou às suas expressões verbais sobre Arte. Procurou resgatar a dimensão lógica que teria conduzido o trabalho do pintor, marcada pela racionalidade estrutural privilegiada, muitas vezes, seja na superfície plana da tela ou na dimensão tridimensional da escultura. Nesse sentido, Valéry aprofundou no estudo sobre Degas um aspecto que define o seu conceito de construção artística: a obra é o resultado de uma série de operações lógicas e sensíveis e isso justifica sua complexa natureza. Numa alusão ao pensamento do pintor, o crítico explica que essa série de operações não permite que as Musas discutam entre si. Elas dançam. Dançam mas não falam. Trabalham, todavia, separadas. Eu diria que, de modo homólogo ao trabalho do pintor, o trabalho do crítico também não se constrói como conversas de Musas. Cada ensaio se constrói como um sistema isolado. Entretanto, no seu conjunto, o que se dá é uma profusão de diálogos que resgata a língua das Musas no intercâmbio do discurso crítico. É possível ouvir as vozes, muitas vezes as mesmas, ressoarem por exemplo no estudo sobre Da Vinci e no estudo sobre Degas. Algo de essencial, prismático, é certo, mas essencial, permanece nos mais variados estudos que realizou. E isso ocorre sempre como a poção integradora de seu pensamento estético, independente de seu temperamento. As perfeições contraditórias do pintor e escultor impressionista fascinaram o cartesianismo de Valéry. Vasculhou nos escritos de Degas aspectos que pudessem justificar a dimensão lógica a que aludi presente na construção de seu trabalho. "Ele falava com muito gosto de arte erudita." Parece-nos que a sua obsessão criadora mede-se, no seu trabalho crítico, com os critérios utilizados pelo próprio artista, seja o poeta, seja o pintor, ou ainda produtores de outras formas de arte. Seu estudo a propósito de Degas acaba sendo um microssistema estético de reflexões, articulado de modo a fazer emergir questões das mais complexas a respeito do trabalho de arte. Valéry inscreve, a partir do trabalho de Degas, um círculo indissociável de linguagens: transforma o homem Edgar Degas em signo da criação — é por ele lido e não contado Degas se torna um sistema de símbolos e de índices que compõem a sua figura. A Dança, que em si é linguagem, é magistralmente por ele estudada — linguagem do corpo integrada à linguagem musical, ambas, como uma só, atuam no seu texto como subsídio semiótico, espécie de língua-objeto, para uma metalinguagem plástica: o Desenho. Assim, para a penetração no universo do pintor, Valéry disseca a anatomia de suas matérias-primas: outros sistemas artísticos. Talvez seja esse processo de execução que me conduziu ao título do presente ensaio. Lidando com vários sistemas, o pensador francês fez emergir muitos pontos substanciais como afluentes que se bifurcam. Nesses "meandros divagantes" sempre é possível extrair água cristalina, delineadora de seu modo de entender a produção artística. Discorrendo sobre Dança, por exemplo, suas ideias nos conduzem às mais decisivas diferenças entre linguagem conceitual e linguagem poética. Para isso, ele distingue dois tipos de movimento: o que possui um alvo definido e o outro, em que o movimento é o próprio alvo. "A maior parte de nossos movimentos voluntários tem uma ação exterior por fim: trata-se de encontrar um lugar ou um objeto, ou de modificar alguma percepção ou sensação num ponto determinado. [...] Uma vez encontrado o objetivo, o trabalho terminado, nosso movimento que era, de algum modo, inscrito na relação do nosso corpo com o objeto e com nossa intenção, cessa. Sua determinação continha sua destruição..."

Aqui, o crítico se apega ao sentido literal dos movimentos, ao sentido denotativo que corresponderia ao direcionamento exterior das nossas intenções comunicativas. A ação exterior advém de uma relação entre a intenção subjetiva e o ponto externo de conexão. Equivale à comunicação verbal de natureza referencial em que o signo funciona como representação de um referente fora de nós.

No que diz respeito aos gestos ou aos movimentos da Dança, os objetivos se transformam e já não se pode afirmar que sua determinação contenha sua exterminação. Na Dança, como no poema ou como em qualquer espaço artístico miticamente definido, o que se determina possui movimento inverso: a seta se torna o próprio alvo e recai numa relação lúdica de possibilidades indefinidas. "Ora, a Dança engendra toda uma plasticidade: o prazer de dançar libera em torno de si o prazer de ver dançar. Os mesmos membros compondo, decompondo e recompondo suas figuras, ou movimentos se respondendo em intervalos iguais ou harmônicos, tudo isso forma um ornamento da duração, como a repetição de motivos no espaço, ou também de suas simetrias, forma-se o ornamento da extensão."

Talvez seja essa habilidade ao conduzir o bisturi do olho, munido de ciência e persistência ética, que capacite Paul Valéry de penetrar em sistemas díspares, constituídos de meios bastante variados, com a mesma austeridade e precisão crítica. Existe no seu trabalho uma sinceridade, um tipo de sinceridade que raramente ronda os exercícios críticos de nosso tempo. Esse procedimento ético mediante os trabalhos de arte visitou os escritos de Vico, de Diderot e de Lessing. Também anterior a Valéry mas já na modernidade, a sinceridade crítica definiu os melhores momentos do olho mágico de Baudelaire. Chamo de sinceridade crítica a uma forma humana de lidar com o objeto de arte, racional, é claro, no entanto não exclui o caráter passional que atua como uma espécie de veneno e de fascínio, que se expõem à fragilidade do Homem, sendo que nela e por ela *resgata, na maioria das vezes, os pontos mais instigantes da obra.*

À inteligência crítica deve-se associar a virtude da poesia, ou melhor dizendo, do poético. Essa associação compõe a circunstância excepcional do crítico, valendo-me aqui das próprias palavras de Valéry ao comentar o pensamento criador de Baudelaire. Falando do autor de Flores do Mal, *Valéry parece estar falando de si mesmo. Sua leitura ou sua crítica das obras de arte se assentam num processo de extração e de recriação daquilo que lê. Por isso mesmo, sua leitura equivale a um novo sistema, rico e instigante, que traz em si as mobilidades de uma nova obra. Esse é o caminho das tendências modernas de recepção da obra de arte delineados pela Teoria da Recepção alemã. Ocorre uma espécie de rotatória metalinguística nesse processo de abordagem. Os recortes realizados pelo crítico denunciam a sua própria trajetória. Observando seus comentários sobre Edgar Poe, não é difícil verificar que atuam em espelho sobre o próprio perfil crítico de Valéry: "O demônio da lucidez, o gênio da análise, o inventor das combinações as mais novas e as mais sedutoras da lógica com a imaginação, da misticidade com o cálculo, o psicólogo da exceção, o engenheiro literário que aprofunda e utiliza todas as formas da arte, aparecem para ele em Edgar Poe e o encantam". Foi esse demônio da lucidez que, segundo Valéry, fez com que Baudelaire lhe atraísse tanto. Foi esse mesmo demônio que possuiu o gênio crítico de Paul Valéry sempre ou quase sempre. A poção essencial de seu extrato crítico está no seu método, isto é, no modo que conduz um comentário sobre determinado artista ou sobre determinada obra: o objeto comentado sempre se torna pretexto para a compreensão mais ampla de questões do poético. Para ele, o poeta (entenda-se o artista em geral) se consagra na definição e na construção de uma linguagem na linguagem. Operação longa, difícil, delicada, demanda as qualidades mais diversas do espírito. É necessário, entretanto, percebermos que essa concepção se operacionaliza na produção do próprio Valéry, seja nas suas produções poéticas, seja nas suas produções críticas. Neste último caso, estendendo às outras artes, nota-se no exercício crítico um trabalho de ampliação da linguagem verbal. No que diz respeito à pintura, além de Da Vinci e Degas, ele se voltou para alguns outros pintores, destacando a obra de Camille Carot e a de alguns impressionistas como Claude Monet e Édouard Manet. Um de seus estudos críticos mais contundentes sobre pintura e pintores é* Petit Discours aux Peintres Graveurs, *em que Valéry, ao falar das gravuras, compara-as à Literatura. Através da palavra, através da fabricação da escritura crítico- literária, mostra a estreita relação existente entre as artes. "Na prancha e na página", o espírito, o olho e a mão concentram sua atenção, e sobre a pequena superfície jogamos nossos destinos. Para ele, nós nos ressentimos de certos desejos que a Natureza não sabe satisfazer e nós temos certos poderes que ela não possui. O Homem não se satisfaz eternamente com o mundo paradisíaco proposto pela Natureza. Mesmo as crianças preferem algumas aventuras e suas maravilhosas dificuldades. É-nos necessário o prazer de fazer (*le plaisir de faire*). "Prazer estranho, prazer complexo, prazer atravessado de tormento, misturado de sofrimentos e prazer na busca do qual não faltam nem os obstáculos, nem as amarguras, nem as dúvidas e nem mesmo o desespero." O resultante desse prazer de fazer, para Valéry, é a criação da segunda natureza. Nesse processo, o Homem atua, exercendo suas forças sobre uma matéria estranha, e distingue seus atos de seu suporte material. Fazendo lembrar algumas teorias do Formalismo russo, principalmente de Victor Chklovski, bem como da Semiótica russa de Iuri Lotman e Uspenski, Valéry explica, com o olho e o pensamento voltados para a pintura, que o artista pode combinar ou conservar mediante o que executa. Provoca o estranhamento através das novas combinações e não se confunde com a matéria de sua obra. Uma das mais intensas deduções de Valéry a respeito da criação da segunda natureza pode ser sintetizada nesta frase: "Ele troca a cada instante aquilo que ele quer por aquilo que ele pode, o que ele pode por aquilo que ele obtém".*

Sempre voltado para o procedimento do artista mediante a ordem apresentada pela Natureza, Valéry entende o mecanismo de desmontagem do mundo em signos para que, via "desordem", a segunda natureza (a da obra) se apresente: "Operando assim sobre os seres e sobre os objetos, sobre os acontecimentos e sobre os motivos que o mundo e a natureza lhe oferecem, enfim, ele abstrai disso esses símbolos de sua ação, nos quais seu poder de compreensão e seu poder construtor se combinam, e que são denominados: a Linha, a Superfície, o Número, a Ordem, a Forma, o Ritmo... e o restante".

CADASTRO
ILUMINURAS

Para receber informações sobre nossos lançamentos e promoções envie e-mail para:

cadastro@iluminuras.com.br

Este livro foi composto em *Garamond* pela *Iluminuras* e impresso nas oficinas da *Meta Solutions Gráfica*, em Cotia, SP, em papel off-white 80 gramas.